अमरकान्त

जन्म : 1 जुलाई, 1925; ग्राम—भगमलपुर (नगरा), जिला—बलिया, (उ.प्र.)।

प्रकाशित कृतियाँ : *सूखा पत्ता, काले-उजले दिन, कटीली राह के फूल, ग्रामसेविका, सुखजीवी, बीच की दीवार, सुन्नर पांडे की पतोह, आकाशपक्षी, इन्हीं हथियारों से* (उपन्यास); *जिन्दगी और जोंक, देश के लोग, मौत का नगर, मित्र-मिलन तथा अन्य कहानियाँ, कुहासा, तूफान, कलाप्रेमी, एक धनी व्यक्ति का बयान, सुख और दुख का साथ, प्रतिनिधि कहानियाँ, दस प्रतिनिधि कहानियाँ, अमरकान्त की सम्पूर्ण कहानियाँ* (दो खंडों में) (कहानी); *कुछ यादें, कुछ बातें* (संस्मरण); *नेऊर भाई, वानर सेना, खूँटा में दाल है, सुग्गी चाची का गाँव, झगरू लाल का फैसला, एक स्त्री का सफर, मँगरी, बाबू का फैसला, दो हिम्मती बच्चे* (बाल-साहित्य)।

पुरस्कार व सम्मान : सोवियत लैंड नेहरू पुरस्कार, मैथिलीशरण गुप्त पुरस्कार, उत्तर प्रदेश हिन्दी संस्थान पुरस्कार, यशपाल पुरस्कार, जन-संस्कृति सम्मान, मध्य प्रदेश का 'अमरकान्त कीर्ति' सम्मान, इलाहाबाद विश्वविद्यालय के हिन्दी विभाग का सम्मान, उपन्यास 'इन्हीं हथियारों से' साहित्य अकादमी व व्यास सम्मान से सम्मानित।

विशेष : विदेशी भाषाओं, प्रादेशिक भाषाओं, पेंग्विन इंडिया में कहानियाँ प्रकाशित, दूरदर्शन पर कहानियों पर फिल्में प्रदर्शित, रंगमंच पर कहानियों के नाट्य-रूपान्तरों का प्रदर्शन।

निधन : 17 फरवरी, 2014

सुन्नर पांडे की पतोह

अमरकान्त

राजकमल पेपरबैक्स

पहला पुस्तकालय संस्करण
राजकमल प्रकाशन प्राइवेट लिमिटेड द्वारा
2005 में प्रकाशित

राजकमल पेपरबैक्स में
पहला संस्करण : 2005
तीसरा संस्करण : 2022

राजकमल पेपरबैक्स : उत्कृष्ट साहित्य के जनसुलभ संस्करण

राजकमल प्रकाशन प्रा. लि.
1-बी, नेताजी सुभाष मार्ग, दरियागंज
नई दिल्ली-110 002
द्वारा प्रकाशित

शाखाएँ : अशोक राजपथ, साइंस कॉलेज के सामने, पटना-800 006
पहली मंजिल, दरबारी बिल्डिंग, महात्मा गांधी मार्ग, प्रयागराज-211 001
36 ए, शेक्सपियर सरणी, कोलकाता-700 017

वेबसाइट : www.rajkamalprakashan.com
ई-मेल : info@rajkamalprakashan.com

बी.के. ऑफसेट
नवीन शाहदरा, दिल्ली-110 032
द्वारा मुद्रित

मूल्य : ₹199

SUNNER PANDE KI PATOH
Novel by Amarkant

ISBN : 978-81-267-1032-4

सुन्नर पांडे की पतोह

एक

इस छोटे-से कस्बे में वह सुन्नर पांडे की पतोह के नाम से जानी जाती है। वह करीब सत्तर वर्ष की थी। एक लम्बी बीमारी के बाद फागुन के आरम्भ में वह पहली बार सड़क से जाती हुई दिखाई दे रही थी। अब सर्दी उस बिन्दु तक उतर गई थी, जब हवा के स्पर्श से सुख-ही-सुख मिलने लगता है। निर्मल आकाश किसी बालक की बड़ी-बड़ी आँखों की तरह नीला, चमकीला और खुशनुमा था।

वह सड़क की धूल-भरी बाईं पटरी से जा रही थी। डगमग और टेढ़ी-तिरछी चाल से वह झुकती हुई चल रही थी। उसका लम्बा, छरहरा और टाँठ शरीर अब कमजोर होकर आगे झुक गया था और उसके कूल्हे पीछे को निकल आए थे। उसका दप-दप गोरा चेहरा झँवराकर और झुर्रियों तथा लकीरों के एक जाल में बदलकर अब ऐसी स्थिति में पहुँच गया था, जब उसे देखकर जवान छोकरों और बच्चों को बेतहाशा हँसी आने लगती है। मटमैली साड़ी पहने और वैसा ही चादर ओढ़े तथा दाहिने हाथ में एक छोटा-सा डंडा पकड़े, दाना चुगते हुए कबूतर की तरह, वह दो-चार कदम चलने पर सिर उठाकर आगे देखती, फिर सिर झुका लेती थी।

अब वह आह-उह, बुदबुदाहट और बड़बड़ाहट में ही सिमटकर रह गई थी। उसके अन्दर उसकी स्मृतियाँ दूर आकाश से उस धुँधले तारे की तरह थीं, जो कुछ देर तक टिमटिमाता है और बुझ जाता है। इस समय वह कुछ तेज चलती फागुनी हवा पर

बड़बड़ा रही थी।

"अरे, धीरे-धीरे चलो न ! बड़ी जवानी छाई है ? आग लगे ऐसी जवानी में...।"

दशहरे तक तो वह अच्छी-भली थी। बरसात के दिनों में कीच-पाँक हेल-लाँघकर इधर-उधर गई। हरिबाबू सेठ की बहू के बच्चा होने पर एक महीने तक उनके यहाँ खाना बनाया था। मुरली मनोहर सिंह वकील के बीमार पड़ने पर जब घर में भारी आर्थिक संकट पड़ गया था, उस समय वकील साहब की स्त्री का एक गुप्त सन्देश लेकर उनके मायके चिटबड़ागाँव गई थी, जिसका परिणाम अच्छा निकला था। हरिहरप्रसाद पेशकार की बूढ़ी माँ को रोज आठ बजे सबेरे पुराने रोहे और फुल्ली की दवा कराने के लिए गुदड़ी बाजार के पास जंगली मियाँ के घर ले गई थी। लेकिन दीवाली आते-आते उसने बिस्तर पकड़ लिया। वह दोमितलाल की रखैल सुनरी के साथ एक दिन सबेरे-सबेरे नदी नहाने गई थी, वहाँ से लौटकर आई तो उसके बाएँ पैर के पंजे में दर्द होने लगा। शाम तक वह पाँव सूज गया और चलना-फिरना बन्द हो गया। इसके बाद उसे बुखार रहने लगा। उसका पाँव काला पड़ गया और उसका हिलना-डुलना भी मुश्किल हो गया। वह दिन-रात चिल्लाती रहती और रो-रोकर यमराज से प्रार्थना-विनती करती। जाड़े-भर उसकी ऐसी स्थिति रही कि कई बार उसके मुँह में गंगाजल और तुलसी-दल डाला गया, पर यमराज ने उसका साथ नहीं दिया और माघ के अन्त में एक घुमन्तू साधु की कुछ दवाएँ खाकर वह उठ खड़ी हुई।

सुन्नर पांडे की पतोह और दोमितलाल की परस्पर निकटता और घनिष्ठता एक संयोग ही है। दस-बारह वर्ष पहले की बात है। वह जापलिनगंजवाली कोठरी को छोड़कर स्टेशन के पास पचकौड़ी पंसारी के खंजड़ मकान के बाहरी बरामदे की एक अन्धी-अँधेरी कोठरी में रहने लगी थी। उस समय उसका शरीर टाँठ था। सफेद चादर ओढ़े और उसी का सिर के आगे थोड़ा घूँघट निकाले, वह इधर-उधर जाते हुए दिखाई दे जाती। वह बड़ी फुर्ती से चलती थी। कितनी बार वह अपनी कोठरी में आती और कितनी बार बाहर जाती, इसकी गणना नहीं की जा सकती।

उन्हीं दिनों दोमितलाल अपने बड़े भाई कंवलबासलाल के साथ गाँव से शहर में आकर, उसी मोहल्ले में 50 गज की दूरी पर, नगरपालिका द्वारा निर्मित एक मकान की एक कोठरी में रहता था। कस्बे में आते ही वे दोनों भाई ऐसे नालायक कायस्थ बाप की सन्तान के रूप में विख्यात हो गए, जिनकी माँ निम्न वर्ग की थी। वे निरक्षर और गँवार थे और एक सेठ के यहाँ मोटियागिरी करते थे। जाति पूछने पर वे अपने को कायस्थ बताते, गेहुँअन साँप की तरह देह को लहराकर चलते, सबसे ऐंठकर बोलते, खैरियत की बात यही थी कि खाँटी कायस्थ समुदाय के लोग उनसे बाल-बाल बचे रहते थे और मौका आते ही झट से कह देते 'साले दोगले हैं'। कंवलबासलाल जबर, फुर्तीला, मेहनती, अहंकारी और काइयाँ था, जबकि दोमितलाल अपने बड़े भाई की तरह लम्बा होते हुए भी दुबला-पतला, मरियल, बुद्धू, लापरवाह और घुमक्कड़। कंवलबासलाल ने बार-बार उससे कहा कि वह घुमक्कड़ी न करे और मेहरारुओं के चक्कर में न रहे बल्कि

मेहनत करे, लेकिन दोमितलाल ने उस पर ध्यान न दिया। और एक दिन दोनों भाइयों में खुलेआम वह उठापटक हुई कि तगड़े और दुर्बल दो साँड़ों के एक भयावह युद्ध का दृश्य उपस्थित हो गया, जिसमें दोमितलाल को अन्ततः पिछाड़ दिखाकर भागना पड़ा।

कंवलबासलाल ने जब दोमितलाल को घर से निकाल दिया तो वह पचकौड़ी पंसारी की उस कोठरी में आ गया, जिसमें गोजर नामक मोटिया बहुत दिनों तक रहने के बाद अचानक हैजा से मर गया था। कच्ची फर्शवाले बरामदे में पूरब-पश्चिम दो कोठरियाँ थीं और पूरबवाली कोठरी में सुन्नर पांडे की पतोह पहले से ही रहती थी। बिना किसी खिड़की की इन कोठरियों को बिल-सूराख ही कहना चाहिए, जिनमें चूहे, खटमल, झींगुर और तेलचट्टे स्वतन्त्रतापूर्वक चहलकदमी करते रहते थे और सीलन से दीवारें भीगी रहती थीं, यद्यपि दोमितलाल की कोठरी अपेक्षाकृत बड़ी थी।

दोमितलाल सदा अपने बड़े भाई पर भुनभुनाया करता। वह हमेशा तले सूखे मिर्च की तरह जला, ऐंठा और कड़वा बना रहता। सुन्नर पांडे की पतोह से भी वह मुँह बिगाड़ कर बोलता। वह उस दिन की प्रतीक्षा कर रहा था, जब वह कंवलबासलाल से अपने अपमान का बदला पाई-पाई चुका सकेगा। इसीलिए वह अपनी शक्ति से अधिक दंड-बैठक करने लगा, लेकिन गिजा न मिलने के कारण उसका शरीर और झुराकर ऐंठ गया था और गाल पिचक गए थे। वह कसरत करके लँगोट की पूँछ लटकाए बाहर निकल आता और 50 गज दूर कंवलबासलाल की कोठरी की ओर मुँह करके देर तक बड़बड़ाया करता। जब वह कंवलबासलाल को बाहर देखता तो उधर गर्दन थोड़ा-सा घुमाकर धीरे-धीरे मूँछों पर ताव देने लगता अथवा बाईं बाँह को मोड़कर, उसके पुट्ठे को चौड़ा करके, उस पर दाहिने हाथ की कटोरी से इस प्रकार प्रहार करता, जैसे कोई पहलवान अखाड़े में दूसरे पहलवान को पकड़ के लिए ललकारता है। कभी वह कंवलबासलाल को अपनी ओर देखता पाता तो वह बाईं ओर मुँह करके जमीन पर जोर से थूकता—थू।

''बताऊँगा साले जमामार को एक दिन। कौन कहता है यह भाई है ? बाप का रुपया कहाँ गया ? सब दबा लिया है साले ने। पाई-पाई वसूल लूँगा, खून पी जाऊँगा...।'' वह बड़बड़ाते हुए कहता।

उन दिनों ऐसा करीब-करीब रोज ही होता था। एक बार सुन्नर पांडे की पतोह मुरली मनोहर सिंह वकील की लड़की के यहाँ चौथार लेकर गई थी, वहाँ से लौटकर आई तो दोमितलाल की कोठरी में कराहने की आवाज आई। वह जब उसकी कोठरी के अन्दर गई तो जमीन पर बिछे गुदड़ीनुमा बिस्तर पर उसे गरई मछली की तरह छटपटाते हुए देखा। उसका मुँह इस तरह लाल हो गया था, गोया वह जेठ की दोपहरी की तेज धूप से चलकर आया हो। बीच-बीच में वह छटपटाना तथा कराहना बन्द करके आँखें फाड़-फाड़कर चारों ओर सनकी की तरह देखने लगता था।

सुन्नर पांडे की पतोह उसके पास बैठ गई। जब उसने उसके कपार पर हाथ रखा तो उसके मुँह से चीख़ निकल आई, ''हाय राम ! अरे तुम्हारा शरीर भट्ठी की तरह

जल रहा है, ए बचवा। क्या हो गया तुम्हें, भइया ? घबराओ नहीं...कृष्णमुरारी सब दुःख हरेंगे... ।''

''ए मैया, मैं अब नहीं बचूँगा।'' सर्दी में एकदम ठंडे पानी से नहाने के बाद दाँत किटकिटाने से रुक-रुककर जैसे आवाज निकलती है, उसी तरह काँपते हुए स्वर में वह बोला, ''मेरा कोई नहीं है, ए मैया। तुम हमारी मतहारी हो। ए मैया, कपार फट रहा है। देह में बड़ा दर्द है। कपार चाँप दो...अब नहीं बचूँगा ए दादा, ऊहँ-ऊहँ।'' उसका सिर एक ओर लटक गया और वह कुछ क्षणों के लिए सुन्न-सा पड़ गया।

''ए बच्चा, घबड़ाओ नहीं, कृष्णमुरारी पर भरोसा रखो...सब दुख दूर होगा...'' सुन्नर पांडे की पतोह रोती हुई उसके सिरहाने खिसक गई और उसके सिर को दबाती हुई बोली, ''तुम जल्दी ही अच्छे हो जाओगे। मैं अभी दवाई दूँगी, आराम हो जाएगा।''

सिर दबाने से उसको सचमुच कुछ आराम मिला। पर शरीर उसका गर्म तवे की तरह जल रहा था। वह कुछ देर तक चुपचाप पड़ा रहा। फिर वह इतने जोर-जोर से चिल्लाने और प्रलाप करने लगा, गोया उसने यमदूतों के दर्शन कर लिए हों। सुन्नर पांडे की पतोह पास की गली में एक वैद्य से कुछ गोलियाँ चार आने में ले आई थी। उसने उसके कपार पर लौंग पीसकर छापी थी। वह रात भर उसके पास बैठी रही। वह उसको छोड़ने को तैयार भी नहीं था। वह बार-बार उसका हाथ अथवा पैर पकड़कर जाड़े से काँपते रोगी के स्वर में कहता :

''तुम मेरी महतारी हो...ए महतारी, मुझे छोड़कर न जाना... ।''

दूसरे दिन उसका बुखार कम हो गया और तीन-चार दिन में उठकर वह काम-धाम पर जाने लगा था।

सुन्नर पांडे की पतोह के प्रति अवश्य दोमितलाल अत्यन्त कोमल हो गया, पर कंवलबासलाल को देखकर अब भी उसका खून जला करता। उसकी दंड-बैठक और भी बढ़ गई थी और बाहर जाकर बड़बड़ाना भी उसका जारी था। अपना गुस्सा वह कई प्रकार से प्रकट करता। एक दिन कंवलबासलाल दोपहर में सत्तू खाने के बाद पीतल की थाली बाहर बैठे माँज रहा था, उसी समय दोमितलाल कहीं से अपने घर आया। दोमितलाल के पास थाली-वाली नहीं थी। वह अक्सर सत्तू अँगौछे में सानकर बड़ा-सा पिंड बना लेता था और गट-गट खाकर पानी पीता जाता था। पीतल की थाली देखकर उसका खून खौलने लगा था। कुछ ही क्षणों में उसका गुस्सा इतना बढ़ गया कि उसने आव देखा न ताव, बरामदे में दौड़ता हुआ गया और वहाँ से बाँस का एक फट्टा उठाकर ले आया और अचानक पास में बैठे एक निश्चिन्त, वफादार देशी कुत्ते को जोर से मारते हुए बोला :

''भाग साले यहाँ से ! जब देखो, इसकी मनहूस शकल दिखाई देने लगती है। साले, तू सड़-सड़कर मरेगा : यह मौज-मस्ती भूल जाएगी। हरामी, जानता है, दूसरा का जमा मारने से कुकुर का जन्म मिलता है...तूने जरूर पिछले जन्म में अपने भाई का हक मारा होगा। भाग साले, भाग साले... ।''

कंवलबासलाल ने उसको कुछ देर तक घूरा। उसकी आँखें लाल हो गईं। वह एक ऊँचे, मजबूत किले की तरह खड़ा हो गया और छाती निकालकर बोला :

"क्यों रे, देख रहा हूँ, तेरा जोर फटने लगा है आजकल। उस दिन का भूल गया ? चुपचाप चला जा, नहीं तो सारा भूत अभी झाड़कर रख दूँगा।"

दोमितलाल की समझदारी की प्रशंसा करनी पड़ेगी कि उसने ऐसा चेहरा बनाया, गोया उसके कानों में कोई बात गई ही न हो और सचमुच वह कुत्ते पर ही गुस्सा हो। इसके बाद वह फौरन बरामदे में लौट भी आया, जैसे बाँस का फट्टा रखने के उद्देश्य से ही आया हो। सुन्नर पांडे की पतोह उस समय अपनी कोठरी के चौखट पर बैठी थी। वह बोली :

"ए बचवा, मैं तो एक बात जानती हूँ, जो जैसा करेगा, वैसा भरेगा। तुम गुस्सा करके खून क्यों जलाते हो ? कृष्णमुरारी सब देख रहे हैं। तुम कोई काम-धन्धा क्यों नहीं करते ? देनेवाला वह है। सब वही देगा।"

"कौन धन्धा करूँ ए मैया ? पैसा-कौड़ी भी तो सब पचा गया हरामी...।"

"ए बचवा, अपना जी थोड़ा न करो। उस पैसे की बात ध्यान में न लाओ। तुम घबड़ाते क्यों हो ? मैं दिलवा दूँगी। मैं सेठजी के घर आती-जाती हूँ, कहकर कुछ दिला दूँगी। उनका ब्योहार चलता है। चीनिया बादामवाले, रिक्शावाले, घुघनी-फुलौड़ीवाले, मोटिया-मजूर, सभी उनसे दस-पाँच ले जाते हैं, दूसरे दिन, तीसरे दिन एक-दो रुपया अधिक लौटा देते हैं। कहकर दिलवा दूँगी, सेठजी का मूल-सूद धीरे-धीरे लौटा देना...।"

रुपये-पैसे की बात सुनकर दोमितलाल का मन बहुत मुलायम पड़ गया। उसकी खीसें निकल आईं। वह डींगें मारने लगा, "ए मैया, मैं उस हरामी की तरह जमामार नहीं हूँ। जान देकर पैसा चुकानेवाला मर्द हूँ। इस शहर में कोई साला कह न दे कि दोमितलाल ने हमारा पैसा मार लिया है ! मूँछ मुड़वाकर गदहे पर शहर भर घूमूँगा...।" वह कुछ देर तक रुका, फिर गम्भीर होकर बोला, "ए मैया, दौरी-दुकान मुझसे न चलेगी।"

"ए बचवा, करने से सब कुछ होता है। तुम परौठा-तरकारी, चाय की दुकान खोल सकते हो। मकुनी-चोखा की दुकान भी खूब चलेगी। टीसन पास है न ! मोटिया-मजूरों का ठिकाना हो जाएगा...।"

"मेरा बनाया परौठा-मकुनी कौन खाएगा, ए मैया ?" वह हँसने लगा था।

सुन्नर पांडे की पतोह ने फुसफुसाए स्वर में कहा था, गोया भारी रहस्य की बात हो, "चलो, मैं सिखा दूँगी। खुश ? बनाकर दिखा दूँगी। मौका मिलने पर बना दिया करूँगी। मन में हिम्मत लाओ, ए बच्चा। ए भइया, बड़ा भाई है, गाली मत दो, तुम्हें फलेगा नहीं। दो दिन की जिनगी है, कौन किसका है ? सबको तो आख़िर में सीताराम, कृष्णमुरारी के यहाँ जाना ही है। अपना काम सबसे अच्छा होता है, किसी का सहारा अच्छा नहीं। हाँ तो, तुम दौरी-दुकान कर लो, तुम जो कहोगे, कर दिया करूँगी...।"

दोमितलाल अत्यन्त गद्गद् हो गया। मुलायम करुण स्वर में बोला, "तुम्हारा यह उपकार कभी नहीं भूलूँगा, ए मैया। पता नहीं तुम उस जन्म की कौन हो। मेरा मन कहता है, उस जन्म में तुम मेरी महतारी थीं। महतारी हमारी बहुत दुःख से मरी, ए मैया। बाप ठेकेदार था। पहली स्त्री के मरने पर महतारी को किसी जंगली गाँव से फुसलाकर लाया। बड़ी सीधी थी वह। बाप बड़ा शराबी और जुआड़ी था। बड़ा बिगड़ैल ! हम दोनों भाई महतारी में नहीं पड़े हैं, आप में ही पड़े हैं," वह बीच में भुल-से हँस पड़ा, "बाप के शरीर में जितने रोएँ नहीं थे उतने दुर्गुण थे। बाद में वह महतारी को मारने लगा। जैसे जिबह होता बकरा चिल्लाता है, उसी तरह महतारी चिल्लाती थी। मैं सतवाँसा पैदा हुआ, मैया। इसीलिए तो उस हरामी से कमजोर हूँ। पर अब मैं उसे गाली नहीं दूँगा, तुम जैसा कहोगी, वैसा ही करूँगा। बाप शराब-जुआ में फूँक-ताप गया, पर उसका फल भी मिला। सड़-सड़कर मरा...।"

माँ-बाप का ज़िक्र सुनकर सुन्नर पांडे की पतोह के दिल में कोई करछुल-सा चलने लगा। उसने आँखें मूँद लीं और दोनों हाथों को आँचल के अन्दर जोड़कर माथे से लगा लिया था।

"मैया, क्या बात है ?"

सुन्नर पांडे की पतोह ने आँखें खोल दी थीं। वह क्षीण मुस्कुराहट के साथ बोली, "कुछ नहीं, ए बच्चा।"

"मैया, मैं कह रहा था, बाप चाहे जैसा था, उसका खून तो मेरे शरीर में बह रहा है न। मेरी खोपड़ी भी किसी कायस्थ की खोपड़ी से कम नहीं है, ए मैया। तुम्हारे आशीर्वाद से कुछ कर दिखाऊँगा, मैया, तुम पराठा-मकुनी बना दिया करना, फायदा में आधा तुम्हारा—चार आने में दो आने।"

"ना ना ना...।" सुन्नर पांडे की पतोह ने कई बार सिर हिलाया, "मेरा कौन बैठा है ? तुम्हीं लोग तो हो। लेकर करूँगी भी क्या ? मैं तुम्हारा सब काम कर दिया करूँगी...।"

हरिबाबू सेठ का गोला स्टेशन के पास ही था, जो काफी मशहूर था। उनके यहाँ कई प्रकार के काम होते थे। एक बड़े आढ़तिया तो वे थे ही, सूद पर पैसा उधार देने का काम भी उनके यहाँ कई पैमानों पर होता था। छोटे लोगों को उधार देने का धन्धा तो धड़ल्ले से चलता था। सबेरे-सबेरे उनके यहाँ छोटे-छोटे खोंचेवालों, मजदूरों आदि की भीड़ लग जाती। यहाँ लोग दस रुपए तक उधार ले जाते। दस रुपया पर एक रुपया दैनिक सूद होता था। पैसा देते समय एक रुपया काटकर नौ रुपए दिए जाते थे और दूसरे दिन पैसा लौटाते समय ग्यारह रुपए देने पड़ते। इतने पर भी छोटे-मोटे लोग शौक से इस रेट पर पैसा ले जाते, उससे कोई छोटा-मोटा धन्धा खोल लेते और शाम को दूसरे या तीसरे दिन लौटा जाते।

सुन्नर पांडे की पतोह दोमितलाल को सबेरे-सबेरे ही लेकर हरिबाबू सेठ के यहाँ गई थी। सेठजी अपनी गद्दी पर बैठे थे। वह धोती-कुर्ता और एक सफेद टोपी पहने

थे। भारी-भरकम शरीर, तोंद ऊपर और आगे की ओर उठी हुई, पर चेहरा गाय-गोरू की तरह सीधा और शान्त, जिससे यह सोचना भी कठिन था कि ऐसा व्यक्ति इतना बड़ा कारोबारी भी हो सकता है। गद्दी के एक कोने में ही काले भैंसे की तरह एक मुनीम नाक पर चश्मा लटकाए आगे रखे बही-खाते में डूब-उतरा रहा था।

सुन्नर पांडे की पतोह ने हाथ जोड़कर कहा था, "मालिक, दुखिया है, बड़ा सीधा-सादा है। मेहनत खूब करता है। बाप बड़ा ऐबी था, सब फूँक-ताप गया। सन्तान भूखों मरने लगी। सूखा पड़ा तो यह अपने बड़े भाई के साथ शहर भाग आया। दोनों भाई मेहनत-मजूरी करते थे...बाद में बड़े भाई ने इसको मारकर बाहर निकाल दिया...बड़ा कंस है वो...।"

"जो कहिए, कर दूँ...।" सेठ ने मूँछों में मुस्कुराकर पूछा था।

"हाँ, मालिक, यह कुछ दौरी-दुकान करना चाहता है...कुछ मिल जाता तो काम बन जाता। मूर-सूद सभी चुका देगा...।"

"ठीक है, इसको मैं नहीं जानता...आप कहती हैं तो पचास रुपए दे देता हूँ ! दस रुपया पर एक रुपया रोजाना का सूद पड़ता है। इससे बीस रुपए पर ही लूँगा। मैं इस तरह का धन्धा नहीं करता, पर आप बहुत दिनों से आती-जाती हैं, लेहाज करना पड़ता है। पर यह पैसा जल्दी-से-जल्दी चुकाता जाए, मूर नहीं तो सूद यह जरूर दो रुपया रोज दे जाया करे। पैसा जब इकट्ठा हो जाए तो मूर दे जाए। है न ?"

"हाँ, मालिक...जुग-जुग जीएँ। इस दुखिया का रोआँ-रोआँ आशीर्वाद देगा...।"

एक कागज पर अँगूठा का निशान लगवाकर मुनीम ने पाँच रुपए काटकर 45 रुपए दे दिए। दोमितलाल बहुत प्रसन्न हुआ।

जल्दी ही दोमितलाल की दौरी-दुकान खुल गई। जिस पटरी पर उसका मकान था, उसके आगे एक गहरी नाली चली गई थी, जिसमें काला बदबूदार कीचड़ जमा रहता था। उस नाली के ऊपर एक काठ की मामूली चौकी रखवा दी गई। चौकी की दाईं ओर ईंट-मिट्टी की मदद से चौकी की ऊँचाई के बराबर अँगीठी तैयार की गई। कुछ मामूली बर्तन, तेल, आटा, चने की सतुई आदि सामान खरीदे गए। फिर तेलहा पराठा, तरकारी और मकुनी-चोखा की दुकान खुल गई।

तेलहा पराठा की तो उस मोहल्ले में कई दुकानें थीं, लेकिन मकुनी-चोखा की यह पहली दुकान थी। मकुनी बाटी की तरह ही होती है, पर वह गोल व छोटी होती है और उसमें सत्तू का भरता भरा रहता है। सारा कमाल भरते और मकुनी की सेंकाई में होता है। साथ में आलू अथवा आलू-बैंगन का चोखा चलता है। खाकर मन चटक हो जाता है। पेट भी खूब भरता है।

दोमितलाल को कुछ आता-जाता नहीं था। वह लापरवाह भी खूब था, पर सुन्नर पांडे की पतोह ने उसे एक-एक चीज सिखाई थी। सुन्नर पांडे की पतोह सबेरे ही उठकर बरामदे तथा चौकी के नीचे और उसके आगे की जगह को चमाचम झाड़-बुहार देती थी। फिर अँगीठी को पीली मिट्टी से लीप-पोत देती, इसके बाद अँगीठी के नीचे से

राख कोयला निकालकर उसे सुलगा देती। अन्त में वह दोमितलाल को उठा देती थी। दोमितलाल गुस्से में भुनभुनाते हुए उठता था, पर बाद में उसकी आदत पड़ गई। वह लोटा लेकर पूरब दिशा की ओर अन्तर्धान हो जाता और जब वह कुल्ला-दातुन करके लौटता, सुन्नर पांडे की पतोह आटा गूँधकर तरकारी काट चुकी होती। इसके बाद वह मसाला पीसती। फिर चने के सत्तू में अदरक, अजवाइन, लहसुन, मंगरैल, मिर्च, नमक, कड़वा तेल मिलाकर मकुनी का भरता तैयार करती। अन्त में वह तरकारी छौंककर पराठे बेलने और आटे की लोई को कटोरी की तरह गहरा करके तथा उसमें भरता भरकर गेंदनुमा मकुनी तैयार करने लगती।

पहले दिन मकुनी चखकर दोमितलाल बड़ा खुश हुआ था। खींसें निकालकर हँसते हुए बोला, "ए मैया, ऐसी मकुनी तो बरमा (ब्रह्मा) के बाप भी नहीं बना सकते...।"

महीनों सुन्नर पांडे की पतोह का यह कार्यक्रम रहा। धीरे-धीरे दुकान चल निकली। मकुनी उसकी इतनी चटख बनती थी कि मोटिया मजूरों के अलावा दूसरे लोग भी यदाकदा ले जाने लगे। लेकिन मकुनी सबेरे ही बनती थी, जब तक वह चले। फिर तो तेलहा पराठा और तरकारी ही होती थी।

एक दिन सुन्नर पांडे की पतोह ने उससे कहा, "ए बचवा, अपना काम अपने हाथ से करने में अच्छा होता है। दूसरे का सहारा ठीक नहीं। मैं कब तक बनाऊँगी ? मेरी देह का भी कोई ठिकाना नहीं। मुझे और भी काम करने हैं। तुम शादी-ब्याह कर लो और अपना घर-गृहस्थी चलाओ। मुरली बाबू के यहाँ शादी पड़ रही है, कुछ दिनों बाद मुझे फुर्सत नहीं मिलेगी। काम नहीं करोगे तो दुकान टूट जाएगी ! जगहँसाई होगी। भाई भी हँसेगा...।"

भाईवाली बात ने जादू का असर किया। दोमितलाल मेहनत करने लगा। उसका भाग्य भी खूब चरचराया था। दुकान जमती जा रही थी, पैसा आ रहा था। सेठ का कर्जा उसने पाट दिया था। फिर सौभाग्य से मोहल्ले में पीछेवाली गली में ही एक ऐसी औरत थी, जो गोया दोमितलाल के लिए ही पैदा हुई थी। सुनरी एक ऐसी औरत थी, गड़ेरी की तरह चुसी हुई-सी, जिसका मोहल्लेवालों को बड़ा सहारा था। बारह वर्ष के बाद उसने जब कली की तरह चटकना शुरू किया तभी कई लोग बेसब्री से इन्तजार करने लगे थे। वह एक ऐसे व्यक्ति की लड़की थी जो परचून की मामूली दुकान चलाता था। वह गोरी, चंचल और शोख थी। उसकी देह बेहद लचकदार थी, जो डाली की तरह झुक-झुक जाती थी। तेरह वर्ष की अवस्था में ही उसकी शादी हो गई थी। उस समय उसके पति की उम्र थी आठ—गौना भी उसका हुआ, एक-दो बार वह ससुराल गई, लेकिन अक्सर वह मायके में ही बनी रहती और तीन-चार वर्ष बाद उसका बाप खून बोकर मर गया और दुकान बर्बाद हो गई, तो वह घर को सँभालने लगी।

वह मोहल्ले के रईसों के बीच घूमी। फिर उससे निचले वर्ग के बीच वह लोकप्रिय हुई, जिसमें छोटे-मोटे क्लर्क, प्राइमरी स्कूल के लफंगे टीचर और चपरासीनुमा लोग भी आते हैं। अन्ततः उसे लोक समाज ने अपना लिया। कुछ दिनों तक वह दुबे ड्राइवर

के साथ रही जो सदा शराब के नशे में धुत् रहता। उसके बाद वह मोहल्ले में ही अकेले रहनेवाले एक ठेकेदार के घर में रही। कुछ दिनों तक उसको कंवलबासलाल ने भी रखा। लेकिन जब वह काफी बेदम हो गई तो उसने पिछाड़ दिखाना शुरू किया। ऐसे ही समय में दोमितलाल ने आसानी से उसे अपने पास रख लिया।

दोमितलाल ने उसे प्यार से रखा। उसको एक औरत और सहयोगी की सख्त जरूरत भी थी। प्यार मिलने से सुनरी पर हरियरी छाने लगी। उसे एक ऐसा ही सहारा चाहिए था। वह दुकान को भी सँभालने लगी। एक मेहरारू को देखकर मोटिया-मजूरों की और भीड़ होने लगी। पैसा अब आने लगा। इसके साथ खुशी की बात यह थी कि सुनरी हर दो वर्ष पर एक बच्चा भी जनने लगी। सुन्नर पांडे की पतोह की तो वह बहुत इज्जत करती। रात में वह सुन्नर पांडे की पतोह का सिर दबा देती, देह चाँप देती। दिन में बाल में से ढील हेर देती, पानी भरकर रख देती, बर्तन माँज देती।

"जुग-जुग जीओ। दूधो नहाओ, पूतों फलो...।" सुन्नर पांडे की पतोह उसे आशीर्वाद देती थी।

दिन बीतते गए थे। सुन्नर पांडे की पतोह की देह कमजोर होती गई थी। झुर्रियाँ और लकीरें चेहरे पर बनने लगीं। शरीर झुकने लगा। चाल भी भटकने लगी। लेकिन सर्दी-जुकाम अथवा दो-एक दिन के बुखार या हरारत के अलावा वह लम्बे समय तक कभी भी खाट पर नहीं पड़ी। टाँगों में दो-चार बार अवश्य पीड़ा उठी थी, पर उसने दो-तीन दिन से अधिक परेशान नहीं किया। लेकिन इस बार की बीमारी करीब चार महीने तक रही। दर्द का इतना भयंकर दौरा उस पर कभी नहीं पड़ा।

सुनरी ने उसकी कड़ी सेवा की। दोमितलाल ने कुछ दिनों तक उसे एक होमियोपैथ की दवा खिलाई थी, जो गुदड़ी बाजार के पास एक गली में बैठता था। डॉक्टर शाम को 7 से 9 बजे तक होमियोपैथी की दुकान लगाता था, जिसमें एक ही खास बात थी कि एक दिन की दवा के चार आने से अधिक पैसा वह किसी भी हालत में नहीं लेता था। इससे कोई फायदा न हुआ तो सुनरी ने रेड़ के पत्ते बहुत दिनों तक गर्म करके उसके पाँव पर बाँधे थे। लोगों के बताने पर दूर-दूर से सूअर तथा अन्य कई प्रकार के तेल लाकर लगाए थे। झाड़-फूँक कराया था। और भी कई प्रकार के घरेलू उपचार किए थे। इसके अलावा खाना बनाकर खिलाने, हाथ-पैर व माथा चाँपने और गू-मूत करने में उसने किसी प्रकार की उदासीनता अथवा उपेक्षा का भाव नहीं दिखाया।

एक दिन दोमितलाल कुछ गोलियाँ ले आया था। उसने बताया कि जब वह गंगा जी नहाने गया था, वहाँ उसकी मुलाकात एक घुमन्तू साधु से हुई थी। कोई पहुँचा हुआ महात्मा लगता था। उसने सुन्नर पांडे की पतोह की हालत उस साधु को बताई थी। साधु ने कहा था :

"बच्चा, घबराने की कोई बात नहीं। प्रभु सब ठीक करेंगे। कुछ गोलियाँ खाने को दूँगा। सबेरे, दोपहर और शाम, तीन बार दो-दो गोलियाँ खानी पड़ेंगी। सात दिन में काफी आराम हो जाएगा, पन्द्रह दिन में चलने लगेंगी...।"

सचमुच साधु ने जो कुछ कहा था, हूबहू वैसा ही हुआ। सातवें दिन ही इतना आराम मालूम हुआ कि सुन्नर पांडे की पतोह खटिया से उतरकर डंडा के सहारे बाहर निकल गई थी और बोरा पर बैठकर मन भर धूप का सेवन किया था। वह चारों ओर मुँह घुमा-घुमाकर इस तरह टुकुर-टुकुर देख रही थी, गोया आज ही पैदा हुई हो। उसने सुनरी के छोटे बच्चे को गोद में लेकर खूब खेलाया और कई मोहल्लेवालियों से खूब बतकूचन भी किया। आस-पास के बच्चों से मजाक कर वह देर तक खी-खी हँसती रही। उसने घाम में ही धीरे-धीरे अपने ही हाथ गतर-गतर सारे शरीर में तेल लगाया था, धीरे-धीरे हाथ-मुँह को खूब अच्छी तरह धोया था और कोठरी में जाकर लुग्गा-कपड़ा बदला था।

"ए दोमित की दुल्हिन, जी करता है खूब चलूँ, खूब काम करूँ। तुम्हारा उपकार नहीं भूलूँगी ए दोमित की दुल्हिन। तुम दोनों ने बाप-महतारी की तरह सेवा की है...।" सुन्नर पांडे की पतोह रोने लगी।

सुनरी ने भी एक-दो सुबकी लेते हुए आँखें पोंछीं, "ऐसा न कहिए, ए मैया। हम तो आपके बच्चे हैं। आपका दिया तो हम सात जन्म में भी नहीं चुका पाएँगे। मैं भगवान से रोज मनाती थी, ए मैया। आपका कराह सुनकर रात में नींद नहीं आती थी। आप अच्छी हो जाएँ, आप मजे में रहें—बस। अभी आराम कीजिए, ए मैया। जब ताकत आ जाए तो कीजिएगा...।"

दो

हवा-बताश की अपनी लम्बी बीमारी के बाद पहली बार वह मुरलीमनोहर सिंह के यहाँ जा रही थी। कभी वह सड़क वीरान रहती थी, पर अब इसकी बाईं पटरीवाले मकानों में अनेक दुकानें खुल गई थीं—किसानों के काम में आनेवाली लोहे की छोटी-छोटी मशीनें और कल-पुर्जों की दुकानें। इन कुछ ही वर्षों में न मालूम कितने अनजान चेहरे इस सड़क के मोहल्ले में बस गए थे। उन्होंने छोटे-छोटे मकान खरीदकर उनके ऊपर कई मंजिलें बनवा ली थीं। इस सड़क पर अब दिन भर गाँव के लोगों की भीड़ लगी रहती, जो दिन में देहात से आते, कुछ खरीद-फरोख्त करते, तीन बजेवाले शो में सिनेमा देखते और किसी होटल में चाय-समोसे-मिठाई अथवा दो-चार अंडे का आमलेट, मुर्गी, कलिया, कलेजी आदि चाँपकर शाम को लौट जाते थे।

सुन्नर पांडे की पतोह मालगोदाम के सामने दाहिनी सड़क पर मुड़ गई, जो बालेश्वरजी के मन्दिर की तरफ जाती थी। मोड़ पर ही कुछ लड़के खेल रहे थे। उनमें से एक लड़का बड़ा शरारती था। जब उसने सुन्नर पांडे की पतोह को देखा तो वह बेतहाशा हँसने लगा, फिर उसे ऐसा मजा आया कि उसने सुन्नर पांडे की पतोह के सामने जाकर बन्दर की तरह उछलते हुए गाते हुए-से स्वर में बोला :

"अरे बुढ़िया बड़ी बेईमान, माँगे करैली का चोखा।"

इसके बाद तो अन्य लड़के भी सुन्नर पांडे की पतोह के पीछे पड़ गए, "ऐ बूढ़ी

माई, करैली का चोखा खाओगी?" "ऐ बूढ़ी माई, बेईमान हो ?" सुन्नर पांडे की पतोह का चलना बन्द हो गया। वह बार-बार कहती—"अरे दूर हटो, क्या तुम्हारे माँ-बाप नहीं हैं।" पर लड़के मानते ही न थे। इन बच्चों को सुन्नर पांडे की पतोह पहचानती नहीं थी, जो दूसरे मोहल्लों के होते हुए भी, उसको अच्छी तरह पहचानते थे। उसको चिढ़ाने के लिए ये पंक्तियाँ किसने बनाईं और क्यों बनाईं, इसके बारे में कुछ निश्चित रूप से नहीं कहा जा सकता, पर अब यह कस्बे के बच्चों में लोकप्रिय थी और बहुत कम बच्चे थे, जो सुन्नर पांडे की पतोह को देखकर इन पंक्तियों का इस्तेमाल करने से परहेज करते हों।

नुक्कड़ के बिरजू पानवाले ने लड़कों को डाँटा तो सुन्नर पांडे की पतोह की जान छूटी। इस सड़क पर कम भीड़भाड़ थी, यह कुछ चौड़ी-सी मालूम देती थी, क्योंकि इस पर दुकानें-उकानें नहीं थीं। कभी-कभी उसके बाएँ पैर में अब भी चिलकन उठ जाती थी। तब उसकी चाल और धीमी तथा भचकती-सी हो जाती थी।

मुरलीमनोहर सिंह बहुत दिनों से उसी सड़क पर किराए के मकान में रहते थे। वह बहुत ही सीधे और मुँहदूबर थे, इसलिए उनकी वकालत बहुत कम चलती थी पर वह दूसरे छोटे-मोटे धन्धे भी करते थे। गाँव में भी उनके पास बारी-जमीन थी, जहाँ से साल भर का अन्न मिल जाता था, मुश्किल उसी समय पड़ती थी, जब सूखा पड़ जाता था। इधर उन्होंने अपने मकान से कुछ ही दूरी पर आटा पीसने की एक चक्की भी लगा दी थी, जिससे सन्तोषजनक आय भी होने लगी थी।

जब सुन्नर पांडे की पतोह मकान के पास पहुँची, तभी वकील साहब के बच्चे उसे देखकर खेलना-कूदना भूल गए और पनपनाते हुए घर के अन्दर भागे। उन्होंने अन्दर जाकर सुन्नर पांडे की पतोह के महत्त्वपूर्ण आगमन की पूर्व सूचना दे दी।

जब वह अन्दर बरामदे में पहुँची तो वकीलाइन, उनकी लड़कियों, लड़कों और नाती-पोतों ने घेर लिया।

"गोड़ लागीं पँड़ाइनजी," सबके मुँह से अभिवादन के स्वर लगभग एक ही साथ निकले, जो आपस में टकराकर समाप्त हो गए।

"जीओ-जीओ," सुन्नर पांडे की पतोह ने सबका उत्तर दिया। इसके बाद बरामदे में ही एक बोरा बिछा दिया गया, जिस पर सुन्नर पांडे की पतोह बैठ गई और उसको घेरकर वकीलाइन, उनकी दो लड़कियाँ, बच्चे-कच्चे भी जमीन पर बैठ गए।

"कैसी तबीयत है?" वकीलाइन ने उसको एक क्षण जिज्ञासापूर्ण घूरने के बाद बुढ़ापा और रोग का ध्यान देते हुए तेज आवाज में पूछा।

"बड़ी तकलीफ रही, ए बहू। अब आराम है।"

"मैंने दस रुपए भिजवाए थे। मिले थे ?" वकीलाइन इतने जोर-जोर से बोल रही थीं जैसे किसी बज्जर-बहरे से बात कर रही हों।

"हाँ, ए बहू, दोमितलाल की दुलहिन बता रही थी..." इतना कहकर सुन्नर पांडे की पतोह ने अपने आँचल का खूँट खोलकर कागज का एक छोटा-सा पैकेट निकाला

जिसमें 250 ग्राम रेवड़ियाँ थीं, जो उसने पैसा देकर सुनरी से मँगवाई थीं। पैकेट वकीलाइन की ओर बढ़ाकर बोली :

''ए बहू, बच्चा कहाँ है ? दिखाई नहीं दे रहा है। इतने दिनों बाद आ रही हूँ...''

सभी हँसने लगीं। वकीलाइन ने टेढ़ा मुँह करके हँसते हुए कहा, ''अरे यह क्या बैठा है,'' फिर बच्चों के गिरोह में बैठे हुए लगभग पाँच वर्ष के एक बच्चे की ओर देखती हुई बोलीं, ''क्यों रे, गोड़ नहीं लागा तूने पंडिताइनजी को ?''

बच्चा वकीलाइन का पेटपोंछना बेटा था, इसलिए लाड़-प्यार से वह काफी सहक गया था। उसने हँसते हुए कहा :

''गोड़ लागीं...फोड़ लागीं...घोड़ लागीं...''

सभी हँसने लगे। सुन्नर पांडे की पतोह ने खर-खर हँसते हुए कहा, ''जीओ...इतने बड़े हो जाओ,'' उसने आशीर्वाद की मुद्रा में हाथ ऊपर उठा दिया, ''राजा बनो...अब आँखों से दिखाई भी नहीं देता।''

रेवड़ी का पैकेट लेकर वकीलाइन ने अपनी बड़ी लड़की स्नेही को दे दिया, जो विवाहिता थी और अपने बच्चों-कच्चों के साथ इन दिनों मायके आई थी। स्नेही ने घूरकर बच्चों की ओर देखते हुए कहा, ''बाद में सबको मिलेगा।''

''ए पँड़ाइनजी, हमको तो आपने आशीर्वाद नहीं दिया। रेवड़ी आप बच्चों के लिए ही ले आईं...'' वकीलाइन की दूसरी लड़की प्रेमा ने मसूड़ादर्शनी हँसी हँसते हुए कहा।

''अरे ना, ए बच्ची। मैं तो सबको एक ही आँख से देखती हूँ। जुग-जुग जीओ, ए बच्ची। बड़े घर जाओ ए बिटिया। दूध का कुल्ला करो...''

''इसकी शादी तो तै हो गई,'' वकीलाइन जोर से बोलीं, ''आपके आशीर्वाद से बहुत बड़े घर में जा रही है। राजा हैं लोग। लड़का दरोगा है, बहुत बड़ा अफसर है। शादी का एक गाना सुना दीजिए न...''

सुन्नर पांडे की पतोह जब प्रेमा को आशीर्वाद देने लगी तो प्रेमा लजा गई और उठकर कमरे के अन्दर चली गई। उसके बाद सुन्नर पांडे की पतोह राग बाँधकर गाने लगी :

चुटकी भर सेनुरा के कारण ए बाबा,
होइ गइली बेटी पराई...

लेकिन दो पंक्तियाँ गाते-गाते उसका स्वर कहीं फँस गया और लुप्त हो गया। इसी बीच एक लड़का उठकर बाहर गया और कुछ मिनट बाद मोहल्ले के कई छोटे बच्चे और बच्चियाँ वहाँ आकर डट गए। ये बच्चे एक विचित्र चीज देखने के लिए निमन्त्रित किए गए थे। सुन्नर पांडे की पतोह के आगे के दाँत टूट गए थे। बीच-बीच में 'पाकुर-पाकुर' मुँह चलाती थी और अपने मसूड़ों को स्पर्श करने की अभ्यस्त उसकी जीभ बार-बार बाहर निकल आती थी। लड़के जिस कौतुक और धैर्य से उसे देख रहे थे, वह प्रशंसनीय था। सभी कोइरी का देवता बने हुए थे। कोई-कोई गाल को हथेली

पर टिकाए, आँखें फैलाए उसे एकटक निहार रहा था। कोई उसकी ओर स्वप्निल भाव से मुस्कुरा रहा था, गोया दिन-भर के खेल-कूद और शरारत के बाद थक गया हो और उसे जल्दी ही नींद आनेवाली हो।

इसी समय वकीलाइन की तीसरी और अन्तिम लड़की पुष्पा, जो करीब दस वर्ष की थी और गत एक वर्ष से अपने शरीर को तेजी से फेंक रही थी, अपनी माँ के पास मुँह ले जाकर कुछ फुसफुसाकर बोलती हुई हँसने लगी।

वकीलाइन मुँह पर आँचल रखकर इस तरह हँसीं कि उनके गले से खरखर की आवाज निकल पड़ी, उन्होंने जोर से कहा, "अरे तू ही क्यों नहीं कहती ?"

"क्या ए बहू ?" सुन्नर पांडे की पतोह ने पूछा।

"अरे यही है, कहती है 'इलाहाबाद की लड़की' वाला गाना सुनवा दो। वही मैं कह रही थी कि मेरी सिफारिश की क्या जरूरत है।" वकीलाइन फिर हँसने लगीं।

कुछ ही क्षण में सुन्नर पांडे की पतोह के मुँह से अजीब स्वर में मुश्किल से पहचान में आनेवाले एक गाने की तरह कोई चीज निकलने लगी–

इलाहाबाद की लड़की बड़ी शौखीन होती है,
कभी जूता, कभी चप्पल, कभी सैंडिल पहनती है...

उसका स्वर फिर टूट गया। यह गाना सुनकर वहाँ उपस्थित सभी लोग बेतहाशा हँसने लगे। पुष्पा तो लोटपोट हो गई। बहुत वर्ष हो गए, जब मन्नीलाल की लड़की की शादी थी, उसमें एक ऐसी भाँटिन आई थी, जो दो वर्ष तक इलाहाबाद में रह चुकी थी। उसी ने यह गाना गाया था, बड़ा तेज स्वर था उसका। जब उसने गाया तो धूम मच गई। परम्परागत वैवाहिक गीतों के बीच यह गाना उस समय वहाँ अत्यन्त आधुनिक समझा गया था। सुन्नर पांडे की पतोह ने ही उस भाँटिन का साथ दिया था उस गाने में। अन्य औरतें तो फी-फी हँसती हुई चुप हो गई थीं। यह उस समय की बात है, जब सुन्नर पांडे की पतोह मन्नीलाल के यहाँ निश्चिन्तता और निर्द्वन्द्वता के साथ अत्यन्त प्रसन्नतापूर्वक रहती थी, और उस समय तक कोई समस्या नहीं उठ पाई थी।

कभी सुन्नर पांडे की पतोह को गाने-बजाने का बड़ा शौक था। उसका स्वर मोटा अवश्य था, जो तेजी से उठता था और किसी भव्य ऐतिहासिक इमारत के अन्दर की गूँज और मिठास की तरह सबको अपने वश में कर लेता था। उसके स्वर के नेतृत्व में कुछ ऐसा जादू था, जो शरमाकर धीरे-धीरे और बीच-बीच में सरस्वती की तरह लुप्त हो जानेवाले स्वर में गानेवाली औरतों को भी प्रेरित करता था, उत्तेजित करता था और वे उस नेतृत्व का उत्साहपूर्वक अनुगमन करने लगती थीं। कभी सुन्नर पांडे की पतोह के अन्दर सिर्फ गीत और गाने बसते थे। गाने-बजाने में उसकी माँ बहुत कुशल थी और उसी से विरासत में उसे यह हुनर मिला था। जब किसी के यहाँ शादी-विवाह, छठी-बरही पड़नेवाली होती, वह कई दिन पहले से बेहद उत्तेजित हो जाती थी। ढोलक बजाने में तो वह अपनी माँ से भी आगे थी। किसी गाने-बजाने में वह ढोलक सँभालती थी और अपनी माँ से राग मिलाकर समाँ बाँध देती थी। ढोलक बजाते समय उसका सिर झुक

जाता था और अँगुलियाँ नृत्य करने लगती थीं :

कुदरबेट, कुदरबेट, कुदरबेट, कुदरबेट
कुदरबेट, कुदरबेट, कुदरबेट, कुदरबेट,

लेकिन अब न उसके शरीर में ताकत थी और न कलेजे में दम और उसके गले का बेहद बढ़िया वाद्ययन्त्र इस हद तक बिगड़ गया था कि उसका सुधार सम्भव नहीं हुआ। अब उसके गाने की आवाज में कोई एकरूपता नहीं थी और उसमें किसी गदहे के हींकों-चीपों का मोटापन और पतलापन मिला हुआ था।

"ए अम्मा, वह रोंड़ी...कैसे कहती हैं? " पुष्पा ने हँसते हुए कनखी से सुन्नर पांडे की पतोह की ओर देखा।

"बच्ची क्या कहती है ए बहू ?"

"वही झाँड़ावाली बात, आपके मुँह से बच्चे सुनना चाहते हैं..." वकीलाइन कोशिश करने पर भी अपने आपको रोक नहीं पाईं और टेढ़ा मुँह करके आँचल को थोड़ा आगे खींचकर बिना आवाजवाली हँसी हँसने लगीं।

कई वर्ष पहले की बात है। रंडी मोहल्ले से एक राजनीतिक जुलूस गुजरा था, उसी दिन सुन्नर पांडे की पतोह ने मुरलीमनोहर सिंह के घर आकर यह सूचना दी थी, जो उस परिवार की स्थायी हास्यजनक स्मृति बन गई थी। इसमें खास बात यही थी कि सुन्नर पांडे की पतोह रंडी को रोंड़ी कहती थी और झंडा को झाँड़ा और उसने जो अमर वाक्य कहा था, वह अत्यन्त संक्षिप्त था, जो इस प्रकार है :

"ए बहू, आज रोंड़ी महल्ला में झाँड़ा उठा है..."

सुन्नर पांडे की पतोह बच्चों अथवा औरतों के आग्रह करने पर यह वाक्य कई बार कह चुकी थी और आज भी उसने वह वाक्य फिर दोहराया, जिसने घोड़लोट हँसी की ऐसी सामूहिक हिनहिनाहट उत्पन्न कर दी, जो अन्यत्र दुर्लभ है। वकीलाइन पर तो हँसी की सुरुहरी चढ़ गई, कई बच्चों की साँसें टँग गईं। सारा दृश्य कुछ ऐसा था, गोया सिनेमा के पर्दे अथवा रंगमंच पर कोई अत्यन्त प्रिय हास्य अभिनेता अथवा विदूषक अचानक आ गया हो और उसके वाक्य बोलने से ही दर्शकों में हँसी की तरंगें दौड़ गई हों।

कुछ देर बाद जब चुप्पी छा गई तो स्नेही ने सुन्नर पांडे की पतोह की ओर कनखी से देखते हुए आतुरतापूर्वक पूछा, "एक अम्मा लाएँ ?"

"नहीं रे, अभी नहीं। थकी-माँदी आई हैं, कुछ खाने-पीने को ला न..."

इसके बाद सुन्नर पांडे की पतोह दक्षिणवाले बरामदे की एक छोटी अँधेरी कोठरी में ले जाई गईं, जहाँ उनके लिए एक जगह लीपकर एक बोरा बिछा दिया गया। जब वह हाथ-मुँह धोकर बोरे पर बैठ गईं तो वकीलाइन ने सफाई से उनके सामने फूल की तश्तरी में दो रोटियाँ, सब्जी और बर्फी का आधा टुकड़ा रख दिया। सुन्नर पांडे की पतोह वर्षों तक किसी का छुआ कच्चा खाना नहीं खाती थीं—पर अब थकान और दुर्बलता के कारण स्थितियों से कुछ समझौता कर लिया था और वह कुछ घरों में खा

लेती थीं। खाते समय धीरे से बोलती थीं :

"अरे लाओ, तुम लोग अपने हो, फिर मैं देखती हूँ, न, हर चीज बाम्हन-बिसुन की तरह सफाई से बनती है। राम-राम, कहीं दूसरी जगह होती तो मैं छूती भी नहीं..."

वकीलाइन ने अर्थपूर्ण ढंग से स्नेही को देखा। स्नेही ही वहाँ इस योग्य थी जो इस अत्यन्त रहस्यपूर्ण बात को समझ सकती थी और उसकी रक्षा भी कर सकती थी। उन्होंने बच्चों को डाँटकर भगा दिया, "जाओ, खेलो बाहर..." फिर उन्होंने किवाड़ को उढ़का दिया।

वकीलाइन आँगन में जाकर खाट पर बैठ गईं और स्नेही से पता नहीं क्या खुसुर-फुसुर बात करती रहीं। कुछ देर बाद दृश्य में ऐसा परिवर्तन हुआ कि वकीलाइन खाट पर लेटी हुई थीं और सिराहने की ओर जमीन पर बिछे पीढ़े पर बैठी सुन्नर पांडे की पतोह उनके नीचे लटकते हुए खिचड़ी बालों में से जूँ हेरती नजर आईं। उस समय स्नेही के गहनों की भी बात आई, जिसके बारे में उसने कुछ देर पहले संकेत किया था। बात यह है कि स्नेही, प्रेमा को उसकी शादी में अँगूठी देना चाहती थी, पर शर्त यही है कि पुराने ढंग से नेकलेस में से अँगूठी, कानों की दो बालियाँ और आधुनिक किस्म की एक खूबसूरत चेन निकल आए। वकीलाइन की पहले तो यह राय थी कि वह रुपया में तीन अठन्नियाँ भुनाना चाहती हैं, पर स्नेही ने अपनी किसी पड़ोसिन का ऐसा जबर्दस्त उदाहरण प्रस्तुत कर दिया कि वकीलाइन एक ही क्षण में उस सम्भावना पर अपनी लड़की से भी अधिक विश्वास करने लगीं। खैर, यह सौभाग्य की बात है कि ऐसे सुअवसर पर सुन्नर पांडे की पतोह भी स्वस्थ होकर उनके घर आ गई थीं, क्योंकि वह अमरनाथ सर्राफ को भी अच्छी तरह जानती थीं और कई बार इस प्रकार के काम भी कर चुकी थीं। मर्द लोग तो समझते नहीं, फौरन गरजना-तड़पना शुरू कर देते हैं, उनसे छिपाकर ही ऐसा काम किया जा सकता है।

लेकिन बाधा यह पड़ी कि उस दिन वकील साहब समय से बहुत पहले ही कचहरी से आ गए। वकीलाइन जल्दी-जल्दी नाश्ता-वाश्ता बनाने का उपक्रम करने लगीं, पर घर में दियासलाई खत्म हो गई थी। बच्चे को पड़ोसिनों के यहाँ भेजा तो सभी के यहाँ आग लग गई थी, एक तीली भी न मिली। पुष्पा को दुकान पर दौड़ाया और इस बीच ऐसी हड़बड़ी मची कि बच्चा की पीठ पर कई घूँसे धम-धम बरस पड़े।

काम के निपटने तक शाम होने को आ गई। वकीलाइन ने सुन्नर पांडे की पतोह से कहा, "ए पंड़ाइन, आज रुक जाइए, आराम कीजिए, कल इनके कचहरी चले जाने के बाद बाजार जाइएगा..."

सुन्नर पांडे की पतोह ने रात में बच्चा को अपने पास बैठाकर दाल-भात खिलाया। फिर वह बच्चों को 'नेऊर भाई' का किस्सा सुनाने लगीं। उसकी आवाज में वह स्पष्टता और ताजगी नहीं थी, फिर भी बच्चे ध्यान से सुनते रहे और आखिर में एक खटोलानुमा खाट उसी अँधेरी कोठरी में डाल दी गई।

उस कोठरी में सोकर रात भर सुन्नर पांडे की पतोह छटपटाती रहीं। उनकी नींद कुकुरनींद बनी रही। दुनिया-भर के मच्छर समारोह मनाने के लिए मानो वहीं एकत्र हो गए थे। वह आह-ऊह, कराह और बड़बड़ाहट का उद्‌गम स्थल बन गई। उनकी जीवनशक्ति को व्यक्त करने के अब यही सशक्त माध्यम रह गए थे।

'ए माई उठ, मलीदा बना दे खूब...घी डालना...हम गुड़-रोटी नहीं खाएँगे...' बचपन की स्मृतियाँ उभरने लगीं। एक स्मृति किसी बुलबुले की तरह उठती थी, फिर जल्दी ही दब भी जाती थी। फिर दूसरा बुलबुला उठता था। रात-भर न मालूम कितने बुलबुले उठे और दब गए।

तीन

किस्सा तो उसका सबको मालूम ही है, पर दूसरी औरतें भी बार-बार उससे पूछती ही रहती हैं। घरों की आम बातचीत में भी उसकी चर्चा उठती रहती है। यह एक परित्यक्ता और उसके पति से सम्बन्धित ऐसी जिज्ञासा है, जो शान्त होने का नाम ही नहीं लेती। क्या नाम था उसके पति का ? क्या वह बहुत सुन्दर थे ? क्या वह किसी बात से नाराज होकर घर से चले गए थे? अथवा वह किसी दूसरी औरत के माया-जाल में फँस गए थे ? क्या वह साधु बन गए थे अथवा किसी दूसरे काम-धन्धे में लग गए थे ? घर से जाने के बाद कोई चिट्ठी आई थी उनकी ? किसी से मुलाकात हुई थी उनकी ? दैव का ऐसा निर्मम प्रहार कैसे सह पाई सुन्नर पांडे की पतोह ?

ऐसे सवाल पर मर्द और औरत के दृष्टिकोणों में बड़ा फर्क होता है। जहाँ यह बात मर्दो को ऊपर-ही ऊपर से छूकर निकल जाती है, औरत को अन्तर तक बेध जाती है। कोई पति यदि अपनी पत्नी को छोड़कर चला जाता है तो यह घटना दूसरी औरतों के अस्तित्व को झकझोरती है, झुठलाती है और नकारती है। उनके पराश्रय, मजबूरी और निःसहायता को पुष्ट करती है। इस सम्बन्ध में मर्द लोगों का दृष्टिकोण उस धन्नासेठ की तरह होता है, जो लाभ, सुख और आराम से उत्पन्न नैतिकता एवं उदारता के क्षणों में उन लोगों के बारे में दयापूर्वक सोचता है, जिनका वह निरन्तर शोषण करता है।

कभी-कभी कोई लड़की पूछ बैठती है, ''ए पंडिताइनजी, इतने दिनों तक न लौटे

तो कब लौटेंगे ? पता नहीं कहाँ होंगे !''

सुन्नर पांडे की पतोह उत्तर देती है, ''ए बचिया, कहीं-न-कहीं तो होंगे ही। न लौटें, मजे में तो रहें। किसी दूसरी की लेकर रहें, सुख से तो रहें।''

शिवचरन पनहेरी का लड़का रामू बड़ा मसखरा और पाजी है, उसने एक बार हँसते हुए छेड़ा था, ''ए आजी, अब बेकार माथे में सिन्दूर-टिकुली क्यों लगाती हो ?''

ऐसी बात सुन्नर पांडे की पतोह बर्दाश्त नहीं कर सकती, फौरन बिगड़ गई, ''यह क्यों पूछ रहा है रे मुँहझौंसा ? जाकर अपनी महतारी से क्यों नहीं पूछता ?''

रामू मुँह नीचा करके ही-ही हँसने लगा, फिर हँसी रोककर बोला, ''तुम तो नाराज हो गईं आजी। मेरा मतलब है...तुम जानो सबकी लम्बी उम्र तो होती नहीं...''

उसकी बात अधूरी ही रह गई। सुन्नर पांडे की पतोह उसको गाली देती हुई अपनी छोटी-सी लाठी उठाकर मारने के लिए लपकी तो वह ही-ही करता भाग गया। सुन्नर पांडे की पतोह बेवकूफ नहीं कि ऐसी बातों का मतलब न समझे। कितने वर्ष बीत गए जब उसके पति झुल्लन पांडे घर से गए तो फिर नहीं लौटे। बरसात के दिन। पानी कटता था कि अब रुकेंगे ही नहीं। सुन्नर पांडे की पतोह की आँखों का भी वही हाल था। बरसात बीती, फिर जाड़ा आया, इसके बाद गरमी, फिर बरसात। इस तरह कई बरसातें बीत गईं। कलेजा पत्थर होता गया, पर उसके भीतर उम्मीदों का सोता अभी भी सूखा नहीं था। लोग तरह-तरह की खबरें लाते। कोई कहता पूरब में देखे गए, कोई कहता पश्चिम में, किसी ने कहा साधु हो गए हैं और बदरीनाथ के पास तपस्या कर रहे हैं। इसका मतलब है कि वह जीवित हैं और कभी किसी ने उनके मरने की खबर नहीं दी तो वह कैसे अपने माथे का सिन्दूर मिटा दे ?

दिन बीतते गए, पर झुल्लन पांडे नहीं आए तो नहीं ही आए। झुल्लन पांडे चले गए और सिन्दूर छोड़ गए। बूँदी, पाला, गर्मी-बरसात, होली-दिवाली, तीज-त्यौहार हर दिन सिन्दूर उसी तरह चमकता रहा। समय का अन्तर बढ़ता गया, बढ़ता गया और सुन्नर पांडे की पतोह की स्मृतियों पर धुंध की परतें चढ़ती गईं जिससे झुल्लन पांडे की आकृति धुँधलाती गई, जो बहुत बाद में नियन्त्रण के बाहर होकर अनेक रूप धारण करने लगी। कभी-कभी उनका चेहरा अचानक स्मृति की कैद में आकर रोशनी से आलोकित होकर दप-दप करने लगता, पर दूसरे ही क्षण वह कैद से बाहर हो जाता और चारों ओर अँधेरा फैल जाता। फिर लाख कोशिश करने पर भी वह आकृति नजर नहीं आती और दूसरे प्रकार की आकृतियाँ उभरने लगतीं। कभी झुल्लन पांडे किसी बच्चे की तरह किलकारी मारते नजर आते और कभी भेड़िया की तरह गुर्राने लगते। और एक समय आया जब ये सारे अहसास भी क्षीण पड़ने लगे। लेकिन इन सारी स्थितियों में भी वह सिन्दूर माथे के आकाश पर उसी तरह चमकता रहा—स्थिर ध्रुवतारा की तरह। वस्तुतः पहले सिन्दूर का मतलब था पति, बाद में पति का मतलब सिन्दूर हो गया।

वास्तव में अब सिन्दूर ही उसका पति बन गया। सिन्दूर ही उसकी आशा, आकांक्षा, आत्मा और परमात्मा था। सिन्दूर ही ऐसा तिनका भी था, जिसके सहारे वह

भयावह तरंगों से भरपूर संसार रूपी महानदी में धारा के विपरीत तैरती रही। आषाढ़-सावन की लम्बी, और एकाकी रातों में जब बादल गरजते और बिजली कड़कती और उसका हृदय हाहाकार कर उठता तो सिन्दूर ही उसे प्यार से पुचकारता, सहलाता और उसे आशा, आश्वासन, सुरक्षा, हिम्मत और बल प्रदान करता। औरत की इच्छाओं, हौसलों और अधिकारों से वंचित होने पर भी उसे सिन्दूर ही औरत होने का गर्व और गरिमा देता। और सिन्दूर ने ही दी थी उसे मन को जोड़ने, अपने से और दूसरों से लड़ने और अपनी ही शर्तों पर खड़ा रहने की अद्‌भुत आत्मिक शक्ति...

कातिक के दिन थे। हल्का-हल्का जाड़ा पड़ने लगा था। धूप में वह दम नहीं था। झुल्लन पांडे को घर से गए चार वर्ष से अधिक हो गए थे। उन्हीं दिनों सुन्नर पांडे के बहनोई रामजस तिवारी अपने सबसे छोटे दोनों बच्चों और पत्नी राजवती के साथ ददरी मेला देखने के उद्‌देश्य से ससुराल आए। दो बड़े लड़कों और उनकी बहुओं को वे छपरावाले अपने गाँव में ही छोड़ आए थे। राजवती पचास के आस-पास और अपने पति से आठ वर्ष छोटी थी, पर वह अभी से बुढ़िया नजर आती थी। दुबली-पतली व नाटी तो वह शुरू से ही थी। रामजस तिवारी अब भी टाँठ थे। दोनों की प्रकृति में भी अन्तर था। राजदेवी नेक, सहृदय और सोने की तरह सच्ची व खरी थी जबकि रामजस तिवारी थे व्यावहारिक, कंजूस व पूजेरी। पूजा-पाठ, तन्त्र-मन्त्र और साधु- महात्माओं में तो उनकी तबीयत लगती ही थी, जवान औरतों को ताकने-झाँकने के प्रति भी वह समान उत्साह रखते थे। लेकिन इस बार तो उन्होंने हद ही कर दी थी।

वस्तुतः वह नातेदारी-रिश्तेदारी तथा अन्य सीमाओं का बहुत खयाल रखते थे, लेकिन इस बार जब उन्होंने सुन्नर पांडे की पतोह को देखा तो उनमें पता नहीं क्या परिवर्तन हुआ कि वह एकदम अन्धे हो गए। बिना पति की जवान औरत गुड़ के समान होती है और उनकी हालत एक चींटे की तरह हो गई। वह जब मौका मिलता सुन्नर पांडे की पतोह को बुरी तरह घूरने लगते। वह या तो वहाँ से हट जाती या घूँघट को और लम्बा कर लेती। जब वह दूसरे आँगन में कुएँ से पानी भरने जाती, रामजस तिवारी पता नहीं किधर से पहुँच जाते और बहुत मीठी आवाज में बोलते—

"अरे, दुलहिन, लाओ मैं भर देता हूँ—तुम थक जाओगी ! मैं नहीं जानता था कि तुमसे इतना काम लिया जाता है...।"

सुन्नर पांडे की पतोह का चेहरा डर से काला पड़ जाता और वह गगरा-डोर छोड़कर वहाँ से भाग जाती। एक दिन वह उसी आँगन में भीतर से दरवाजा बन्द करके नहा रही थी। दरवाजे में एक छोटा-सा छेद था, जिससे धूप की एक पतली लकीर भीतर आ रही थी। अचानक रोशनी की वह लकीर लुप्त हो गई तो सुन्नर पांडे की पतोह चौंक उठी। क्या सूरज बादल के किसी टुकड़े में छिप गया ? लेकिन जब उसने सिर घुमाकर देखा कि उस आँगन की दीवारों पर धूप जैसी की तैसी है तो वह डर गई। फिर वह फुर्ती से अपना बदन सिकोड़ और साड़ी चारों ओर समेटकर तेज आवाज में बोली, "कौन है" ? इसके कुछ क्षणों बाद ही छेद से रोशनी की लकीर पहले की तरह

आने लगी। सहसा वह घुटनों में मुँह छिपाकर रोने लगी–"कहाँ चले गए ए मेरे स्वामी, मुझे इन भेड़ियों के बीच में छोड़कर ?"

उसकी ऐसी वीरान ज़िन्दगी थी, जिसका कोई ओर-छोर नहीं था। न कहीं ठंडक और न कहीं छाँव। उसकी सास अतिराजी ने तो उसे शुरू से ही रुलाया था और जब से झुल्लन पांडे गए थे, वह और भी जल-भुन रही थी। सुन्नर पांडे जितने ही नाटे और मिठबोले थे, अतिराजी उतनी ही लम्बी और विषबोली। एक तरह से सुन्नर पांडे को विशुद्ध बुद्धिजीवी भी कहा जा सकता है, क्योंकि वह बुद्धि के ऊँचे-ऊँचे खेलों में विश्वास करते थे, जैसे मुकदमेबाजी और जुआ। उनका जीवन इतना व्यस्त था कि घरेलू तथा अन्य मामलों के लिए उनके पास बहुत कम फुर्सत होती थी, जिन पर अतिराजी का ही नियन्त्रण था, जिसका बुद्धि से दूर-दूर तक रिश्ता नहीं था।

सुन्नर पांडे की पतोह की सूखी और वीरान जिन्दगी के लिए राजवती हवा के एक शीतल झोंके की तरह थी। राजवती शुरू से ही उसको बहुत मानती थी। इस बार भी वह जब आई तो उसके लिए एक खूबसूरत चुनरी, चूड़ियाँ, सिन्दूर और टिकुली ले आई। उसको इतना मानने का एक कारण यह भी था कि राजवती की अपनी भौजाई अतिराजी से कभी नहीं पटी। राजवती को अतिराजी की कोई भी बात पसन्द नहीं आती थी और जब वह याद करती कि अतिराजी ने उसकी माँ को कितना सताया था तो वह जल-भुन जाती। अतिराजी और उसकी पतोह के सोच-समझ और स्वभाव में भी कितना अन्तर था। सास कड़वी मिर्च थी तो पतोह गुड़-मिश्री। पतोह दिन-भर खटती रहती, पर चेहरे पर एक शिकन भी नहीं ले आती। इन्हीं सब कारणों से जब अतिराजी अपनी पतोह की शिकायत करती तो राजवती उसका फौरन प्रतिवाद करती थी।

राजवती का स्नेह कई रूपों में प्रकट होता। सुन्नर पांडे की पतोह के काम में वह सदा हाथ बँटाती। उसको हमेशा समय से खाने और आराम करने की हिदायत देती। जब रात में सुन्नर पांडे की पतोह काम-धाम से थककर अपनी कोठरी में लेटती तो राजवती उसके पास जाकर धीरे-धीरे उसके माथे पर हाथ फेरने लगती। सुन्नर पांडे की पतोह हड़बड़ाकर उठ जाती।

राजवती कहती–"अरे, लेटो-लेटो, कपार बथ रहा है न ? लेटो, माथे में तेल लगा दूँ ?"

"बुआजी, सेवा तो मुझे करनी चाहिए आपकी, मैं तो कुछ कर ही नहीं पाती आपकी सेवा। आप भी तो कुछ करने नहीं देतीं..."

"अरे हटो, कितना करोगी ? मुझे सेवा कराने का शौक नहीं है, तुम लोग सुख से रहो, यही हमें चाहिए।" फिर धीमी आवाज में कहती, "ए दुल्हिन, खूब ठूस-ठूसकर खाया करो...अन्न-पानी छोड़ोगी तो यह शरीर नहीं रहेगा। किसी बात की चिन्ता मत करो। झुल्लन पांडे आएँगे, जरूर आएँगे, मेरा मन कहता है..."

मन तो सुन्नर पांडे की पतोह का भी कहता था। हर सवेरा उसकी नई आशाओं का सवेरा होता। हर रोज सवेरा होते ही उसकी आशाएँ सूरज की तरह आकाश पर

चढ़ने लगतीं, पर दिन डूबने के साथ ही वे भी डूब जातीं। और रात उतरते ही उसके अन्दर एक अन्धकार फैल जाता। वह निराशा से निर्जीव-सी हो जाती और उसका दिमाग हर तरह की दुश्चिन्ताओं से भर जाता। उसकी आँखों से स्वतः ही आँसू गिरने लगते। कहाँ होंगे वह ? क्या खाते-पीते होंगे ? किस दुःख-तकलीफ में हैं ? हे भगवान, उनको सुख से रखना, जो कुछ होना हो उसी को हो। रात को जब वह बिस्तर पर जाती तो देर तक मछली की तरह छटपटाती रहती। कैसे कटेगा यह जीवन ? उसको अपने पति की एक-एक बात याद आने लगती। झुल्लन पांडे की बड़ी-बड़ी आँखों, नुकीली नाक और मोटे होंठोंवाला गोरा, सुन्दर चेहरा जब उसके सामने नाचने लगता तो उसका हृदय समुद्र की तरह उमड़कर अनन्त लहरों में आगे बढ़ता और नियति के कठोर सीमा-तट पर पछाड़ खा-खाकर असंख्य टुकड़ों में बिखर जाता।

लेकिन दूसरे दिन आशाएँ फिर उग आतीं जैसे घास छीलने पर फिर घास उग आती है। जब कभी वह सवेरे-सवेरे ही झुल्लन पांडे का सपना देख लेती तो आशाएँ और भी बलवती हो उठतीं। कारण और बहाने और भी उपस्थित हो जाते थे। कभी सवेरे कोयल या पंडुक का बोलना उसे बेहद उत्साहित कर जाता। आज जरूर आएँगे झुल्लन पांडे, नहीं तो ये पक्षी क्यों बोलते ? आँगन में कौए का उचरना प्रीतम के आगमन की पूर्वसूचना देता है। जब सवेरे बाहर से किसी गदहे के बोलने की आवाज आती तो मन में एक अजीब खुशी की लहर दौड़ जाती। आज जरूर कोई-न-कोई खुशखबरी सुनने को मिलेगी। और इसी तरह जब वह बाहर अपने घर के सामने से गुजरनेवाले किसी यात्री के मधुर कंठ का प्रभाती सुनती तो उसका हृदय भर आता और उसे लगता कि झुल्लन पांडे भी इसी तरह गाते हुए दूर से उसके पास चले आ रहे हैं, चले आ रहे हैं...

और जब शाम हो जाती तो सारे तर्क निष्फल सिद्ध होते थे। बड़ा-से-बड़ा तर्क देने पर भी उसकी आशाएँ उसी तरह डूब जातीं, जैसे तैरना न जाननेवाला व्यक्ति बार-बार तैरने और पानी के ऊपर उठने की जोरदार कोशिश करने पर भी डूब जाता है। जो अन्तर्यामी है और जो सारे शरीर और मन को जान चुका है, क्या वह उसे इतनी जल्दी भूल गया ? जो उसके दो बच्चों के बाप थे, वह क्या इतने कठकरेजी हो गए ?

झुल्लन पांडे की याद करते समय उसे बच्चों की जरूर याद आती। वह रोने लगती। बड़ा कमल सात वर्ष का होकर मरा। कितना गोरा और मोटा-झोटा था। बड़ी-बड़ी आँखें। ठीक अपने बाप पर गया था। उसका चेहरा हमेशा दप-दप करता रहता। जरूर पहले जन्म का कोई महात्मा था। घर और मोहल्ले की औरतें उसे 'फुलवारीवाला' कहकर पुकारती थीं। अचानक उसे माता निकली और वह चल बसा। अन्तिम समय में वह 'माई-माई' रटते हुए मरा।

"माई !"

"हाँ बच्चा !"

"माई !"

"हाँ, मेरा कलेजा !"

और फिर सारा खेल खत्म हो गया। दूसरा निर्मल तो दो वर्ष का भी नहीं हुआ था। बुखार आया और कुछ दिनों के भीतर चलता बना। दवा-दारू और झाड़-फूँक का कोई भी असर नहीं हुआ। उसकी किस्मत ही खराब थी। पिछले जन्म में उसने कोई बड़ा पाप किया था।

वियोग और एकाकीपन के उन पीड़ा-भरे दिनों में उसकी सास उससे न मालूम किस जन्म का बैर निकाल रही थी। अतिराजी को शुरू से ही उसकी पतोह फूटी आँख भी अच्छी नहीं लगती थी, पर जब से झुल्लन पांडे गए, वह उसकी जान को पड़ गई। सुन्नर पांडे के कान तो वह भरती ही रहती थी, मोहल्ला-टोला के लोगों तथा घर में आए मेहमानों से भी लगातार भुन-भुन शिकायतें करती रहती। राजवती के आने पर उसने एक दिन उससे कहा–

"बड़ी कुलच्छिनी है ए बीबी यह। मेरा तो करम ही फूट गया है। जब से आई है हम एक दिन के लिए भी सुख से नहीं रहे। यही हीरा-मोती की तरह अपने दोनों बच्चों को खा गई और इसी के कारण हमारा लाल आँखों से दूर चला गया। मेरे कलेजे में तो डाढ़ा फुँका हुआ है, जब तक छुतही हँड़ी की दशा इसकी नहीं कर दूँगी, मेरा कलेजा ठंडा नहीं होगा..."

राजवती ने गम्भीर होकर कठोर दृष्टि से अतिराजी को कुछ क्षणों तक देखा, फिर आँखें मूँदती हुई-सी धीरे-धीरे बोली–"भैया और तुम अपना भाग्य मनाओ ए भौजी, कि ऐसी पतोह मिली। कोई बड़ा पुण्य किया था पिछले जन्म में तुम लोगों ने। झुल्लन तो आएँगे ही, जब तक नहीं आते, यही बेटा है, यही बेटी है, यही पतोह है, इसकी इज्जत तुम्हारी है, तुम मानोगी तो वह तुम्हारे पैरों-तले लोटेगी.."

अतिराजी का गोरा चेहरा तमतमाकर लाल हो गया। क्रोध से राजवती को घूरती हुई हकलाती आवाज में बोली, "आप तो बहुत बड़ा लांछन लगा रही हैं, ए बीबी। मैं इनको खाना नहीं देती कि कपड़ा-लत्ता नहीं देती ? ऐसी बात तो मेरा दुश्मन भी नहीं कहेगा। यह मेरी पतोह है ? भर बोरसी की आग डालूँ ऐसी पतोह पर। दूसरे की बहू-पतोह को सिखा-पढ़ाकर बिगाड़ने की आपकी पुरानी आदत है...आप इसको सहकाकर अच्छा नहीं कर रही हैं। बाप रे, सोना जैसा मेरा लड़का चला गया और मैं सब कुछ सहती रही..."

इसके आगे उसकी बात रुलाई में टूट गई। फिर तो ननद-भौजाई में ऐसी ले-दे हुई कि दोनों के जीवन-इतिहास की उद्दी-खुद्दी तक उछलकर बाहर आ गई। सुन्नर पांडे की पतोह कोठरी में बैठी यह सब सुन रही थी और उसकी आँखों से आँसू झर-झर गिर रहे थे।

कातिक की एकादशी नजदीक आ गई तो ददरी मेला जाने की तैयारी होने लगी। एक दिन पहले बारह बजे रात को एक बैलगाड़ी पर चढ़कर वे सभी रवाना हो गए। गंगा और छोटी सरयू के संगम पर लगनेवाले इस मेले में हाथी छोड़कर सब-कुछ बिकता

था। जब वे सवेरे पहुँचे तो चारों दिशाओं से लोग समुद्र की लहरों की तरह बढ़े आ रहे थे. औरतों ने काफी मात्रा में पूड़ी-पूआ वगैरह बना लिया था, इसके अलावा साथ में पर्याप्त आटा, दाल, दावल, चबेना और सत्तू भी ले आई थीं।

घर के घुटन-भरे वातावरण से निकलकर खुली हवा में असंख्य नर-नारी, साधु-महात्माओं, खेल-तमाशों, तरह-तरह की दुकानों और जानवरों के हाटों के बीच पहुँच कर सुन्नर पांडे की पतोह के मन को काफी आराम मिला। वह चाहा की तरह आँखें फाड़-फाड़कर हर चीज को देखती। लेकिन इस घूमने-फिरने और देखने के बीच भी उसे महसूस होता कि दो आँखें उसे घूर रही हैं। वह घूँघट के बीच से ही जब उधर देखती तो रामजस तिवारी मूँछों के बीच में मुस्कुराते नजर आते। सुन्नर पांडे की पतोह बेहद डर जाती। वह घूँघट को और लम्बा कर लेती। लेकिन इतना ही नहीं, उसने गौर किया कि रामजस तिवारी बार-बार उसके निकट आने और उसका स्पर्श करने की कोशिश भी करते। वह दूसरी ओर देखते हुए उसके निकट आकर उससे सटकर इस तरह चलने लगते, जैसे अनजान में ही ऐसा हो गया हो। वह बिजली की गति से छिटककर अलग हो जाती।

उस दिन शाम को धुँधलका गाढ़ा हो गया था। एक साधु महात्मा का दर्शन करके वे लोग लौट रहे थे। रामजस तिवारी के दोनों बच्चे उत्साह में आगे-आगे भागे जा रहे थे। उनके पीछे सुन्नर पांडे, अतिराजी और रामजस तिवारी चल रहे थे। और उनसे भी कुछ दूर पीछे थी राजवती और सुन्नर पांडे की पतोह। अचानक रामजस तिवारी को क्या हुआ कि वह झुककर अपने जूते में से कुछ निकालने लगे, जैसे भीतर कोई कंकड़ी घुस गई हो। जब राजवती और सुन्नर पांडे की पतोह पास आ गईं तो वह सीधे होकर सुन्नर पांडे की पतोह के बगल में चलने लगे। लेकिन कुछ ही मिनट बीते होंगे कि उनके मुँह से एक विचित्र किस्म की आवाज निकली। वह आवाज तेज भी नहीं थी और उसे आह-उह-हाय भी नहीं कहा जा सकता, वह उनसे अलग होते हुए भी उन्हीं जैसी कोई चीज थी, जो डर व चिन्ता से चौंकाने के लिए काफी थी।

"अरे क्या हुआ...क्या हुआ," राजवती ने उधर मुँह घुमाकर पूछा।

"अरे, कुछ नहीं भाई," रामजस तिवारी ने अँगौछे से अपने माथे को पोंछते हुए दबी आवाज में कहा।

जब राजवती ने बार-बार अपने पति को माथा पोंछते हुए और अपने भाई की पतोह को गुल्ली की तरह छिटककर तिरछा चलते हुए देखा तो उसका माथा ठनका। उसने सुन्नर पांडे की पतोह के पास तेजी से जाकर पूछा, "क्या हुआ दुल्हिन ?" और अपने सवाल के उत्तर में उसे धीमी आवाज में जो कुछ सुनने को मिला, उससे वह लुत्ती की तरह छिटककर पति के पास पहुँचकर हाथ नचाती हुई बोली—

"ठीक हुआ, बहुत ठीक हुआ...आप इसी लायक हैं। आपको इस उम्र में यह सब करते हुए शर्म नहीं आई ? वह भी उसके साथ, जो आपकी लड़की की तरह है, गाय-बछिया की तरह बेजबान है ? उसका हाथ पकड़ेंगे तो वह हाथ के कड़े से नहीं

मारेगी तो क्या आपकी आरती उतारेगी ? जब से आप आए हैं, मैं आपकी हरकत अखियान रही हूँ, फिर भी क्या समझूँ कि आपके दिल में इतना बड़ा काला साँप है। उसका मरद नहीं है तो आप फायदा उठाना चाहते हैं ? न आपको अपने बड़े-बड़े लड़कों का लेहाज है, न नातेदारी-रिश्तेदारी का लेहाज है, मैं तो उससे बहुत खुश हूँ...उसने तो इतना ही किया है, मैं होती तो सारी दुनिया के सामने आपके मुँह में कालिख लगाती...''

''अरे भाई, क्या हुआ ?'' सुन्नर पांडे आगे से चिल्लाए।

रामजस तिवारी की सिट्टी-पिट्टी गुम हो गई थी। अपने साले की आवाज सुनकर गिड़गिड़ाती हुई आवाज में अपनी पत्नी से बोले, ''अरे, तुम्हारे पैरों पर गिरता हूँ ए दादा, अब आगे कुछ न कहो—मैं बहुत शर्मिन्दा हूँ...''

''फिर चलकर क्षमा माँगिए।''

''चिल्लाओ नहीं, वह भी हो जाएगा।''

''नहीं, अभी माँगिए। बड़ा जुल्म किया है आपने।''

इसके बाद वह अपनी पत्नी के साथ भारी कदमों से सुन्नर पांडे की पतोह के पास गए और साँय-साँय आवाज में बोले, ''मैं नरक का कीड़ा हूँ ए दुल्हिन...'' लेकिन इसके आगे उनके मुँह से कोई बकार नहीं निकली और न वहाँ वह रुक ही सके बल्कि यन्त्रचालित बूढ़े सिपाहीवाले खिलौने की तरह फुट-फुट चलते हुए अपने साले-सलहज के गोल में शामिल हो गए।

रामजस तिवारी का माथा फूट जरूर गया था, पर घाव मामूली होने के कारण हल्दी लगाने से जल्दी सूख भी गया। फिर भी ददरी मेला से लौटकर वह एक दिन के लिए भी नहीं रुके। विदा होते समय राजवती ने रोते हुए सुन्नर पांडे की पतोह से कहा था ''मैं तुमको मुँह दिखाने लायक नहीं रही ए बेटी। मैंने सोचा था कि इस बार तुम्हें अपने साथ ले चलूँगी, पर भगवान को यह मंजूर नहीं था। तुम उन्हें क्षमा कर दो...वह बड़े दुखी हैं। भगवान जल्दी ही तुम्हारा सुख लौटाए। तुम्हारे माथे का सिन्दूर हमेशा चमकता रहे। सच कहती हूँ, तुमने अपने सिन्दूर की जिस तरह रक्षा की है, उससे मैं खुश हूँ। मरद चाहे जैसा हो, एक औरत के लिए यह सिन्दूर ही सब कुछ है ए बेटी। अपने मरद के लिए स्त्री को जीवन-भर तपस्या करनी पड़ती है। गंगा मैया, तुम्हें सदा सुहागिन रखें...''

इसके बाद राजवती ने उसके हाथ में 21 रुपए जबर्दस्ती देते हुए कहा था, ''इसे अपने पास रख लेना...दे मत देना किसी को। मैं तुम्हें क्या दे रही हूँ...''

राजवती के जाने के बाद सुन्नर पांडे की पतोह एकदम बेसहारा हो गई थी। फिर भी रोज सवेरे वह नई आशा और नई उमंग से अपने पति के आने की प्रतीक्षा करती। और जब वह रोज माथे में सिन्दूर लगाती तो सिन्दूर की वह रेखा उसके मन को अपार बल प्रदान करती। उसे लगता कि उसका सुहाग अटल है और सती-सावित्री की तरह वह अपने पति को जरूर अपने पास लौटा लाएगी।

चार

तीन बजे के करीब उसकी नींद उचट गई। कोठरी के अन्धकार में मच्छरों व झींगुरों की मिली-जुली आवाजें फैली हुई थीं। वह आह-उह करती हुई खटिया पर उठ बैठी और हाथ से पट-पट मच्छरों को मारने लगी। उसके बाद पूरे चेहरे को आँचल से ढककर भगवान का नाम लेने लगी। नाम जपते हुए उसकी आवाज कभी तेज हो जाती और कभी मुँह के अन्दर लुप्त हो जाती, जैसे कोई रेडियो को जल्दी-जल्दी खोले और बन्द कर दे।

उसी समय कोठरी के एक कोने से किसी साँप के बोलने की ती-ती-ती-ती आवाज उभरने लगी। वह दोनों हाथ जोड़कर बोली, "हे लछना फुआ, हम जुगुल तिवारी के वंशज हैं, जो भूल-चूक हो गई हो, क्षमा करना...।" कुछ देर बाद ती-ती की आवाज बन्द होकर फिर उभर आई और अन्त में एकदम बन्द हो गई।

वह अचानक बुल-बुल रोने लगी। जब से वह बीमार पड़ी है, बाबू-माई, दादी और मायके के गाँव-जवार की बहुत याद आती है। टीले पर बसा उसका गाँव, नीचे बारी बगीचा, जिसमें वह लड़कों, लड़कियों के साथ चीका-कबड्डी, ओल्हा-पाती, अँजोरिया-अँधेरिया, एकट-दूकट खेलती थी। बरसात में बाढ़ आने पर वह टीला पानी से घिरकर एक टापू बन जाता था। पेड़ पानी में डूबने लगते और उनकी डालियाँ पानी पर लोटती हुई नजर आतीं। जाड़े व बरसात में दूर-दूर तक गेहूँ-चने के लहलहाते हाथी-डूब खेत,

सरसों के पीले-पीले फूलों का विस्तार, मौसम के सुखद बदलाव का संकेत देनेवाली मन को टीसती फागुनी बयार।

वह रो-रोकर बुदबुदाने लगी, "तुम हमें छोड़कर कहाँ चले गए ए बाबू। तू कहाँ चली गई ए माई। तुम्हारे राज में हमने क्या-क्या सुख नहीं भोगा ए बाबू। पचकौड़ी तिवारी की लड़की क्या यही सब देखने के लिए पैदा हुई थी !"

जुगुल तिवारी के पुत्र गोपाल तिवारी और गोपाल तिवारी के लड़के पचकौड़ी तिवारी। बड़े जबर थे जुगुल तिवारी। उनका चेहरा हँड़िया की तरह बड़ा और गोला तथा समलबाई से लाल-लाल आँखें कपार तक चढ़ी हुईं। सिंह के समान उनका शरीर पतली कमर के ऊपर लहराकर उठता और चौड़ी छाती के विस्तार को पाकर शक्ति व साहस का परिचय देता। वह दो नवहों को दोनों काँखों में दबाकर कोस भर जमीन दौड़ सकते थे। उनके जैसा कठकरेजी भी कोई क्या होगा। शुरू में वह चोर-डकैतों के एक गिरोह के सरदार थे। अक्सर गंगा के उस पार धावे मारे जाते। घोड़े की तरह बड़े और फुर्तीले गाय-बैलों को चुराकर इधर-उधर कर देना उनके लिए बाएँ हाथ का खेल था। जब फुर्सत होती तो बनिया-बक्कालों या ठाकुरों-भूमिहारों के घर डाके डाल दिए जाते। खेत-जमीन के झगड़ों में उन्होंने कई बार अपने पक्ष का नेतृत्व किया था और कइयों को परलोक का रास्ता दिखाया था। मैदान में पहुँचकर वह ललकारते थे :

"जिसने अपनी महतारी का दूध पीया हो वह बढ़ि तो आवे..."

इसके बाद जोरों की मार शुरू हो जाती। बिजली की तरह टेढ़े-तिरछे लपक-झपक कर वह भन-भन लाठी भाँजते और उनका भरपूर हाथ जिस पर पड़ जाता, वह गिरकर कभी उठ नहीं पाता था। उन्होंने स्वयं अपने शरीर पर अनगिनत चोटें खाई थीं। एक बार चोट खाकर वह गंगा के दीयर-कछार में झौवे-झाड़ी के बीच दो दिन तक पड़े रहे। शरीर पर बीस-तीस घाव थे। जब नदी में पानी पीकर लौटती हुई एक नीलगाय ने उनको सूँघा और उसके नथुने फटकारने से उनके मुँह पर पानी के छींटे पड़े, तभी उनकी आँखें खुली थीं। वह किस तरह रेंग-घिसटकर नदी के किनारे पहुँचे, वहाँ किस तरह अपने घावों को धोया और किस तरह एक मल्लाह की मदद से इस पार आए, इसकी अलग कहानी है।

जुगुल तिवारी तीन भाई थे, उनके बीच इकलौती बहन थी लछना। क्षत्राणी की तरह लम्बी, तगड़ी और सुन्दर। लूर-शऊर तो कोई उससे सीखे। हमेशा मिश्री घोलकर बोलती। जुगुल तिवारी उस पर जान छिड़कते। वह चाहे गुस्से में ही क्यों न हों, लछना की एक बात उनके मन को रूई की तरह कोमल बना देती।

लछना उन दिनों मायके आई थी। साँझ का समय, वह गोइंठा लेने गोइंठाघर गई, जिसमें एक काला विषधर पहले से ही कुंडली मारकर बैठा था। हाथ डालते ही उसने लछना के अँगूठे को अपने मुँह में पकड़ लिया। वह चिल्लाती हुई भागी। अँगूठे को मुँह में दबाए काला नाग अब भी नीचे लटक रहा था। सारा गाँव साँप मारने के लिए इकट्ठा हो गया। पर लछना ने मना कर दिया :

"ना, मार ऽ मति। अब हमारा पूजि गया। पँचैया को दूध-लावा चढ़ाकर हमारी पूजा करना। आगे हम इस वंश के मरद-स्त्री-बच्चा, किसी कोई भी नहीं काटेंगे। हमारा नाम ले लेंगे लोग, किसी का कुछ नहीं बिगड़ेगा... ।"

इसके बाद लछना जमीन पर गिर पड़ी। उसका चेहरा नीला पड़ गया। चूँकि जुगुल तिवारी के लड़के उनको फूआ (बुआ) कहते थे, इसीलिए जुगुल तिवारी के वंशज पीढ़ी-दर-पीढ़ी लछना फूआ कहकर ही उनकी याद करते हैं। कहा जाता है कि उसके बाद तिवारी परिवारों के किसी भी व्यक्ति को साँप ने नहीं काटा। अचम्भे की बात तो यह है, तिवारी परिवारों की कोई भी गृहिणी कहीं भी हो, वह हर वर्ष पँचैया के दिन (नाग पंचमी) की पूर्व रात में आँगन में अवश्य ही कई सर्पों को रेंगते हुए देख लेती है। तब वह सिर झुकाकर आँचल के अन्दर दोनों हाथों को माथे पर जोड़कर मन-ही-मन प्रार्थना करती है, 'जै हो लछना फूआ, दुहाई हो लछना फूआ, लड़का-बच्चा, मरद-स्त्री सबकी भूल-चूक माफ करें।' और कुछ ही देर बाद वह अपनी ही आँखों से सभी सर्पों को नाली के रास्ते धीरे-धीरे बाहर जाते हुए देख लेती है। बाद में वह अर्थपूर्ण एवं श्रद्धालु मुस्की काटती हुई परिवारजनों को बताती है :

"लछना फूआ थीं, पुन्न-परताप दिखाने आई थीं, सब देखि-दाखि के चली गईं... ।"

यदि कोई लड़का भूल से 'साँप' कह देता तो उसकी माँ या परिवार की कोई अन्य स्त्री उसके मुँह पर हाथ रखकर आँखें तरेरती थी, "अरे, नाम नहीं लेते रे, लछना फूआ कहो.. ।"

"हम नहीं कहेंगे लछना फूआ। क्या साँप फूआ होता है ?" अगर कोई शरारती लड़का ऐसा कह देता तो आफत मच जाती। वह औरत छाती पीटने लगती, "अरे दादा, ऐसा कभी कहना मति। भइया हो, बात सुनो, फूआ कहते हैं, नहीं तो रस्सी या जेंवर कहकर बोलते हैं। लछना फूआ कुलदेवी हैं न, अपने बाल-बच्चों की खोज-खबर लेने आती हैं... ।"

फिर माथे पर हाथ जोड़कर कहती, "हे लछना फूआ, माफ करें, यह बच्चा है, इसमें बुद्धि-वुद्धि कुछ नहीं... ।"

पर लछना की चोट जुगुल तिवारी बर्दाश्त नहीं कर सके। दुनिया से उनको पूर्ण विरक्ति हो गई। चोरी-डकैती उन्होंने छोड़ दी। पर बहुत दिनों तक वह नहीं चल सके।

जुगुल तिवारी के तीन लड़कों में से गोपाल तिवारी बड़े गम्भीर, सोचने-विचारनेवाले और गरीब-दुखियों के हमदर्द। वह साधु-फकीरों के परम भक्त थे, जिनके साथ वह दूर-दूर तक यात्राएँ करते। ऐसी ही यात्राओं और सत्संग के दौरान जड़ी-बूटियों व औषधियों से उनकी जानकारी काफी बढ़ गई। बाद में बनारस के एक प्रसिद्ध वैद्य से औषधि एवं चिकित्सा का हुनर लगन से सीखा और अन्त में गाँव में आकर चिकित्सा का पेशा शुरू कर दिया। पर पेशा भी कहना ठीक नहीं, क्योंकि काफी हद तक वह सेवा-कार्य ही था। गरीबों से वह कानी-कौड़ी भी नहीं लेते थे। जब महामारी आती तो

वह दिन-रात दौड़ते रहते। उनका विश्वास था कि एक वैद्य का स्थान गरीबों के बीच ही होता है। और गरीब जाति के रोग-शोक को दूर करने के लिए ही इस पृथ्वी पर वैद्य का जन्म होता है।

गोपाल तिवारी के दो पुत्रों में से सबसे छोटे जवानी के शुरू में ही कमाने-धमाने 'कमरू-कमच्छा' चले गए, जहाँ कहते हैं, किसी औरत ने उनको भेड़ा बना लिया। बड़े लड़के पचकौड़ी तिवारी ने अपने पिता की परम्परा को आगे बढ़ाया और वह अपने गाँव-जवार के मशहूर वैद्य हुए। पिता की तरह ही मेहनती, आदर्शवादी, कुशल, शान्तिप्रिय, संकोची पर मुँहदूबर। पिता की तरह लम्बे और पतले भी नहीं थे। नाटे और मजबूत। छोटे से गम्भीर चेहरे पर बड़ी-बड़ी मूँछें और छोटी-छोटी आँखें।

पचकौड़ी तिवारी सबेरे-ही-सबेरे नहा-धोकर और पूजा-पाठ करके बाहर चौकी पर बैठ जाते। मटमैली-सी धोती, मिरजई और सिर पर पग्गड़। ललाट पर चन्दन का बड़ा-सा टीका। उनके सामने बड़ा-सा काठ का एक बक्सा होता जिनमें सामान्य दवाइयों की पुड़िया अथवा गोलियाँ रहती थीं। विशेष दवाइयाँ देनी होतीं तो वह उठकर दालान में चले जाते, जहाँ दीवार से जड़ी काठ की आल्मारियों में वे औषधियाँ रखी होतीं। वह दालान औषधि-निर्माण शाला भी थी जहाँ पचकौड़ी तिवारी अपने पिता की तरह अपने हाथ से दवाइयाँ तैयार करते। वहाँ भी एक बड़ी-सी चौकी बिछी थी जिस पर छुरी, काँटा, तराजू, छोटे-मोटे बाट, कूटने-पीसने के लिए कई खरल, छोटे-बड़े बर्तन, हर्र-बहेड़, आँवला, जड़ी-बूटियाँ तथा दवाई बनाने की अन्य सामग्रियाँ रखी थीं। वहाँ दो भट्ठियाँ और कुछ लकड़ियाँ भी थीं, जहाँ एक अजीब-सी दमघोंटू गन्ध छाई थी—एक ऐसी गन्ध जिसे वैद्य ही समझते व पसन्द करते हैं।

पचकौड़ी तिवारी नाड़ी पर हाथ रखते ही बता देते कि मरीज ने क्या खाया-पीया है और किस रोग से वह पीड़ित है। उस समय उनका मुँह एक विश्वासपूर्ण लापरवाही से दूसरी ओर घूम जाता। फिर नकियाए स्वर में वह कुछ भुन-भुन बोलने लगते। उन्होंने अच्छा कमाया। धनी लोगों के बीच उनकी अच्छी पूछ थी, पर उन्होंने अपने को उन वैद्यों की परम्परा से हमेशा अलग रखा, जो बाबू-बबुआनों को महँगे-महँगे भस्म खाने की सलाह देकर उनसे मनमानी वसूलते हैं। अगर रोग दो पैसे की दवा से अच्छा हो सकता है तो वह वही सस्ती दवा देते और कीमत भी कम लेते, चाहे रोगी राजा-महाराजा ही क्यों न हो।

अपने पिता की तरह ही वह गरीब से कुछ न माँगते, पर गरीब-से-गरीब उनको साग-सब्जी, सीधा-सत्तू, दही-चिउड़ा, गुड़, कुछ-न-कुछ जरूर दे जाता। पर जो लोग कुछ भी न दे पाते वे भी उनके उपकार का बदला किसी-न-किसी रूप में जरूर चुका देते। कोई दवाइयों की कुटाई-पिसाई कर देता। नाई हुआ तो बाल मुफ्त बना देता, धोबी हुआ तो कपड़े मुफ्त धो देता। यदि कोई उनका पारिश्रमिक मार भी लेता तो वह कोई तकादा नहीं करते थे। उनके शरीर में गोपाल तिवारी का रक्त प्रवाहित है, क्या वह किसी के सामने हाथ फैला सकते हैं !

पचकौड़ी तिवारी को भगवान ने सब कुछ दिया, पर सन्तान के मामले में वह बेहद दुखी रहते। उनकी पत्नी सुरसती रूपवती और गुणवती जरूर थी, पर उसका कोई भी बच्चा जिन्दा नहीं रह पाता था। चार लड़के हुए उसके, पर चारों ही कुछ ही दिनों में भगवान के प्यारे हो गए। सन्तान जीवित रखने के लिए सुरसती ने पूजा-पाठ, व्रत-उपवास, झाड़-फूँक, गंडा-ताबीज, साधु-फकीर कुछ भी न छोड़ा। कभी-कभी वह फूट-फूटकर रोने लगती। पचकौड़ी तिवारी उसके सामने अपना दुःख नहीं प्रकट करते बल्कि हिम्मत बँधाते रहते। अपने हाथ से उसके लिए विशेष दवाइयाँ तैयार करते, और अपने हाथ से खिलाते।

''सब भगवान की माया है, उनके सामने वैद्य-हकीम किसी की नहीं चलती। और जिस दिन भगवान चाहेगा, कोई रोक नहीं सकेगा...।''

और उस दिन की अँधेरी रात। झमाझम पानी बरस रहा है। उनकी माँ देवकाली ने उनको जगाकर कान में धीरे से कुछ कहा और वह पानी में ही निकल गए। जब लौटे दाई के साथ तो सौरी के अन्दर से केहाँ-केहाँ की आवाज सुनाई दे रही थी।

''बेटी है, ए बाबू।'' उनकी माँ ने बाहर निकलकर बताया।

''सब ठीक-ठाक है ?''

''सब ठीक है, ए बाबू।''

पर समस्या बेटा या बेटी की कहाँ थी ? बेटी भी हो और वह जिन्दा रहे तो खुशी की बात है। पर समस्या तो यह है कि यह खुशी कितने दिनों तक टिकी रहेगी ? सब कुछ अनिश्चित होने पर खुश कौन हो और खुशी कैसे प्रकट करे ? ऐसे में मोह-माया कौन बढ़ाए ? इस लड़की को अपनी कौन कहे ?

देवकाली ने इस बार फूँक-फूँककर कदम रखे। सबसे पहले तो उसने नवजात शिशु का नाम 'कतवरिया' रख दिया, जैसे वह सुरसती की कोख से पैदा नहीं हुई बल्कि घूरे-कतवार पर पड़ी मिली। लेकिन इतने पर भी सन्तोष न होने पर उसने कतवरिया को दो रुपए में बुधिया कमकरिन के हाथ बेच दिया। बुधिया उसके घर के पास ही रहती थी और चौका-बर्तन तथा कुटाई-पिसाई पर निर्भर थी। बुधिया ने कतवरिया को दिन-भर अपने घर रखा, उसको खेलाया, उसका गू-मूत किया, उसको बार-बार 'मेरी बछिया', 'मेरी बछिया' कहा। इस तरह बेटी को पराई बनाने में जो कसर रह गई थी, वह पूरी हुई।

नवजात कन्या जब बुधिया के घर से वापस लाई गई तो उसे देखकर सुरसती का कलेजा फटने लगा। नियति का कैसा खेल है कि उसकी कोख से पैदा हुई लड़की को यह दुर्दशा भुगतनी पड़ रही है ! उसकी आँखों से झर-झर आँसू गिरने लगे।

देवकाली ने अपना माथा पीट लिया ! उसने सुरसती को आँखों से तरेरते हुए कहा, ''दुल्हिन, तुम पागल हुई हो क्या ? बुधिया की इस बच्ची के लिए आँसू क्यों चुआ रही हो ? रोया तो अपनों के लिए जाता है ?''

सुरसती फौरन ही इसका मतलब समझकर हँसने की कोशिश करने लगी, पर आँसू

पहले की तरह गिरते रहे, जैसे धूप निकल आई हो, पर पानी पहले की तरह बरस रहा हो। अचम्भे की बात यह है कि ऐसा परायापन लेकर लड़की जिन्दा रहने लगी। शक्ल-सूरत उसकी बाप पर गई थी, पर रंग माँ की तरह यानी एकदम गोरी। यदि ऐसा कोई कह देता तो आफत हो जाती और देवकाली उसकी दुश्मन हो जाती।

"ऐसा क्यों कहती हो जी ? यह तो ठीक बुधिया पर गई है। आगे मुँह से ऐसी बात निकली तो ठीक न होगा। आँखें भी ठीक बुधिया की तरह मलकाती है..."

इसके बाद वह अर्थपूर्ण दृष्टि से अपनी बहू को देखती जो अपनी सास का झट समर्थन करती—

"ठीक ही तो कह रही हैं अम्माजी। शक्ल-सूरत इसकी बुधिया से ही मिलती है।"

दो वर्ष ऐसा ही चला, उसके बाद भी बच्ची केवल जिन्दा ही न रही बल्कि मोटी-झोटी होकर तेजी से शरीर फेंकने लगी तो सबमें एक निश्चिन्तता और लापरवाही आ गई। पचकौड़ी तिवारी भी काफी निश्चिन्त हो गए और उन्होंने एक बहुत मशहूर ज्योतिषी को अपने घर बुलाया। ज्योतिषी ने ग्रह-नक्षत्र पर विचार कर भविष्यवाणी कर दी, "आप निश्चिन्त होकर इसका नाम राजलक्ष्मी रखिए। आगे चलकर यह राजलक्ष्मी बनेगी। जहाँ जाएगी, राज करेगी...।"

इसके बाद उसका नाम राजलक्ष्मी भी चल पड़ा...पर बहुत सावधानी व सतर्कता के साथ। यानी बीच-बीच में जब लड़की बीमार पड़ जाती तो आशंका एवं भय कुकुरमुत्तों की तरह उग आते। तब देवकाली अद्‌भुत जागरूकता, समझदारी एवं तत्परता का परिचय देती हुई कहती, "जी खराब है ? तुम्हारी महतारी बुधिया को बुला दूँ ? अच्छा, चुप रहो कतवारी, अभी बुला देती हूँ...।"

और बुधिया आते ही लड़की को गोदी में ले लेती, जिसकी सहर्ष अनुमति दे दी जाती। बुधिया भी वांछित समझदारी का परिचय देती हुई लड़की को, 'मेरी बिटिया', 'मेरी आँख की लकड़ी,' 'मेरी कतवरिया' आदि नामों से सम्बोधित करती। जब तक वह बीमार रहती, घर के लोग भी उसे 'कतवरिया' या 'बुधिया की लड़की' ही कहकर पुकारते।

पर उसके अच्छा होते ही पहलेवाली निश्चिन्तता एवं लापरवाही आ जाती और राजलक्ष्मी नाम चालू हो जाता। इस तरह दैव के साथ धोखाधड़ी चलती रही। और ज्यों-ज्यों दिन बीतने लगे, उस दैव का डर भी कम होने लगा—क्योंकि यदि कुछ होना होता तो पहले ही हो गया होता और अब तक कुछ नहीं हुआ तो आगे भी नहीं होगा, इस पर कैसे अविश्वास करें ?

धीरे-धीरे वह 'राजलक्ष्मी' बनने लगी। पैदाइश के समय वह कैसी मरियल थी ? उसके शरीर पर चमड़ा इस तरह झूलता था, गोया हड्डी के ढाँचे पर दूध की मलाई चिपका दी गई हो। पर आगे चलकर वह रेंगराने लगी। तीन-चार वर्ष बाद तो वह खूब मोटी-झोटी व गलगुथनी बन गई। फिर तो अपने स्वास्थ्य, रंग-रूप तथा बोली के कारण वह सबकी प्यारी बन गई। जब वह भगई व झुल्ला पहनकर बाहर निकलती तो उसे

लोग गोद में उठा लेते, उससे देर तक बातें करते हुए खेलाते, उसका लोला मीसते, और उसके हाथ पर कुछ-न-कुछ खाने को रख देते।

पचकौड़ी तिवारी की तबीयत तो एक मिनट भी उसके बिना नहीं लगती थी। जब वह किसी काम से बाहर गए होते, उस समय भी उनका ध्यान राजलक्ष्मी में ही रहता। जब वह घर लौटते तो पेड़ा, गुलाब जामुन, कुटकी, बताशा उसके लिए जरूर ले आते। जब वह चौके में पीढ़े पर भोजन के लिए बैठते तो राजलक्ष्मी भी उनके पास आकर बैठ जाती या जब बाहर खेल रही होती तो पचकौड़ी तिवारी उसे बुलवा लेते। वह स्वयं उसे नहला-धुलाकर कपड़े पहनाकर बाजार, मेला-ठेला घुमाने ले जाते और उसके लिए मिठाइयाँ और खिलौने खरीद देते। निरन्तर लाड़-प्यार का नतीजा यह निकला कि राजलक्ष्मी जिद्दी, शरारती और खिलाड़ी बन गई।

कभी-कभी सुरसती उसकी जिद्द से बहुत तंग-परेशान हो जाती। सबेरे राजलक्ष्मी की नींद खुलने पर सुरसती बासी रोटी पर कभी गुड़, कभी लैनू और कभी घी रखकर उसका चोंगा बनाकर उसके हाथ में पकड़ा देती। पर राजलक्ष्मी और घी या लैनू की जिद्द पकड़ लेती। वह चिल्लाने लगती और बाहर से पचकौड़ी तिवारी आकर जब तक उसकी जिद्द पूरी नहीं करते वह नहीं मानती। सुरसती और देवकाली दोनों का ही विचार था कि पचकौड़ी तिवारी लाड़-प्यार से लड़की को बिगाड़ रहे हैं। एक तो वह बाप के साथ भोजन करते हुए उतना घी खाती ही है, उसके अलावा चोंगा पर भी काफी घी खा जाती है।

सुरसती कोठरी में बैठी भुनभुनाने लगती, "चौपट कर देंगे लोग, यह पराया धन है, इसको सिर इतना थोड़े चढ़ाना चाहिए ? लड़की-बच्ची को दीदा नवाकर ही रहना चाहिए।"

पर, वाह रे घी का लालच ! दोपहर का समय, सभी खा-पीकर सो गए थे। राजलक्ष्मी चुपके से उठी और काठ की आलमारी के पास पहुँच गई। आलमारी के अन्दर एक हड़िया थी, जिसमें पाँच-छः सेर घी था, जिसमें से घी निकालने के चक्कर में हड़िया ही नीचे लुढ़ककर फूट गई। जो आवाज हुई, उससे सुरसती और देवकाली की नींद टूट गई। दोनों यह सोचकर दौड़ पड़ीं कि बिल्ली-विल्ली ने कोई चीज गिरा दी है, पर वहाँ जो हाल देखा, उससे सुरसती का गुस्से से बुरा हाल हो गया।

"अरे...यह तो घर बिलवा देगी...।" इतना कहकर उसने राजलक्ष्मी की पीठ पर कई थप्पड़ जमा दिए, मार खाते ही राजलक्ष्मी जमीन पर लोटकर हाथ-पैर पटकती हुई जोर-जोर से चिल्लाने लगी। इस पर सुरसती का गुस्सा इतना बढ़ गया कि वह दौड़कर घर के अन्दर से बेंत की छड़ी ले आई और उसको तानते हुए चीख पड़ी, "चुप होती है कि नहीं...।"

"नहीं...।" राजलक्ष्मी ने रोते हुए कहा।

"चुप हो जा। एकदम चुप ! नहीं तो मारते-मारते चमड़ा उधेड़ लूँगी। चुप होती है कि नहीं...।"

"नहीं...।" राजलक्ष्मी जिद्‌द के उसी सुर में बोली।

"नहीं चुप होगी ?"

"नहीं...।"

"नहीं चुप होगी ?"

"नहीं...।"

सुरसती गुस्से से अन्धी हो गई। फिर उसने उसकी पीठ पर एक छड़ी लगा भी दी। छड़ी लगते ही राजलक्ष्मी और भी जोर-जोर से रोने-चिल्लाने लगी। इसी समय पचकौड़ी तिवारी भीतर आ गए और वह दृश्य देखकर क्रोध से काँपने लगे। फिर गुस्से से हकलाते हुए बोले, "अरे माई, इस पर हाथ क्यों छोड़ा गया ? जब तुम लोगों को इससे इतनी घृणा है तो मैं आज इसका गला ही काटकर फेंक देता हूँ...न रहेगा बाँस न बजेगी बाँसुरी...।"

इतना कहकर वह दालान में गए और वहाँ से जब लौटे तो उनके हाथ में एक छुरी थी। फिर राजलक्ष्मी को हाथ पकड़कर घसीटते हुए आँगन में गला काटने ले गए। इस पर उनकी माँ हाँ-हाँ करती हुई पीछे-पीछे दौड़ी। हाथ जोड़कर बोली, "अरे बाबू, यह क्या करते हो ? हाथ जोड़ती हूँ, यह न करो। अब आगे से इसे कोई न छुएगा...।"

"हट जा माई...मैं आज इसकी जान ले लूँगा...और अपनी भी जान दे दूँगा...।" पचकौड़ी तिवारी चिल्लाने लगे।

देवकाली रोने लगी। हाथ जोड़कर फिर बोली, "नहीं ए बच्चा, ऐसा न करो। इससे अच्छा है, मेरी ही गर्दन पर छुरी चला दो। मैं तुम्हारे पैरों पर पड़ती हूँ...।"

इतना कहकर वह पैर पकड़ने के लिए आगे झुकी। पचकौड़ी तिवारी ने पैर पीछे खींच लिए। वह दो-चार क्षण चुपचाप खड़े रहे। फिर वह छुरी वहीं फेंक और राजलक्ष्मी की बाँह छोड़कर बाहर निकल गए और अपनी बाहर की कोठरी में जाकर तखत पर सिर झुकाकर बैठ गए।

कुछ देर बाद जब देवकाली कोठरी में आई तो पचकौड़ी तिवारी उसी तरह बैठे थे। माँ को देखकर अब उनकी आँखों से झर-झर आँसू गिरने लगे। उन्होंने बुदबुदाते स्वर में कहा, "माई, मुझे माफ कर...मैं पागल हो गया था। आज मैं तुम्हारी कसम खाकर कहता हूँ कि राजलक्ष्मी के मामले में कुछ नहीं बोलूँगा...तुम लोग उसे जैसे चाहो रखो, जो चाहो खिलाओ-पिलाओ...।"

"ऐसी बात नहीं है बाबू। तुम तो उसके बाप हो, तुम न बोलोगे तो कौन बोलेगा ? हाँ, इधर वह कुछ जिद्‌दी, और चुल्ली हो गई है...।"

"नहीं माई, मैं अब कुछ नहीं बोलूँगा। मैं तुम्हारी कसम खा चुका हूँ। लड़की का मामला है, तुम लोग अच्छी तरह समझती हो। मेरे हाथ से कोई अनर्थ हो जाएगा...।"

इस घटना ने तीनों पर ही असर डाला। पचकौड़ी तिबारी ने राजलक्ष्मी के मामले में सचमुच बोलना छोड़ दिया। अतिशय लाड़-प्यार से भी वह परहेज करने लगे। सुरसती

ने भी राजलक्ष्मी को डाँटना-फटकारना बन्द कर दिया। पर सबसे अधिक असर उसका राजलक्ष्मी पर ही हुआ। उस दिन से उसके दिल में यह भय समा गया कि किसी दिन उसके पिता फिर गुस्से में आकर छुरी से उसका गला काट देंगे। और इस भय की वजह से वह माँ के निकट आती गई। तब उसकी जिद्द और शरारत भी कम हो गई। माँ जितना घी-दूध देती, वह खा लेती। जो काम करने को कहती, कर देती। बेटी में आया यह बदलाव माँ को अत्यधिक सुख देता। बेटी पर उसको निरन्तर लाड़ आता। पर कभी-कभी वह बेहद भयभीत और चिन्तित हो जाती।

एक दिन रात में जब वह सोई हुई राजलक्ष्मी के बदन में तेल लगाने बैठी तो उसके गोरे व निर्दोष चेहरे को देखकर उसका कलेजा मुँह को आने लगा। उसके बाद उसकी आँखों में तेजी से आँसू गिरने लगे। और वह धीरे-धीरे बुदबुदाने लगी, "पता नहीं कैसा भाग्य लेकर आई है हमारी बछिया। न पहले की तरह शरारत करती है, न पहले की तरह खाने-पीने की जिद्द करती है। पता नहीं कैसा काँटा धँस गया है इसके दिल में। यह उम्र तो इसकी खेलने-खाने की है, अकेले बैठकर न मालूम क्या सोचती रहती है। औरत की जिन्दगी यूँ ही बेकार होती है, हे भगवान ! इसकी रक्षा करना, इसका दुःख-तकलीफ सब मुझे दे देना...।"

ज्यों-ज्यों राजलक्ष्मी की उम्र बढ़ने लगी, उसमें समझदारी आती गई और उसके व्यक्तित्व के कई अनजाने रंग उभरने लगे। वह जिस तेजी से हाथ-पैर फेंक रही थी, उसको देखकर कहा जा सकता है कि देह-धजा में वह माँ पर जा रही है। द्वाबा क्षेत्र का अन्न-जल यूँ ही अमृत होता है, जो सामान्यतः हर व्यक्ति को लम्बा और खूबसूरत बनाता है। फिर जिसने वहाँ का दूध, घी, दही, मट्ठा, मकई की रोटी, दलिया, चिउड़ा, लावा लाई, चना-चबैना, आम-अमरूद, खरबूज़-तरबूज का निरन्तर सेवन किया है उसका कहना ही क्या ? ऊपर से गंगा व घाघरा के जल का स्पर्श करके बहनेवाली हवा शरीर और मन को निरन्तर सँवारती रहती है।

वह शीघ्र ही नौ पार करके दसवें की देहरी में प्रवेश कर गई। उसका शरीर कुन्दन की तरह दपदप कर रहा था। वह उम्र के उस मोड़ पर पहुँच गई, जहाँ ब्रचपन से अलगाव व दूरी की प्रक्रिया शुरू होती है। नासमझी और समझदारी के मिश्रित भाव से रहस्यमयी रोशनी की एक टिमटिमाहट निरन्तर उसकी आँखों में दिखाई देने लगी थी। इसी समय एक अनहोनी घटना घटित हो गई।

माहेश्वर पांडेय सुरसती के जीजा लगते थे यानी उसकी चचेरी बहन वेदवती के पति। बेहद दुबले-पतले, काला चेहरा पर बेहद मनबिगड़े। एक तो वह बेहद लुतरा थे। इधर की बात उधर और उधर की बात इधर। और दो व्यक्तियों को आपस में लड़ा देना उनके बाएँ हाथ का खेल था। इसके अलावा दूसरे का खेत चरने या उस पर मुँह मारने के लिए भी वह विख्यात थे। सुरसती की बहन वेदवती जब तक जिन्दा रही, उन पर काफी हद तक नियन्त्रण रहा, क्योंकि वह बेहद दबंग औरत थी। पर पत्नी के मरने के बाद उनकी प्रतिभा बेहद उछाल मारने लगी। और कुछ ही दिनों में उन्होंने अपने

घर में ही ऐसी समस्याएँ उत्पन्न कर दीं कि लड़कों और बहुओं से उनका जबर्दस्त झगड़ा हो गया। और बेटों ने मार-पीटकर उन्हें घर से निकाल दिया।

इसके बाद उनको दुनिया से वैराग्य हो गया। वह गेरुआ वस्त्र धारण कर तथा ललाट पर चन्दन-रोरी के बेलबूटे काढ़कर घर से बाहर निकल गए। इस घोषणा के साथ कि अगर वह असल बाप के बेटा होंगे तो आज से लड़के-बहुओं का मुँह भी नहीं देखेंगे। वह कभी तीर्थ यात्रा पर निकल जाते और कभी किसी रिश्तेदारी में पहुँच जाते। रिश्तेदारियों में भी वह अपनी आदत से बाज नहीं आते। बहू-बेटियों को ताकना-झाँकना तो फौरन ही शुरू कर देते। उसी के साथ परिवार के लोगों को आपस में लड़ाने की जोरदार कोशिश भी चलती रहती। अपनी पवित्रता के प्रदर्शन के लिए वहाँ छुआछूत पर विशेष बल देते। सवेरे उठकर वह अपना बिस्तर मोड़कर सबसे अलग रख देते, जिससे किसी दूसरे के बिस्तरे से उसका स्पर्श न हो सके। कोई भी उनका लोटा, कमंडल, रामायण, कुर्ता, बनियान वगैरह सामान न छूने पाए। उनकी इन गतिदिधियों से देर-सवेर कोई ऐसा संकट उत्पन्न हो जाता कि वह जगह उन्हें तत्काल छोड़नी पड़ती।

संन्यारा के ऐसे ही दौर में वह पचकौड़ी तिवारी के यहाँ पहुँच गए। सुरसती उनकी आदतों से परिचित थी, पर पचकौड़ी तिवारी स्वागत-सत्कार के मामले में किसी प्रकार की त्रुटि नहीं होने देते थे। और इसी उदारता का अनुचित लाभ उठाकर माहेश्वर पांडेय ने अपना पाखंड फैलाना शुरू कर दिया, पर उनकी कलई जल्दी ही खुल गई।

गर्मी के दिन थे। पड़ोस में किसी लड़की की शादी के सिलसिले में गाना-बजाना हो रहा था तो सुरसती और उसकी सास भीतर के कमरे में राजलक्ष्मी को सोती हुई छोड़कर चली गईं। बाहर पचकौड़ी तिवारी और माहेश्वर पांडेय थे ही। राजलक्ष्मी की माँ बहुत अच्छा गाती-बजाती थी, इसलिए ऐसे समारोहों में वह अवश्य ही बुलाई जाती। राजलक्ष्मी का स्वर भी बहुत अच्छा था और इधर वह माँ की तरह ही गाने-बजाने में दिलचस्पी लेने लगी थी। यदि वह जगी होती तो माँ-दादी के साथ जरूर ही जाती।

लेकिन उनके जाने के बाद ही एक व्यक्ति पचकौड़ी तिवारी को अपने साथ ले जाने के लिए आ गया। उसकी पत्नी सख्त बीमार थी और पचकौढ़ी तिनारी गिड़गिड़ाहट-भरे उसके अनुरोध को नहीं टाल सके। परिणामस्वरूप वह माहेश्वर पांडेय से जल्दी आने का वायदा करके उसके साथ चले गए।

पचकौड़ी तिवारी के जाते ही माहेश्वर पांडेय के दिल में एक शैतान अचानक भयावह और विशाल आकार धारण करने लगा। अथवा पहले से ही वह शैतान उनके अन्दर विद्यमान था ? वह धीरे से किसी चोर की तरह दालान के अन्दर चले गए, भीतर से दरवाजा बन्द कर लिया और चुपके से उस कोठरी के दरवाजे पर जाकर खड़े हो गए, जिसमें राजलक्ष्मी सोई थी। वह गम्भीर निद्रा में थी और निःशब्द सो रही थी। दरवाजा पहले से ही खुला था। राजलक्ष्मी एकदम बच्ची थी, निर्दोष व अनजान, पर माहेश्वर पांडेय की हैवानियत खूँटा तोड़कर बेतहाशा दौड़ने लगी।

वह धीरे-धीरे बढ़कर चारपाई के पास खड़े हो गए। फिर झुककर उन्होंने एक हाथ

राजलक्ष्मी की गर्दन के नीचे डाल दिया और दूसरा हाथ उसके पैरों के नीचे। अन्त में जोर लगाकर उठाने लगे। पर वह दुबले थे और राजलक्ष्मी तगड़ी, इसलिए पहले प्रयास में वह न उठी। फिर और झुककर तथा काफी जोर लगाकर उसे उठाने लगे। वह उठ जाती, पर उसके पहले ही उसकी नींद टूट गई। पहले तो वह कुछ समझ न सकी, लेकिन जब माहेश्वर पांडेय का चेहरा उसने पहचान लिया तो उसके मुँह से एक चीख निकल गई—'अरे माई ?'

माहेश्वर पांडेय ने डर के मारे उसे छोड़ दिया और सीधे खड़े हो गए। यह कुछ बोलें-पुचकारें, उसके पहले ही राजलक्ष्मी अपने दोनों पैर व हाथ तेजी से पटकने लगी। माहेश्वर पांडेय ने इसकी कल्पना न की थी। वह बेहद डर गए और वहाँ से खिसककर दरवाजे के पास जाकर खड़े हो गए। तब राजलक्ष्मी ने पैर पटकना बन्द कर दिया। वह देर तक निश्चेष्ट पड़ी रही तो उनकी हैवानियत फिर सक्रिय हुई। वह राजलक्ष्मी की चारपाई की ओर फिर बढ़े—और ज्यों ही बढ़े कि राजलक्ष्मी ने फिर हाथ-पैर पटकने शुरू किए। इस तरह उन्होंने दो बार और साहस किया और आखिरी बार राजलक्ष्मी ने इतने जोर-जोर से हाथ-पैर पटके कि उनकी रही-सही हिम्मत हिरन हो गई। राजलक्ष्मी का चेहरा बेहद गम्भीर हो गया था। यह कहना मुश्किल था कि क्रोध या भय अथवा दोनों के कारण उसका चेहरा वैसा हो रहा था। शायद उसकी मुद्रा उस मामूली तैराक की तरह थी, जो भँवर में फँसकर जोर से हाथ-पैर चलाकर उससे निकलने की कोशिश करता है। माहेश्वर पांडेय के डरने का एक यह भी कारण था कि पलंग पर दरी, चादर बिछी थी, जिस पर राजलक्ष्मी के हाथ-पैर तेजी से गिर-गिरकर जोर की आवाज पैदा कर रहे थे।

वह अब वहाँ टिक न सके। उन्होंने बरामदे में अलग रखा अपना छोटा बिस्तर काँख में दबाया, झोला कन्धे पर टाँगा और हाथ में कमंडल और छोटा-सा डंडा लेकर नौ-दो-ग्यारह हो गए।

करीब आधा घंटा बाद जब सुरसती और देवकाली वापस आईं तो बाहर किसी को न देखकर और दालान का दरवाजा पूरा खुला पाकर उनका माथा ठनका। वे तेजी से भीतर चली गईं, पर उन्हें देखकर पहले से ही राजलक्ष्मी बुरी तरह सिसकने लगी।

"अरे क्या हुआ है, मेरी बछिया को ?" सुरसती लपककर उसके पास पहुँच गई और उसको गोद में लेकर चुपाने लगी, "अरे चुप रहो, क्या बात हुई, साफ-साफ बताओ। सपना देखा है ? डर गई हो ? डरने की क्या बात है ? हम तो आ ही गए हैं। हम पहले ही आ जातीं, पर वे लोग उठने ही न देते थे...कहाँ हैं वो लोग ?"

पर देवकाली का दिमाग दूसरी ओर दौड़ रहा था। और अचानक वह चीख उठी, "अरे दुल्हिन, उसका बिस्तर, डंडा, झोला सब गायब है। वह भी कहीं दिखाई नहीं देता। उसी ने कुछ किया है...ठीक-ठीक बता दे बछिया। मैं आज उसका मुँह अँगार से झौंसूँगी... ।"

उसकी बात सुनकर राजलक्ष्मी और जोर-जोर से रोने और हिचकने लगी। इस पर

माँ और दादी बेहद चिन्तित हो गईं। सुरसती तो राने लगी। वे बार-बार राजलक्ष्मी से पूछने लगीं कि क्या बात हुई। बहुत देर बाद जब उसकी रुलाई थमी तो उसने सब कुछ बताया। बताते वक्त वह फिर सिसकने लगी। सुरसती और देवकाली तो छाती पीटने लगीं। दोनों सास-पतोह फिर गुस्से में माहेश्वर पांडेय को चुन-चुनकर गालियाँ देने लगीं। देवकाली तो बाहर निकल गई और घर के चारों ओर घूम-घूमकर देख आई कि कहीं माहेश्वर पांडेय छुपा तो नहीं ?

कुछ ही देर बाद पचकौड़ी तिवारी आ गए। उनको देखते ही राजलक्ष्मी रोने लगी। सुरसती और देवकाली की आँखों से भी आँसू गिरने लगे।

"अरे क्या हुआ, भाई ?" पचकौड़ी तिवारी ने चिल्लाकर पूछा।

देवकाली ने रो-रोकर सब कुछ बताया। पचकौड़ी तिवारी तनकर खड़े हो गए। उनका चेहरा पागल की तरह दिखाई देने लगा। सिर पर उनका दुपट्टा पगड़ी की तरह बँधा ही था। वह चुपचाप एक दूसरे कमरे में चले गए और जब वहाँ से लौटे तो उनके हाथ में उनकी लाठी थी।

वह कुछ नहीं बोले और चुपचाप बाहर निकल गए। देवकाली उनको मना करते हुए उनके पीछे-पीछे भागती हुई गई, पर उन्होंने उसकी कुछ नहीं सुनी। वह बाहर के ओसारे से नीचे उतरकर तेजी से बढ़ गए। गाँव के एक छोर पर टीले से नीचे उतरकर वह मैदान में दूर चलते गए। गर्म हवा चल रही थी और उसके थपेड़े तमाचे की तरह उनके मुँह पर लग रहे थे। चारों ओर धूल उड़ रही थी।

पचकौड़ी तिवारी पहले पगडंडी पकड़कर आगे बढ़ते गए थे। पर दूर-दूर तक कोई नहीं दिखाई पड़ा तो वह रुक गए। चारों ओर मुँह घुमाकर उन्होंने देखा, चिरई का एक पूत भी नजर नहीं आया। वह लौट पड़े। उसके बाद उन्होंने हर बारी-बगीचा देखा। ताल-तलैया और कुओं पर गए। अंधे कुओं में झाँका। झाड़ी-झौवों को लाठी से खोद-खोदकर परखा, माहेश्वर पांडेय कहीं भी नहीं मिले। अन्त में वह एक जगह पर खड़े होकर, मुँह के किनारे हाथ रखकर, अपनी सारी ताकत लगाकर चिल्लाने लगे :

"अरे महेसरा रे ! किसी बिल-सुराख में छिपा है तो चुपचाप निकल आ...असल बाप का बेटा है तो निकल आ...तुझे पा गया तो कच्चा ही चबा जाऊँगा। रेऽऽ दगाबाज, अरे दुर्योधन।"

वह कुछ देर तक इसी तरह चिल्लाते रहे। उनकी उत्तेजना पागलपन की सीमा तक पहुँच गई। गला फाड़कर निकलती हुई उनकी पतली आवाज तेज, गरम लुक्कड़ से टकराकर गुम हो जाती थी। पर माहेश्वर पांडेय हों तब न निकलें। तब तक उनका गुस्सा इतना बढ़ गया था कि वह उस निर्जन, लू-तप्त मैदान में भन-भन लाठी भाँजने लगे। वह कल्पना में माहेश्वर पांडेय को लाठियों से पीटकर धराशायी कर रहे थे। पता नहीं कब तक वह लाठी भाँजते रहे, और अचानक वह थककर चूर-चूर हो गए। शरीर उनका पसीने से बुरी तरह नहाया हुआ था। आँखें जल रही थीं। मुँह बेहद लाल था। जब तक उनको उम्मीद थी कि माहेश्वर मिल जाएँगे उनकी उत्तेजना ऊँची-ऊँची छलाँगें लगा रही

थी लेकिन इतना ढूँढ़ने पर भी माहेश्वर दिखाई न पड़े तो वह अचानक बेसहारा होकर धराशायी हो गए। सहसा उनको अपनी हरकतों पर शर्म आने लगी। कोई गाँववाला देखेगा तो क्या कहेगा ? जिनके सामने गाँव के बड़े-से-बड़े लोग सम्मान से सिर झुकाते हैं, वे इतना नासमझ, छिछले और उच्छृंखल कैसे हो गए ? और तब भी वह माहेश्वर को किसी भी हालत में माफ नहीं कर सकते थे, कभी भी नहीं, किसी जन्म में नहीं।

जब वह लौटने लगे तो गाँव के एक-दो व्यक्तियों ने उनको इस भेष में देखकर अचम्भे से पूछा, "पंडितजी, क्या बात है ?"

"अरे कुछ नहीं, घर में एक चोट्टा घुस आया था, उसी की खोज में गया था... ।"

घर पहुँचकर वह अपनी कोठरी में चुपचाप बैठ गए। उनकी माँ व सुरसती देर से बरामदे में खड़ी थीं। जब उनको देखा तो वे घर के अन्दर चली गईं। बाद में उनकी माँ उनके पास पहुँचकर बोलीं :

"ए बाबू, उसको कोढ़ फूटेगा, नरक में जाएगा मरकिलौना। तुम क्यों चिन्ता करत हो, जैसा किया है, वैसा ही भरेगा। मुँह में कालिख लगाकर गया है, अब फिर-फिर आएगा ?"

"उसकी चटनी बना दूँगा, माई। एक क्षण के लिए आ तो जाए।" फिर अपने सिर को हाथ से पीटते हुए और रोते हुए बोले, "मुझे दुःख इस बात का है माई कि इस पर कितना विश्वास करता था, रिश्तेदार नहीं भाई इसको मानता था, इसकी इज्जत करता था, यह सब घोलकर पी गया। मैंने क्यों विश्वास किया उस पर ? क्यों-क्यों ?"

"दुनिया में तो एक से एक राक्षस हैं, बाबू। कंस तो मामा था न। अपने किए का फल पा गया कि नहीं ? यह तो गल-गलकर मरेगा... ।" देवकाली ने उनका हाथ पकड़ते हुए कहा।

वह उनके बालों को सहलाने लगी। जब उनके आँसू रुके तो वह बोली, "ए बाबू, अब इसकी फिक्र करो...कोई अच्छा लड़का देखो... ।"

"अरे यह तो बच्ची है माई।"

"ए बाबू, बहुत तेजी से हाथ-पैर फेंक रही है, अपनी महतारी पर गई है। खाबड़ मिट्टी है। फिर लड़कियों का क्या, बहुत जल्दी सयानी हो जाती हैं। अभी से देखना ठीक है, विलम्ब करने से क्या लाभ ? कोई अच्छा घर-वर मिल जाए हमारी बाछी को... ।"

पचकौड़ी तिवारी कुछ देर तक सोचते रहे, फिर बोले, "ठीक कहती हैं माई...अब मुझे भी बड़ी चिन्ता हो गई है।"

इसी चिन्ता में वह दूसरे ही दिन सबेरे अपने पुरोहित घरभरन मिसिर के यहाँ पहुँच गए, जिनकी उम्र सत्तर से कम नहीं थी। मिसिरजी अपने घर के सामने एक झोलर खाट पर बैठे बन्दर की तरह आँखें मलका-मलका इधर-उधर देख रहे थे और हर आने-जानेवाले को रोककर खोद-विनोद कर रहे थे। वह एक मटमैली धोती पहने थे और

शेष शरीर नंग-धड़ंग। उनके सारे शरीर में पके बाल और चेहरे पर गलमुच्छ सुशोभित थे। उनको देखकर सहसा यह प्रतीत होता था कि एक सफेद भालू को जनेऊ पहना दिया गया हो।

पयँलगी और आशीर्वाद के आदान-प्रदान के बाद घरभरन मिसिर ने पूछा, ''कैसे आना हुआ बच्चा ?''

''महाराज, आपके दर्शन के लिए चला आया।''

''जो है सो बाई आजकल बड़ा परेशान कर रही है बच्चा। सोच ही रहा था कि चलूँ एक दिन।''

''महाराज !'' पचकौड़ी तिवारी ने आगे झुककर कहा, ''अपनी लड़कियाँ हैं न, उनकी भी कुछ फिकिर करें।''

घरभरन मिसिर सहसा एकदम गम्भीर होकर और मुँह फुलाकर बोले, ''बचिया की न ? अरे राजलक्ष्मी की बात कर रहे हैं न ? जो है सो, उसकी चिन्ता तो मुझे पहले से ही है। भाग्यवान लड़की है, रानी बनेगी, दूध का कुल्ला करेगी—एक लड़का तो है, जो है सो दीया लेकर ढूँढने पर भी ऐसा लड़का नहीं मिलेगा, देखते ही छींक आ जाय—बड़ा राजा परिवार है।''

घरभरन मिसिर पुरोहिती तो करते ही थे, उनको मुकदमेबाजी का भी बड़ा शौक था। एक तो दीयर में उनके कुछ खेत थे, जिनके कारण हर साल कोई-न-कोई झगड़ा-झंझट खड़ा हो जाया करता था। इसके अलावा कूटनीतिक भी वह पहले नम्बर के थे। दो व्यक्तियों को लड़ाकर उनके बीच मुकदमेबाजी खड़ी करके अपना उल्लू सीधा करना उनके बाएँ हाथ का खेल था। मुकदमेबाजी के सिलसिले में तहसील व जिले के सदरमुकाम तक उनकी यात्राएँ अक्सर होती थीं। जिला अदालत की एक ऐसी ही यात्रा के दौरान उनकी मुलाकात अपने ही जैसे मुकदमेबाज और फितरती व्यक्ति सुन्नर पांडे से हुई थी, जिनके घर भी वह एक बार हो आए थे।

''तो महाराज बस आप ही पर छोड़ देता हूँ।'' पचकौड़ी तिवारी ने गद्गद स्वर में कहा।

''ए बचवा, अब यह क्या कहने की बात है ? अब हमको भी चिन्ता न हो गई। फिकिर मत करो, लड़का तो ऐसा खड़ा कर दूँगा कि मड़वा में अँजोर हो जाए। इस बार ददरी के मेला में जाऊँगा तो उनसे मुलाकात होगी। वहीं सब कुछ तै कर दूँगा। समझ लो, बिटिया रानी की तरह सुख करेगी उस घर में। लड़का तो जो है सो है ही, सास-ससुर भी साक्षात् देवता हैं।''

घरभरन मिसिर ने गाल फुला-फुलाकर ऐसा आश्वासन दिया कि पचकौड़ी तिवारी बेहद प्रसन्न हुए। और सचमुच ददरी मेला में सुन्नर पांडे के लड़के झुल्लन पांडे से राजलक्ष्मी की शादी तै हो गई।

पाँच

एक दिन सुबह, एक हल्की-सी मटमैली चादर ओढ़कर वह घर से निकल गई थी। फागुन का ही मौसम था। गाँव अभी सोया हुआ था। कुत्ते लगातार भौंक रहे थे। गाँव से बाहर आकर वह सड़क और पगडंडियों पर बवंडर की तरह भागने लगी। कुछ दूर चलने पर उसके दुखते पाँव धीमे पड़ गए। उसे लगा था कि झुल्लन पांडे आम के पेड़ के नीचे अँधेरे में खड़े मुस्कुरा रहे हैं। पर वहाँ पहुँचने पर कोई नहीं नजर आया, सिर्फ पेड़ के वायु-प्रकम्पित पत्तों की खड़खड़ाहट और उसकी झुकी हुई डालियों के अलावा कुछ नहीं था। उसकी आँखों से झर-झर आँसू गिरने लगे। वह एक जगह खड़ी हो गई और गाँव की ओर मुँह करके दोनों हाथ जोड़कर माथे पर ले जाती हुई बुद-बुद बोलने लगी।

"हे बरमा, बिसुन, महेश ! हे हनुमान जी, हे दुर्गा जी, हे गंगा मैया, हे लछना फूआ, हे डीह बाबा, हे दसो दिशा के सभी देवी-देवता, हे नैहर-ससुराल के सभी पुरखा लोग, हे गाँव-जवार के चिरई-चुरंग, खेत-खलिहान, बाग-बगीचा, पोखर-तालाब...यह गाँव, घर छोड़कर मैं हमेशा के लिए जा रही हूँ—मेरी भूल-चूक माफ करें—पांडेजी कभी गाँव आवें तो बता देना कि मेरा दोष कुछ नहीं है।"

उसने चारों ओर घूमकर, सिर झुकाकर दिशाओं को नमस्कार किया। बार-बार कोशिश करने पर भी वह अपनी रुलाई रोक नहीं पा रही थी और सिसकियाँ लेने लगी। कहाँ जाए वह ? माँ-बाप पहले ही मर चुके थे। पर उसकी किस्मत में तो मौत भी नहीं

लिखी है। अथाह समुद्र में अकेली हाथ-पैर मारते समय अब भी उसके लिए तिनके का एक ही सहारा बच रहा था कि शायद झुल्लन पांडे उसे कभी मिल जाएँ।

वह फिर तेजी से टेढ़ी-तिरछी भागने लगी। आसमान में अँधेरा फटने लगा और सामने सड़क और पगडंडियों की रेखाएँ उभरने लगीं। ज्यों-ज्यों सफेदी बढ़ती गई, वह माथे का आँचल आगे सरकाती गई और धूप निकलते-निकलते उस आँचल ने घूँघट का रूप धारण कर लिया। रास्ते अब चलने लगे। लम्बे-लम्बे डग भरते हुए पैदल यात्री, बैलगाड़ियाँ, खड़खड़ैया इक्के, साइकिल सवार न मालूम किधर से आते और किधर निकल जाते। उसे बार-बार लगता कि पीछे से आकर कोई उसकी बाँह पकड़ लेगा। वह मुड़-मुड़कर देखती और भागती जाती। अन्त में उसका डर इतना बढ़ गया कि वह सड़क छोड़कर और खेतों में घुसकर उनके अन्दर मेड़ों और पगडंडियों का सहारा लेकर चलने लगी।

खेत अभी कहाँ कटे थे ? गेहूँ, चना और सरसों के बीच पगडंडियाँ भागते हुए साँप की तरह टेढ़ी-मेढ़ी चलती नजर आतीं। उसके लिए यह रास्ता एकदम अनजाना था, और वह भटककर एक ऐसी पतली, कच्ची सड़क पर पहुँच गई, जिसके दूसरे किनारे पीपल का एक वृक्ष खड़ा था। वह खड़ी होकर तथा घूँघट को ऊपर सरकाकर पजावा के नेउर की तरह इधर-उधर देखने लगी कि किधर जाए कि सड़क के उस पार सामने खेतों की तरफ से दो व्यक्ति उसकी ओर लपकते हुए नजर आए। उनकी उम्र तीस-पैंतीस से अधिक न होगी। वे तगड़े थे और उनके मुँह पर ऐंठी हुई मूँछों की नोकें आसमान की ओर उठी थीं। वे धोती-कुर्ता पहने थे और अपनी छोटी-छोटी लोलुप आँखों से उसको बुरी तरह घूर रहे थे।

वह बेहद डर गई और घूँघट आगे खींचकर और बाईं ओर गुल्ली की तरह छिटक कर फिर तेजी से भागने लगी। वे दोनों व्यक्ति पहले हँसे, फिर उसके पास पहुँचकर उनमें से एक ने कहा, "अरे, जरा इधर देखो—सुहावने मौसम में कहाँ जा रही हो ? चलो हमारे साथ, जहाँ चाहोगी आराम से पहुँचा देंगे।"

यह सुनकर उसके शरीर का सारा खून सूख गया और सहसा वह कुछ जवाब न दे सकी।

"अरे बोलती क्यों नहीं ? हमारे साथ आ जाओ—बड़े आराम से रहोगी। हम तुम्हें ठीक जगह पहुँचा देंगे।"

पर उसी समय फौज का एक अधेड़-सा सिपाही पीठ पर बन्दूक लटकाए धीरे-धीरे साइकिल चलाता हुआ उधर से गुजरा। घूँघट में खड़ी एक औरत के सामने दो व्यक्तियों के हाव-भाव उसे अच्छे नहीं लगे। वह साइकिल से उतर गया, जिससे दोनों बदमाश सहम गए।

फौजी ने कड़ी आवाज में पूछा, "क्या बात है, जी ? कौन हो तुम लोग ?"

"आप जाइए न भाई अपने रास्ते। यह हमारा आपस का मामला है, आपसे क्या मतलब ? ये हमारी रिश्तेदार हैं, इन्हें नगवा पहुँचाना है।"

"ना ए दादा, इनसे हमारी कोई नातेदारी नहीं है—ये झूठ बोल रहे हैं..." वह घूँघट के भीतर से बोली।

फौजी का चेहरा एक ओर झुककर तन गया, भौंहें चढ़ गईं और आँखें क्रोध से चमकने लगीं। उसने ललकारकर कहा, "कौन गाँव के तैं है सब रे ? तैंने समझ क्या लिया है—ठहर..."

उसकी बात पूरी हो और वह कोई कार्रवाई करे, उसके पहले ही वे दोनों बदमाश पीछे मुड़कर नौ-दो ग्यारह हो गए।

उसके बाद फौजी ने पूछा, "आप कौन हैं, भाई ? इस सुनसान, वीरान में अकेली कहाँ जा रही हैं ?"

"मैं विपत्ति की मारी हूँ ए दादा। हमारी तरह दुखिया कोई न होगा। इसके आगे कुछ न पूछें ए दादा। शहर जाना चाहती हूँ, रास्ता बता दें।"

"अरे तो कहाँ जाएँगी भाई आप ? जमाना इतना खराब है, अकेली जवान औरत को इस तरह निकलना चाहिए ?"

"मैं शहर जाऊँगी ए दादा। वहाँ एक रिश्तेदार हैं। घर में बड़ा अन्याय हुआ। ऊबकर वहीं जा रही हूँ। इसके आगे कुछ न पूछें।"

फौजी कुछ देर तक सिर झुकाकर और माथे पर अँगुली टेककर सोचता रहा। फिर धीरे-धीरे बोला, "ठीक है, मैं भी कुछ दूर तक पैदल चलता हूँ, पीछे-पीछे चली आइए। मुझे भी शहर ही जाना है।"

फौजी की उम्र चालीस के ऊपर होगी। काला चेहरा, उस पर गलमुच्छ, चौड़ी छाती और ललाट पर चन्दन-रोरी का टीका। वह कच्ची सड़क से साइकिल थामे पैदल चल पड़ा। पीछे-पीछे वह चलने लगी। दोनों ओर खेतों की ऊँची-ऊँची मेड़ों के बीच वह धूल-भरी पतली सड़क चली गई थी, जिस पर बैलगाड़ियों और इक्कों के पहियों की गहरी-गहरी लीकें बनी हुई थीं। उसकी आँखों से फिर आँसू गिर रहे थे। उसके दिमाग में अजीब-अजीब खयाल आ रहे थे। क्या बात है कि बाघ-भेड़ियों से भरी इस दुनिया में वह बार-बार उनके मुँह में जाने से बच जाती है ? जब कि कई दूसरी औरतों की उनसे रक्षा नहीं हो पाती और वे बर्बाद हो जाती हैं ! माहेश्वर पांडे व रामजस तिवारी से उसकी कैसे रक्षा हो गई ? और आज यह फौजी न आता तो उसकी क्या दशा होती ? इसका मतलब है कि भगवान हमेशा उसकी रक्षा करते हैं, इसीलिए इस समय उन्होंने फौजी को भेज दिया। पर उन्होंने झुल्लन पांडे को उससे अलग क्यों कर दिया ? झुल्लन पांडे उसके पास होते तो क्या उसकी यह दुर्दशा होती ? फिर भी वृन्दावन बिहारी की जब उस पर इतनी कृपा है तो एक दिन जरूर वह झुल्लन पांडे से मिला देंगे।

सूरज चढ़ता जा रहा था और धूप में तेजी आने लगी थी। आखिर वह क्यों घर से निकल भागी थी ? और पिछली रात की बात को याद करके उसके दिल में फिर हाहाकार-सा मचने लगा। ददरी मेला के बाद जब रामजस तिवारी और राजवती चले गए तो उस पर अतिराजी का अत्याचार बहुत बढ़ गया। और जब उसकी सास

ने उसके चरित्र को ही लांछित करना शुरू किया तो सब कुछ उसके बर्दाश्त से बाहर हो गया।

दो-तीन दिन पहले ही उसके श्वसुर सुन्नर पांडे लौटे थे। वह जुए में भारी रकम जीतकर अपने साथ लाए थे। मौसम अचानक बदल गया था और कमरे में बहुत गर्मी लग रही थी, इसलिए वह और अतिराजी आँगन में सोये और उनकी पतोह सदा की तरह कमरे के भीतर।

उसे नींद नहीं आ रही थी। बीच-बीच में वह ऊँघती, फिर उसकी नींद उचट जाती। आधी रात को वह एकदम चैतन्य होकर बैठ गई। किवाड़ के फॉफर से बातचीत की आवाजें अन्दर आ रही थीं। आवाजें धीमी भी नहीं थीं, स्वर इतना ऊँचा था, जैसे खूब निश्चिन्तता से बातें हो रही हों। बीच-बीच में हँसी। पता नहीं उसके कानों से कौन-सा शब्द टकराया कि वह आशंका से उठ खड़ी हुई और दरवाजे के पास जाकर उसके फाँफर में कान लगाकर ध्यानपूर्वक सुनने लगी।

"अरे जाइए न—आप भी बहती गंगा में हाथ धो आइए" अतिराजी हँसते हुए कह रही थीं।

"कैसी बात कर रही हो ?"

"आप जाइए न—कहने पर दरवाजा खोल देगी। पता नहीं कौन-कौन तो आते रहते हैं दिन-रात। मैं कहाँ तक देखती रहूँगी ? जाइए, जाइए—अभी जवान है—आसानी से गोद में आ जाएगी—जाइए, उठिए।"

"फिर न कहना।"

"मैं क्या कहूँगी—मैं तो उसकी जवानी मिट्टी में मिला देना चाहती हूँ।"

सुन्नर पांडे उसका मन रखने के लिए चारपाई पर से उठ बैठे, फिर हँसते हुए लेट गए। वह अपनी कोठरी में लाठी की तरह तन गई, फिर तेजी से दरवाजा खोला और कोठरी से बाहर निकलकर आँगन में सास-ससुर के सामने खड़ी हो गई। उसकी आँखें आग बरसा रही थीं। उसने दृढ़, अस्वाभाविक स्वर में कहा :

"मैं आप दोनों की बातें सुन चुकी हूँ। मैं नहीं जानती थी कि आप लोग इतना गिर जाएँगे। पर मैं कहे देती हूँ—मुझमें सती का तेज है। जिनके हाथों में मैंने अपना हाथ दिया था, उन्हीं के लिए मैं अभी जिन्दा हूँ। मैं अपने तेज से आप दोनों को भस्म कर सकती हूँ। और कुछ नहीं तो मैं अपनी जान दे सकती हूँ।"

इतना कहकर वह घूमकर अपनी कोठरी में चली गई और भीतर से कुंडी बन्द करके अपनी चारपाई पर कटे वृक्ष की तरह गिर गई थी। वह रात-भर चित पड़ी छत की धरन देखती रहीं थीं। वह कोठरी ही नहीं, पूरा घर और गाँव उसे काटने लगा। शादी होते ही उसके साथ जो अन्याय शुरू हुआ, वह सब आज तक कैसे बर्दाश्त करती रही ? जब उसके पति परमेश्वर ही उसे छोड़कर चले गए तो वह उस घर में क्यों जूता-लात खा रही है ? वह उन पचकौड़ी तिवारी की लड़की है, जिन्होंने कभी भी झूठ का सहारा नहीं लिया, कभी कोई गलत बात बर्दाश्त नहीं की, कभी किसी के साथ अन्याय नहीं

किया। अब वह एक पल भी इस घर में नहीं रह सकती।

जब वह अँधेरे में निकली तो होश में नहीं थी। वह पागल की तरह भाग रही थी। उसके पैरों में 'कड़ा-छड़ा', हाथों में चूड़ियाँ, नाक में छूँछी, कान में चाँदी का कनफूल और गले में चाँदी की एक मोटी हँसली। और अब वह एक फौजी के पीछे चली जा रही है इससे अनजान कि वह कहाँ जा रही है और उसकी किस्मत में क्या लिखा है। अपने प्यार से, विनती-प्रार्थना और तर्क से झुल्लन पांडे को बाँधने की उसने कितनी कोशिश की थी, पर सब बेकार चला गया। कौन-सी बात उन्हें साल रही थी ? बिना कुछ बताए वह क्यों चले गए। वह एक बार उनसे मिलना चाहती थी, उनके चरणों में लोटना चाहती थी और पूछना चाहती थी कि उससे क्या गलती हो गई।

कच्ची, पतली सड़क से वे पक्की सड़क पर आ गए थे। यही वह मुख्य सड़क थी जो उसके गाँव की बगल से होकर शहर की तरफ चली गई थी। शुरू-शुरू में सड़क कंकड़ से पक्की की गई थी, पर आगे चलकर वह टूट-फूटकर कच्ची हो गई थी, धूल से भरी। जहाँ वृक्ष मिलते, उनके नीचे वे चलने लगते, अन्यथा उन्हें खुली धूप में चलना पड़ता, जो तेज होती जा रही थी।

हवा थम गई थी गुम-सुम। ऊपर सूरज चमक रहा था और नीचे जमीन तप रही थी। सारा शरीर पसीने से नहाया हुआ था और गर्मी से वह इस कदर बेहाल हो गई थी कि उसे अपने चलने का अहसास भी नहीं हो रहा था। उसके पैर यान्त्रिक ढंग से आगे बढ़ रहे थे और दिमाग पीछे की ओर दौड़ रहा था।

शादी के समय उसकी कितनी उम्र थी ? वह झुल्लन पांडे से दो वर्ष छोटी है और वह उस समय तेरह के होंगे। गौना के समय वह अभी चौदह की नहीं हुई थी। दोनों की जोड़ी बड़ी अच्छी थी। जैसी लम्बी और खूबसूरत वह थी, वैसे ही झुल्लन पांडे भी, जो गोराई और लम्बाई में अपनी माँ पर गए थे। जब उसकी विदाई हुई तो माँ ने अँकवार में लेकर रोते हुए कहा था, "एक ही तो तुम हो हमारी आँख की लकड़ी, तुम्हें भेजते हुए हमारा कलेजा फटता है। अब तुम पराई घर की हुई, तुम्हारे लिए तुम्हारा पति ही सब कुछ है। पति-सेवा से बढ़कर स्त्री के लिए कुछ भी नहीं है...।"

जब उसकी डोली ससुराल पहुँची तो औरतों ने दूल्हा-दुल्हिन का परछौना करते हुए निम्नलिखित गीत गाया था !

हँसत-खेलत मोरे बाबू गइल,
मन धूमिल काहें अइलें,
मन बेदिल काहें अइलें,
सासु छिनरिया न जोग कइलें, मन धूमिल काहें अइलें,

माँ पता नहीं कब से विवाह से लौटे हुए अपने लड़के का इस गीत से स्वागत करती है। जिस लड़के को माँ जी-जान से प्यार करती है, जिस पर उसका एकाधिकार रहा है, उस पर दूसरों (पत्नी और पत्नी के माँ-बाप) का अधिकार हो जाए, यह माँ के लिए ईर्ष्या एवं कष्ट की बात है। अथवा अपनी समस्त भावी जिम्मेदारियों का खयाल करके

लड़के का मन धूमिल है ?

सास से अपनी पहली मुलाकात उसे आज भी याद आ रही है। अतिराजी वहाँ एकत्रित सभी औरतों से लम्बी, तगड़ी और गोरी थीं। उनकी आँखें बेहद छोटी और भूरी, बाल सुनहरे, नाक नुकीली और मुँह का आकार काफी छोटा। वह हर जगह पहुँचकर अपनी मर्दानी आवाज में अधिकारपूर्वक बोल रही थी। वह जब चाहे और जिसको चाहे झाड़-फटकार देती, चाहे वह सुन्नर पांडे हों, झुल्लन पांडे हों अथवा कोई और स्त्री या पुरुष। घर में औरतें तो काफी भरी थीं, पर अतिराजी किसी को अपनी बहू के पास फटकने नहीं देती और अगर कोई अकेले में उससे बात करती होती तो वह स्वयं पठान की तरह पहुँच जाती। उसे डर था कि औरतें उसकी बहू के पास पहुँचकर उसके कान भरेंगी और उसे बिगाड़ देंगी।

फिर भी राजवती मौका देखकर उसके पास पहुँच गई। राजवती ने उससे कहा था, "ए दुल्हिन, झुल्लन बड़ा सीधा-सादा लड़का है। भैया-भाभी का वह बहुत लेहाज करता है। पर भौजी उसे अपने मन का काम नहीं करने देतीं। चाहती हैं, जो वह कहें, वही वह करे। खाना-पीना, पहनना-ओढ़ना, सोचना-विचारना सब कुछ। एकदम दब्बू हो गया है वह, अपने मन से कुछ सोच नहीं पाता। ऐसा भी किया जाता है ? भैया भी कुछ नहीं बोलते। वह तो भौजी के एकदम गुलाम हैं। ए दुल्हिन, तुम विचारवान माँ-बाप की लड़की हो, स्त्री चाहे तो सहारा देकर मर्द को खड़ा कर सकती है। तुम्हें यही करना है। झुल्लन जैसा प्यारा लड़का चिराग लेकर ढूँढ़ने से भी नहीं मिल सकता...।"

पता नहीं कब तक राजवती उससे बातें करती रही थी। वह अपनी रुलाई रोक नहीं पाई थी। कैसे घर में उसके बाबू ने उसे भेज दिया था ! राजवती से उसे और कई बातों का पता लगा था। अतिराजी, सुन्नर पांडे की दूसरी पत्नी है। पहली पत्नी से एक लड़का है लल्लन, उसे अतिराजी ने ऐसा तला-भुना कि वह घर से भागकर डाकू बन गया। बनियों और बाबू-बबुआनों के यहाँ डकैती, गाय-बैलों और घोड़ों को चुराकर इधर-उधर बेच देना, यही अब उसका धन्धा था। साल-दो साल में वह एक-दो बार चोरी-छिपे घर आता था, दो-तीन दिन छिपकर रहता था, घरवालों, खासकर अतिराजी से लड़ता-झगड़ता था, फिर अचानक गायब हो जाता था। झुल्लन पांडे से तो उसे बड़ा प्यार था, जब आता झुल्लन के लिए कपड़े, मिठाई और खिलौना जरूर लाता।

कभी-कभी खुश होता तो हँसते हुए कहता, "अरे झुल्लन को मैं पढ़ाऊँगा, न ! मैं चोर-डाकू बन गया तो क्या हुआ, अपने भाई को यह सब न करने दूँगा...बड़ा आदमी बनेगा वह..."

पर यह सब कहाँ हुआ ? अतिराजी के दबंगई-भरे अत्यधिक लाड़-प्यार और सुन्नर पांडे की लापरवाही और दुर्व्यवहार ने झुल्लन को बेहद दब्बू, अव्यावहारिक और पलायनवादी बना दिया। वह हर चीज से भागता। अधिक उम्र होने पर स्कूल में उसका नाम लिखाया गया तो पढ़ने में उसकी तबीयत एकदम न लगी। और सुन्नर पांडे जब जुआ और मुकदमेबाजी से फुर्सत पाकर गाँव आते तो झुल्लन को पढ़ने के लिए कहते

और वह न पढ़ता तो उसकी बुरी तरह पिटाई करते। इसका नतीजा यह हुआ कि वह स्कूल से भागकर सड़क के पास एक बगीचे में स्थित-मठिया में पहुँच जाता और वहाँ देर तक साधुओं के साथ समय गुजारता। इसी बीच उसे गाँज़ा-भाँग की आदत लग गई। जब सुन्नर पांडे को इसका पता लगा तो उन्होंने उसकी ऐसी पिटाई की कि दूसरे दिन वह एक साधु के साथ घर से भाग गया। अतिराजी तो रो-रोकर जान देने पर उतारू हो गई। सुन्नर पांडे ने बहुत खोजा और जब वह निराश हो गए तो वह स्वयं एक दिन लौट आया।

अतिराजी ने सुन्नर पांडे को कसम धरा दी थी कि झुल्लन को न मारें बल्कि प्यार से समझाएँ, जिसका आंशिक रूप से पालन तो अवश्य किया गया पर गाली-धमकी देने से वह बाज नहीं आए, "सूअर, आज से पढ़ना-लिखना बन्द। जब तुझे आवारागर्दी ही करनी है, स्कूल से भागना ही है तो स्कूल जाने से फायदा ? आज से अगर तू मठिया में गया तो हाथ-पैर तोड़कर रख दूँगा...।"

उस समय झुल्लन की उम्र दस-ग्यारह से अधिक न थी। अतिराजी का यह भी सुझाव था कि उसकी शादी कर दी जाए। पहले तो सुन्नर पांडे उसके लिए तैयार नहीं हुए। आखिर यह क्या करेगा ? थोड़ी-सी जमीन थी, उससे बहुत-कुछ हो नहीं पाता था, अगर ठीक से पानी न बरसे तो भूखों मरने की नौबत आ जाए। यह इतना भी तेज नहीं कि जुआ और मुकदमेबाजी के रास्ते पर चलने लगे। यह तो उनके जैसा आदमी है, जो अपनी बुद्धि और हिकमत से पैसा कमा लेते हैं। कोई कह सकता है कि परिवार के किसी आदमी को कभी तकलीफ हुई ? दो बहनों, चाचा के दो लड़कों और अपनी दो लड़कियों की धूमधाम से शादी की ! कोई अँगुली तो उठा दे। खेत से कुछ आ ही जाता है, कौड़ी का खेल भी जब देता है तो खूब देता है—यह बात दूसरी है कि कभी लेने का देना पड़ जाता है, फिर भी वह नफे में ही रहे हैं। और मुकदमेबाजी तो कामधेनु गाय है, खुद न लड़कर दूसरों को लड़ाओ। रुपया यहाँ भी बरसता है और मौज-पानी अलग। पर यह झुल्लनवा क्या करेगा ? खैर ठीक है, शादी से एक बात तो होगी। वह मेहरारू के आँचल से बँध जाएगा तो कहीं भाग नहीं पाएगा। मर्द के लिए मेहरारू तो अमृत है, उसके साथ-संग से तन-मन जुड़ा जाता है, बुद्धि खुल जाती है। फिर इस घर में लड़का-बच्चा भी तो होना चाहिए, कितना सूना लगता है यह घर !

यह सब सोचकर सुन्नर पांडे खूब खुश हुए। इसी से कहा गया है कि मेहरारू की सलाह पर हमेशा ध्यान देना चाहिए। अतिराजी है बहुत बुद्धिमान ! और इसी समय उनके दिमाग में एक ऐसा विचार कौंधा कि वह उछल-से पड़े। क्या हुआ कि झुल्लन नहीं पढ़ा, मामूली हिन्दी तो जानता ही है। क्यों न इसे कथावाचक रामप्रसाद पंडित के चरणों में डाल दें ? अगर वह कृपा कर दें तो इसको सत्यनारायण की कथा की विधि और विवाह के मन्त्र-तन्त्र आ ही जाएँगे और पुरोहिती की इसकी गाड़ी चल निकलेगी। ब्राह्मण का बच्चा है, सीख ही लेगा कुछ-न-कुछ और कुछ मन्त्र गलत-सलत भी बोलेगा तो कौन समझेगा ? कितने पंडित हैं जो कुछ जानते ही नहीं पर वे बड़ी-बड़ी शादियाँ

करा देते हैं और उनके गलत-सलत मन्त्रों का प्रभाव इतना कल्याणकारी होता है कि अनेक युगल दम्पतियों का जीवन बड़ा सुख से बीतता है ! यह सब जब वह करने लगेगा तो खेत-बारी की तरफ भी इसका ध्यान जाएगा ! फिर तो पंखवाले घोड़े की तरह दौड़ने और उड़ने लगेगा !

रामप्रसाद पंडित गाँव के बड़े सफल पुरोहित थे और उनके यजमान आस-पास के अनेक गाँवों में फैले थे। वह गुरु मन्त्र भी देते थे और उनके भक्त-शिष्यों की संख्या भी कम न थी। सुन्नर पांडे के प्रस्ताव को सुनकर उन्होंने कहा था :

"यह काम सिद्ध समझिए, ए पांडेजी। समझिए कि बच्चा को एकदम पक्का कर दूँगा। पर ए पांडेजी, गुरु दक्षिणा के बिना विद्या नहीं फलती, इसके सम्बन्ध में क्या सोचा है ?"

"अरे राम-राम, क्या मैं इतना भी नहीं जानता ? वह तो होगा ही। काम शुरू कर दें, बच्चा को अपने चरणों में जगह दे दें, फिर जो भी साग-सत्तू कहेंगे वह आपकी सेवा में हाजिर कर दूँगा।"

"तो ए पांडेजी, दक्षिण में आम के दस पेड़ों का जो बगीचा है न आपका, वह गुरु दक्षिणा में देने को कहें तो बच्चा को एकदम पक्का कर दूँगा।..."

सुन्नर पांडे जल-भुनकर कोयला हो गए। भगवान के यहाँ से बुलावा आनेवाला है, फिर भी बूढ़ा माया जोड़ने के चक्कर में पड़ा हुआ है।

"यह तो जमीन-जायदाद का मामला है, ए पंडितजी, सबसे पूछना पड़ेगा। अच्छा तो यह होगा कि आप कुछ और कहें।"

"जितना गुड़ डालेंगे उतना ही मीठा होगा ए पांडेजी। खैर छोड़िए, दस बोरा अनाज हर साल भेजवा दीजिएगा...।"

"पंडितजी, मैं तो बर्बाद हो जाऊँगा। जनेऊ कसम, इतना अन्न कहाँ होता है ? किसी तरह काम चलता है घर का। आप कहें तो हर साल सौ रुपए आपकी सेवा में हाजिर कर दूँ...।"

"यह भी कोई गुरु दक्षिणा हुई ? हर साल 500 रु. तै कर दीजिए...लड़के को दो साल के अन्दर सब कुछ सिखा दूँगा...।"

बहुत मोल-तोल करने के बाद 200 रु. सालाना तै हुआ। सुन्नर पांडे को जुए की अपनी कमाई पर भरोसा था। झुल्लन, रामप्रसाद पंडित के यहाँ जाने लगा। पंडितजी उसको अपने साथ ले जाते, पर सिखाने से अधिक वह उससे दूसरे काम लेने लगे, जैसे उनके कपडे छाँटना, उनका शरीर चाँपना, सिर दबाना, किसी निजी काम के लिए बाहर दौड़ा देना। और जब कभी पंडितजी उसे मन्त्र-वन्त्र सिखाने बैठते तो वह अड़ियल टट्टू की तरह आगे बढ़ने का नाम ही न लेता। संस्कृत उसकी जबान पर चढ़ती ही न थी। कभी पंडितजी पर गुस्सा चढ़ जाता तो वह रस्सी बाँधकर उसकी डंडे से पिटाई करने लगते। ऐसी परिस्थिति में उसका मन पंडितजी के यहाँ से भी भागने लगा। कभी-कभी सोचता कि वह घर से भागकर किसी बीहड़ जंगल में पहुँचकर ध्रुव की तरह घोर तपस्या

कर रहा है, जिससे प्रसन्न होकर ईश्वर आकर उसे स्वर्ग में ले जाते हैं।

ऐसी ही परिस्थितियों में, और अतिराजी की लगातार जिद्द के बाद झुल्लन की शादी हुई थी, जिसमें उसका सौतेला बड़ा भाई लल्लन भी आया था। वह सुरेमनपुर स्टेशन के बाहर आम के एक छोटे-से बगीचे में बारात से आ मिला, जहाँ दोपहर में सबने सत्तू खाया। दुल्हिन के लिए वह बहुत से सामान ले आया--साड़ियाँ, टिकुली, सिन्दूर आदि। वह बहुत खुश था। ठीक है कि उसे माँ-बाप से प्यार नहीं मिला और उसकी शादी नहीं हुई, पर उसके छोटे भाई की तो हो रही है। वह हाथी पर चढ़ा, ऊँट पर चढ़ा, गुरुहथी (बड़े भाई की एक रस्म, जब वह दुल्हिन के गहने चढ़ाता है) की, खूब खाया-पीया, सबसे हँस-हँसकर प्रेम से बातें कीं और बारात की विदाई के पहले ही कब नौ-दो ग्यारह हो गया, इसका किसी को पता ही न चला। सुन्नर पांडे चाहते थे कि वह डाकूगिरी का काम छोड़कर घर-गृहस्थी का काम देखे, इससे दोनों भाई सम्हल जाएँगे, पर अतिराजी नहीं चाहती थी कि जमीन-जायदाद में लल्लन कोई हिस्सा बटाए, वह दूर ही रहे तभी अच्छा है...।

फौजी के पीछे वह चली जा रही थी। राजवती की कही हुई तथा दूसरों से सुनी हुई अनेक बातें उसे याद आ रही थीं। इन यादों में कभी-कभी इस हद तक खो जाती थी कि उसे खयाल ही न रहता कि वह गाँव-घर से इतनी दूर तेजी से चली जा रही है। जब कभी किसी कंकड़-पत्थर का ठोकर लगता था, एक पाँव से दूसरा पाँव टकरा जाता, तो उसे होश आता। वह लड़खड़ाकर सँभल जाती और तब उसे महसूस होता कि वह पसीने से नहाई हुई है। उसके मुँह से एक कराह-सी निकल जाती। अचानक आभास होता कि वह बहुत दिनों से बीमार है या किसी बहुत ही ऊँचे स्थान से नीचे गिरकर छटपटा रही है। कुछ ही देर तक उसकी ऐसी हालत रहेगी, फिर यादें उसको अपनी गिरफ्त में ले लेतीं...।

गौना के बाद वह ससुराल आई तो झुल्लन पांडे बहुत खुश थे। वह उत्साह के साथ घर-गृहस्थी में मन लगाने लगे। पर अतिराजी सदा अपनी बहू से भूसी की तरह जलती रहती। उसने उन दोनों को मिलने ही नहीं दिया। उसने अपनी पतोह को गुस्से से घूरते हुए फुसफुसाते हुए स्वर में कहा, "मिलने के लिए बहुत बेचैन हो ! हथिनी की तरह देह लेकर आई हो, हमारा लड़का तो फूल की तरह कोमल है...खबरदार कि उधर मुँह किया। दो साल तक मिलना-जुलना बन्द। चुपचाप हमारी बगल में सोया करो...।"

और सचमुच वह अपनी पतोह के पीछे सदा काली छाया की तरह डोलती रही, ताकि वह झुल्लन पांडे से मिल न सके। रात में उसकी खाट वह अपनी बगल में बिछवाती। देर रात तक वह अपना बदन पतोह से दबवाती, फिर शेष रात खट-खुट किए रहती। कभी उठती और सोती हुई पतोह को घूरती रहती। कभी आँगन में जाकर आसमान निहारती और कभी घड़े से पानी ढालकर गटागट पानी पीने लगती। नींद तो

पतोह को भी नहीं आती थी, पर वह इस तरह पड़ी रहती जैसे गहरी नींद में हो। दिन में तो वह पतोह से झनककर और झिड़ककर बोलती।

वह अपनी सास से थरथर काँपती रहती। गाँव की लड़कियाँ या बहुएँ जब उससे मिलने आतीं तो अतिराजी उनके बीच आ बैठती और उनकी बात काटकर अपने जमाने की बात करने लगती, अपने मैके की प्रशंसा करती, अपने गुणों का बखान करती और नए जमाने की लड़कियों और बहुओं की आलोचना करने लगती। कभी-कभी अकेले में आँसू बहाया करती। उसे माँ-बाप की याद आती। गाँव के खेत-खलिहान, बाग-बगीचे, ताल-तलैया का खयाल करके उसका कलेजा मुँह को आने लगता, वह पुक्का फाड़कर रो पड़ती, फिर उसकी सिसकियाँ बँध जातीं। वह उठकर अपने गाँव पहुँच जाना चाहती थी, फिर भी वह मजबूर थी। अब तो यही उसका घर-द्वार था, यहीं उसे मरना-खपना था और उसका जो कुछ होना था, यहीं होना था। जब ये लोग चाहेंगे, तभी वह माँ-बाप के पास जा सकती थी।

झुल्लन पांडे उदास रहने लगे। वह कभी ओसारे में चुपचाप बैठ जाते सिर झुकाकर। न इधर देखते न उधर, लगता कोई गाय या भैंस अथवा बैल किसी ऐसी आन्तरिक तकलीफ में उदास है जिसको वह प्रकट न कर सकता हो। उनकी तबीयत अब घर में एकदम न लगती, घर, गाँव और दुनिया से भागने लगती और वह चुपके से मठिया की ओर निकल जाते। वह देर तक मठिया के बाहर सड़क के किनारे बैठे रहते, पर मठिया के अन्दर वह न जाते। उन्हें अपने से डर लगता। कभी-कभी वह घर से भागने की सोचते पर उन्हें पत्नी की याद आ जाती और मन डगमगा जाता।

इतना सब करने पर भी अतिराजी अपने लड़के पर ताना-व्यंग्य फेंकने से बाज नहीं आती, "का हो झुल्लन, जब से गौना कराके आए हो, तुम तो एकदम बदल गए हो...।"

झुल्लन पांडे चकित हो जाते, पर उनके मुँह से कोई जवाब न निकलता। वह वहाँ से खिसक जाते और बाहर जाकर नीम के नीचे बैठ जाते। उदास, घंटों उदास। इस तरह दिन निकलते गए और महीने बीतने लगे। करीब एक साल तक वे नवविवाहित पति-पत्नी एक-दूसरे के बिना मछली की तरह तड़पते रहे। तभी अतिराजी गम्भीर रूप से बीमार पड़ गई।

हाँ, अतिराजी को टायफायड हो गया। उसका शरीर गरम तवे की तरह जलता रहता और वह बकझक करती रहती। सुन्नर पांडे उन दिनों शहर गए हुए थे। लड़के और पतोह ने अतिराजी की बड़ी सेवा की। झुल्लन पांडे दवा के लिए वैद्य-हकीम के पास दौड़ते और पतोह घर के अन्दर सास की हर तरह की तीमारदारी। अतिराजी की बीमारी से दोनों ही बड़े चिन्तित थे पर इसी बीमारी ने उन्हें ऐसी स्वतन्त्रता दे दी, जो अभी तक उन्हें मिल नहीं पाई थी और जिसको प्राप्त करने की उन्होंने कल्पना तक नहीं की थी। झुल्लन तो माँ से डर की आदत के कारण पत्नी से कटने की कोशिश करते, पर पत्नी ने हिम्मत से काम लिया। अगर इस समय उसने साहस छोड़ दिया तो

उसका सब कुछ छिन जाएगा। वह पत्नी है, ब्याहकर लाई गई है, भगाकर नहीं—और उसको हक है पति के पास जाने का, उसको प्यार करने का और उससे प्यार पाने का। और जब मर्द में हिम्मत नहीं है तो क्या स्त्री उसकी हिम्मत नहीं बढ़ा सकती, उसकी भटक नहीं खोल सकती, उसको प्यार का ढंग नहीं सिखा सकती ?

और उसकी साहसपूर्ण बातों, मृदु संकेतों तथा संयत स्पर्शों का नतीजा यह निकला कि एक दिन दोपहर को, जब अतिराजी निद्रा में थी और बाहर मूसलाधार पानी बरसने लगा था, उन दोनों ने अपने को घर की फुलवारीवाले कमरे में एक-दूसरे के आलिंगन में बँधा हुआ पाया। झुल्लन पांडे उच्छ्वासों से हाँफने लगे और वह उनकी छाती पर सिर रखकर सुबकने लगी। वह झुल्लन पांडे के सशक्त आगोश में मलमल के कपड़े की तरह मुड़-तुड़ और सिमट गई और मक्खन की तरह घुलने लगी। पानी रुकने का नाम नहीं ले रहा था और उन्हें मालूम ही नहीं हुआ कि आकाश बरस-बरसकर कब तक धरती की प्यास बुझाता रहा। और पानी जब रुका तो उन्हें होश आया। आकाश के बादल हल्के और पतले नजर आ रहे थे। हवा की तेजी काफी कम हो गई थी, जिसमें फुलवारी के पेड़-पौधे प्रसन्नता के साथ झूम रहे थे। कमरे के सामने ओसारे में एक गौरैया अपने नर साथी के साथ फुदक-फुदक के दाने बीन रही थी और पेड़ पर बैठा एक कौआ लगातार काँव-काँव बोले जा रहा था।

फिर जब तक अतिराजी बीमार रही, वे साँझ-सबेरे, रात-बिरात, जब मौका मिलता, फुलवारी में मिलते रहे। उनका हर मिलन ऐसा होता, जैसे वर्षों के वियोग के बाद हो रहा हो। कितना सुकून मिलता था उसे झुल्लन पांडे की बाँहों में ? हर मिलन के बाद उनकी प्यास और बढ़ जाती। वह तो झुल्लन को छोड़ना ही न चाहती थी। वह पति को खूब प्यार करती, उसे समझाती, कोई बात समझ में न आने पर रूठ जाती, फिर स्वयं ही मानकर हँसने लगती। झुल्लन चुपचाप उसकी बातें सुनते रहते। मीठी-मीठी बातों से प्यार को अभिव्यक्त करना उन्हें आता ही न था। कभी-कभी वह मुस्कुराते, कभी-कभी उनके होंठ फड़फड़ाते, पर मुँह से कोई बात निकल नहीं पाती, जैसे वह गूँगे हों या किसी दहशत से उनकी बोलने की इच्छा न कर रही हो।

पर जब अतिराजी उठ खड़ी हुई तो वह अक्सर सन्देह से अपनी पतोह को घूरने लगती। तब वह आसानी से भूल गई कि यदि उसकी पतोह ने उसकी इतनी सेवा न की होती तो वह शायद नहीं बचती। पर कुछ दिनों बाद जब उसकी पतोह सबेरे उठकर 'ओ-ओ' करने लगी तो उसका माथा ठनका। और काफी देर तक जिरह करने के बाद उसकी पतोह ने स्वीकार किया कि फुलवारी में वे मिलते रहे थे। तब तो अतिराजी बहुत बिगड़ी। गया लड़का हाथ से।

वह अपनी छोटी-छोटी आँखें बटन की तरह बाहर निकालकर और हाथों को नचाती हुई बोली, "तुम तो बेशर्मी पर उतर आई हो ! मेरे बीमार पड़ने का खूब फायदा उठाया तुमने। तुम तो नैहर से ही बिगड़ी आई हो, देवता-जैसे मेरे लड़के को भी चौपट कर दिया—।"

निश्चय ही अतिराजी जानती थी कि वह गलत कर रही है, फिर भी वह अपनी आदत से मजबूर थी। अपनी पतोह के प्रति उसका मन हमेशा गुस्से से भरा रहता। कल्पना में भी वह बर्दाश्त नहीं कर पाती थी कि झुल्लन सयाना होकर अपने मन की करे, मेहरारू के खयाल में उसको भूल जाए। लेकिन उसके न चाहने पर भी जब पति-पत्नी मिलते रहे तो बेहद लाचारी में वह अत्यधिक गुस्सैल और विषैली हो गई थी।

बहू के बच्चे भी हुए, झुल्लन पांडे घर-गृहस्थी में मन लगाने की कोशिश भी करना चाहते थे, पर अतिराजी ने घर को एक स्थायी रणस्थल में बदल दिया। सबेरे से शाम तक वह पतोह पर बड़बड़ाती रहती। पतोह की चाल-ढाल, रच-रचकर खाना बनाना, प्यार व मिठास से सबसे बोलना-बतियाना जरा भी अच्छा नहीं लगता था। उसका पक्का विश्वास था कि झुल्लन को अपने वश में रखने के लिए वह इतना प्रपंच करती है। और बकने-झकने से भी उसको सन्तोष नहीं मिलता तो वह पन्द्रह-बीस दिन के बाद अँटवास-खँटवास ले लेती। वह खाट पर लेटकर कराहने लगती, "अरे मेरे करेजा में डाढ़ा लगा है ए दादा। कमजोरी के मारे बेहोशी आ रही है।" और वह खाना-पीना छोड़ देती। और जब तक उसके पति या लड़का उसे मना न लेते, उसे चैन नहीं आता। उस समय वह इस तरह आँसू चुआने लगती, जैसे उसकी तरह सीधी, सच्ची और दुखिया कोई न हो।

वह देर तक बड़-बड़ करती रहती, "मैं तो किसी के लिए जान भी निकालकर रख दूँ, मेरी बदनामी ही होती रहेगी। मेरी किस्मत ही खोटी है। मैं हमेशा उसके पीछे पड़ी रहती हूँ कि बेटी हो, ठीक से नाश्ता कर लो, ठीक से खा लो...पर ऐसा विष ढचकती है कि सन्न रह जाती हूँ। ब्याह करके आई तो सौत के लड़के को जी-जान से भी बढ़कर मानती थी...और वह चोर-डाकू निकल गया तो मैं बदनाम हुई। सास का मैं चरण धो-धोकर पीती थी और वह हमेशा मुँह फुलाए रहती थीं। ननद लोगों को कलेजे से लगाकर रखा तो वे मुझे हमेशा दुश्मन समझती रहीं—"

परिवार के लोगों के अन्याय तथा अपनी निर्दोषता एवं सच्चाई के बारे में वह देर तक आत्मालाप जारी रखती। उसकी पतोह कमरे में जाकर फूट-फूटकर रोने लगती। वह अपना दुख-दर्द कहे तो किससे कहे ? झुल्लन पांडे तो उससे जब भी मिलते हैं, जल्दबाजी में और घबराए हुए-से रहते हैं, जैसे अतिराजी आकर उनका गला ही दबा देगी। फिर भी वह जब मौका देखती—पति के सामने अपनी सफाई देती, उसके लिए बड़ा-से-बड़ा त्याग-कुर्बानी करने का आश्वासन देती, उनको दीन-दुनिया का ऊँच-नीच समझाती—और झुल्लन पांडे हाँ-ना कुछ न कहते और चुपचाप कमरे की धरन को देखते रहते।

बरस पर बरस बीतने लगे। झुल्लन पांडे खेत-जमीन में दिलचस्पी लेने की कोशिश करने लगे थे, पर घर आकर उनका दिल एकदम उचट जाता। अतिराजी की हरकतें और उग्र होती जा रही थीं। और घर में मनहूसियत छाई रहती। बाप तो घर से अक्सर

गायब रहते। उनके बारे में तरह-तरह की बातें सुनने में आती थीं। जुआ के प्रति उनका उत्साह बढ़ता जा रहा था। और जब वह मुक़दमेबाजी के बहाने जाते तो दो-दो, तीन-तीन महीने तक नहीं आते। सुनने में आया था कि वह शहर में एक विधवा मोदीआइन के यहाँ हमेशा टिकते थे, जो उनकी रखैल की तरह रहती थी और जिस पर वह अन्धाधुन्ध पैसा भी खर्च करते थे। माँ-बाप की बातें सुनकर व देखकर झुल्लन पांडे भय, हताशा और निराशा की गहरी, अन्धी खाइयों में लुढ़कने लगते। तब उनका मन घर से भागने लगता। उनकी समझ में नहीं आता कि क्या करें। माँ-बाप से कुछ कहने की उनकी हिम्मत नहीं थी और ना इसकी कल्पना ही कर सकते थे। कभी-कभी बीवी पर उन्हें जरूर रहम आती थी, प्यार आता था, उसके लिए कुछ करना भी चाहते थे, पर इसका रास्ता भी नहीं मालूम था। उनमें आत्मविश्वास की इतनी कमी थी कि डर उनको बुरी तरह अपने शिकंजे में जकड़ लेता, उनकी समस्त सद्वृत्तियों एवं चेतना को सुन्न कर देता और पलायन ही इससे मुक्ति का एकमात्र रास्ता नजर आता।

तब वह साधु-संन्यासियों के साथ देश-देश घूमने की कल्पना करने लगते। इसमें कितना सुख था, जहाँ चाहो घूमो, तर माल खाओ और लोगों को जो चाहो उपदेश दो। वहाँ करना-धरना कुछ नहीं था, पर यहाँ घर में तो बहुत-कुछ करना था। दूसरों का सुनना भी पड़ता था। नहीं, माया है यह संसार ! न माँ-बाप अपने हैं, न स्त्री, बच्चे और रिश्तेदार। अतिराजी ने बचपन से ही उनमें दुर्बलता, दब्बूपन, आलस्य, आरामतलबी और पलायनवाद आदि जो दुर्गुण भर दिए थे, वे सब उभरकर उन पर छा जाते। इस तरह वह वास्तविक दुनिया से भागकर काल्पनिक दुनिया में विचरण करके सुख और सन्तोष प्राप्त कर लेते। कभी-कभी तो वह अपने को महात्मा बुद्ध की तरह कल्पना करके ऐसी घोर तपस्या करने की बात सोचते, जिससे एक दिन सारी दुनिया उनके चरणों में झुक जाएगी !

इसी नारकीय जीवन के बीच उनके दो बच्चे हुए। दोनों कुछ बड़े हुए, फिर मर भी गए। दोनों ही बच्चों की बीमारी में अतिराजी ने अपनी पतोह को उनकी सेवा का कोई मौका न दिया और उसको कुलच्छिनी घोषित करके उसको उनके पास फटकने नहीं दिया। और वह स्वयं वैद्य-हकीम से अधिक झाड़-फूँक के चक्कर में उनको लेकर इधर-उधर भागती रही। और इसी चक्कर की वजह से दोनों बच्चे बच नहीं सके जिसका दोष अतिराजी ने अपनी पतोह पर मढ़ दिया।

झुल्लन पांडे अपनी माँ की हरकतों से बेदह दुखी थे, फिर भी वह कुछ बोल नहीं पाते थे। माँ को वह कितना प्यार करते थे। माँ के ही इशारे पर वह सब कुछ करते थे। पर उनके दिल में अब माँ के लिए वह प्यार भी नहीं रहा। अब वह माँ से बेहद डरने लगे। यह डर उनको दिन-पर-दिन शक्तिहीन किए जा रहा था। और इस डर से बचने का उनके पास केवल एक ही रास्ता बच रहा था, और एक दिन वह घर से चुपके से निकल गए, फिर कभी लौटकर नहीं आए।...

रास्ते-भर वह यही सोचती रही थी। बीच-बीच में वह रोने लगती और आँचल से

आँखें पोंछ लेती। रास्ते में जहाँ कहीं कोई मन्दिर या शिवाला दिखाई देता अथवा किसी देवी-देवता या हनुमानजी की मूर्ति रखी हुई दिखती, वह कुछ क्षण रुककर उनको माथा नवाती, और झुल्लन पांडे को मजे में रखने की विनती करती।

भृगु आश्रम आ गया तो फौजी रुक गया। वह साइकिल थामे-थामे इतनी दूर पैदल ही चला आया था। उसके जूते धूल से भर गए थे और पसीने से वह लथपथ हो रहा था। धूप अब भी तेज थी। आकाश पर जैसे धूल जमी हुई थी। जब सड़क से कोई बस या ट्रक गुजर जाती तो वे धूल और धुआँ से नहा उठते थे।

"मैं तो यहीं से मुड़ जाऊँगा। आपको कहाँ जाना है, मैं पहुँचा दूँगा--।"

"ना ए गोसाईं, आप जाएँ, मैं चली जाऊँगी–।"

"अच्छा तो रास्ता मालूम है न ?"

"जी, मालूम है–।"

"कोई बात हो तो मुझसे बताने में कोई हर्ज नहीं। किसी से कुछ कहना हो तो मैं खबर पहुँचा दूँगा।"

"ना ए दादा–आप चिन्ता न करें–।"

फौजी ने गौर से उसकी ओर देखा, फिर बाईं ओर सड़क से उतरकर एक गली में घुस गया। वह सड़क पर आगे बढ़ गई। वह घूँघट के भीतर से चारों ओर देखती थी, पर डर तथा घबराहट की वजह से किसी से कुछ कहने की हिम्मत नहीं होती थी। वह शहर में ही इधर-उधर चक्कर काटती रही। जब शाम होने को हुई तो वह बेहद घबरा गई। अचानक एक घर के दरवाजे की ओट में एक अधेड़ औरत को झाँकते हुए जब उसने देखा तो उसकी हिम्मत पता नहीं कहाँ से लौट आई। वह उसके पास चली गई।

"कौन हो जी, तुम ?" उसने पूछा।

"दुखिया हूँ, ए दादा–।"

"कौन बिरादर हो ?"

"पांडे हूँ–।"

"कहाँ की रहनेवाली हो?"

"उधर देहात की रहनेवाली हूँ–।"

"यहाँ कैसे घूम रही हो ? अभी बूढ़ी भी नहीं हुई और चेहरा-मोहरा भी ठीक है–कहीं मनबिगड़ी तो नहीं हो ?"

"अरे ना ए दादा। सुन्नर पांडे की पतोह हूँ–।"

"कौन सुन्नर पांडे ? तुम्हारे मरद कहाँ हैं ?"

"वह कई साल पहले घर छोड़कर चले गए, ए दादा। फिर पता ही न लगा। दो बच्चे थे, मर गए। नैहर में भी कोई नहीं है," वह आँचल से आँखें पोंछती हुई बोली, "लोगों की बातें सुनकर जी ऊब गया, तो घर से निकली थी, कहीं नदी-तालाब में डूब मरूँगी–पर यह मन बड़ा पापी है, सोचने लगी, वह बिना कुछ बताए घर से चले गए

थे, कुछ कहा भी नहीं, किसी दिन लौट आएँ तो मुझे न पाकर बड़े दुखी होंगे। मक्खन की तरह उनका दिल है ए मलिकाइनजी, बड़ा दबाया गया उनको– ।''

तेज रुलाई के कारण वह आगे बोल न सकी। दरवाजे की ओट में खड़ी औरत उसकी हालत देखकर द्रवित हो गई। उस छोटे-से शहर के शौकीन पेशकार मन्नीलालजी की वह पत्नी थी, जो अधेड़ होने पर भी चंचल, खूबसूरत और बनी-ठनी दिखाई दे रही थी। उसकी बढ़िया रेशमी साड़ी से इत्र की खुशबू आ रही थी। उसके माथे पर बड़ी-सी टिकुली चमक रही थी और उसके दाँत में मिस्सी लगी हुई थी। वह पान चबा रही थी और अपनी बड़ी-बड़ी कटीली आँखों से सड़क से आने-जानेवाले लोगों को भी निहारतो जा रही थी।

''खाना बनाना जानती हो ?''

''हाँ, बना लेती हूँ।''

''परिवार बड़ा है। यहीं रहना और दोनों जून नाश्ता और खाना बना देना। कर सकोगी ?''

''कर लूँगी ए मलिकाइन। आपका यह अहसान नहीं भूलूँगी, आपके चरणों के तले लोटूँगी– ।''

छः

मुरली मनोहर सिंह वकील के घर से जब वह निकली तो धूप तेज हो गई थी, पर हवा में कुछ शीतलता भी थी। इस समय उस छोटे-से शहर में काफी भीड़ हो गई थी।

वह चौक स्थित अमरनाथ सर्राफ की दुकान की तरफ जा रही थी।

सुबह जब आकाश फटने लगा और कौए बोलने लगे तो मुरली मनोहर सिंह वकील की पत्नी उसका हाथ पकड़कर कमरे में से ले आई थी। दक्षिणवाले बरामदे में, खटोले पर बिठाकर कान के पास मुँह ले जाकर वकीलाइन ने कुछ जोर से कहा, ''आराम से बैठिए। बड़ा काम है—लड़की नाश्ता दे जाएगी। जब लोग कचहरी चले जाएँगे तो वहाँ चली जाइएगा। तबीयत फरहर है ना ?''

''हाँ, ए बहू—ठीक है। मलिया में थोड़ा कड़वा तेल बच्ची के हाथ भेजवा दे—बैठकर अपने हाथ से लगाऊँगी—।''

''बच्ची ही लगा देगी—।''

इन दिनों प्रेमा पहले से ही खूब उत्साह में थी। विशेष रूप से दारोगा गति पाने की कल्पना से वह बेहद विनम्र हो गई थी। किन्तु जब से स्नेही के गहने बदलवाने की भनक उसके कानों तक आई थी, वह सुन्नर पांडे की पतोह का खूब सत्कार कर रही थी। उसने सुन्नर पांडे की पतोह को खूब प्रेम से नाश्ता कराया और बाद में उसके सिर पर तेल चाँतने लगी।

सिर में तेल पहुँचने से उसकी आँखें मुँदने लगीं। प्रेमा ने उसका सिर दबा दिया, उसके बालों में कंघी कर दी और पीछे चोटी भी बाँध दी। सुन्नर पांडे की पतोह उसे आशीर्वाद देने लगी, "तुम रानी बनोगी, राज करोगी। दूधो नहानो, पूतो–।"

यह सब आशीर्वाद सुनते ही प्रेमा शरमाकर, फौरन उठकर वहाँ से भाग चली। दक्षिणी बरामदे में अब कोई नहीं रहा। वह देर तक ऊँघती रही और बड़बड़ाती रही।

जब साढ़े दस बजे के करीब वकील साहब खा-पीकर कचहरी चले गए तो वकीलाइन और लड़कियाँ उसको घेरकर खड़ी हो गईं। स्नेही बहुत ही उत्साह से उसको वकीलाइन की एक पुरानी धुली साड़ी देकर गुसलखाने में ले गई और उसे स्नान कराया। नहाकर वह खूब खुश हुई और उसे रानी-पटरानी बनने का आशीर्वाद दे दिया। स्नेही में गहना बनाने का उत्साह तो था ही, इस आशीर्वाद से वह इतना उत्साहित हुई कि उसने सुन्नर पांडे की पतोह की साड़ी छाँट दी।

जब वह नहा-धोकर बैठी तो स्नेही जल्दी-जल्दी रसोई में गई और वहाँ से एक थाली में दाल-भात, ठंडे मसाले की आलू-बैंगन की तरकारी, अचार, कढ़ी खाने को ले आई।

"आँवला का अचार लेंगी ? बहुत पुराना अचार है–" वकीलाइन ने कान में जोर से चिल्लाकर पूछा।

"लाओ ए बाबू, यह सब खाने के लिए जी तरस गया। मन्नीलाल के यहाँ अचार खूब बनता था ए बाबू। पापड़, बड़ी, तिलौड़ी हर तरह का खट्टा-मीठा अचार। तुम्हारा भी अचार बड़ा अच्छा होता है–थोड़ा लाओ न–।"

उसकी बात समाप्त होते-होते स्नेही दौड़ी-दौड़ी गई और अचार ले आई। सूखे अचार का एक छोटा, सूखा टुकड़ा अँगुली से थोड़ा उठाकर, जीभ पर डालकर वह मुँह को चापुड़-चापुड़ चलाने लगी।

उसके बाद वह उसी खटोले पर गुमट-सिमटकर सो गई। तब तक उसकी साड़ी भी सूख गई और वकीलाइन तथा लड़कियाँ भी सभी काम निबटा–नहा-धो और खा-पीकर उसके पास आ गईं।

अपनी सूखी साड़ी फिर पहनकर जब वह तैयार हुई तो स्नेही किसी चोर की तरह अपना नेकलेस का डिब्बा छिपाकर ले आई।

"डिब्बे को एक कपड़े में लपेटकर कमर में बाँध दूँ ? कोई परेशानी तो नहीं होगी ?" वकीलाइन ने पूछा।

"ठीक है–जो कुछ करना हो जल्दी करो, मुझे घर भी जाना है–" सुन्नर पांडे की पतोह की आवाज में कुछ चिड़चिड़ाहट थी।

"नाराज न होइए–आप ही की आसानी के लिए कह रही हूँ। ऊपर से चादर तो ओढ़ ही लेंगी। लौटकर यहीं आइएगा, खाकर आराम कीजिएगा–शाम को चली जाइएगा–"

किन्तु नेकलेस का डिब्बा बड़ा था, जिसे कपड़े से लपेटकर कमर में बाँधना सुन्नर पांडे की पतोह के लिए असुविधाजनक सिद्ध हो रहा था। फिर नेकलेस को कई पर्त कागज में लपेटकर उसे रूमाल में बाँध दिया गया और उस रूमाल को साड़ी के आँचल के खूट में बाँधकर आगे फुफती में खोंस दिया गया। असुविधाजनक तो यह भी था, पर इसके अलावा कोई चारा नहीं था। अन्त में उसने चादर ओढ़कर हाथ में डंडा ले लिया और ऊपर-नीचे देखकर खुट-खुट चलती हुई बाहर निकल गई।

अमरनाथ सर्राफ, जिसकी दुकान चौक में थी, बेनी प्रसाद मरहूम का लड़का था, जिसे सुन्नर पांडे की पतोह बचपन में खेला चुकी थीं। मन्नीलाल पेशकार के यहाँ करीब सात वर्ष रहने के बाद वह बेनी प्रसाद सर्राफ के यहाँ उस समय गई थी जब उनकी पत्नी का अचानक देहान्त हो गया। बेनी प्रसाद अपने बड़े भाई जानकी प्रसाद से अलग हो चुके थे। जानकी प्रसाद के हिस्से में, ट्रंक, छाता, दरी आदि की दुकान आई। और बेनी प्रसाद को सर्राफे की दुकान मिली। बेनी प्रसाद एक आर्यसमाजी देशभक्त थे, जो सदा खद्दर की धोती, कुर्ता और टोपी पहनते और शहर के अनेक धार्मिक एवं सामाजिक आयोजनों में भाग लेने के लिए समय निकाल लेते। छोटा-सा कस्बानुमा शहर होने के कारण एक ही व्यक्ति के लिए हर तरह के आयोजनों में भाग लेना सम्भव था, जैसे बेनी प्रसाद को साहित्य की जरा भी समझ नहीं थी, पर सभी साहित्यिक समारोहों में उनको जरूर बुलाया जाता या उनसे मदद ली जाती। पत्नी के देहान्त के बाद बेनी प्रसाद इतने दुखी हुए कि उन्होंने दूसरी शादी का विचार भी अपने पास फटकने नहीं दिया।

लेकिन उनकी अपनी समस्याएँ भी थीं। अमरनाथ उस समय आठ वर्ष का था और उसकी बड़ी बहन सुशीला शादी करने लायक हो रही थी। इन दोनों बच्चों को कौन सँभाले ? इसके अलावा उनकी बुढ़िया माँ भी जीवित थीं, जो हमेशा बीमार रहती थीं। बेनी प्रसाद को एक ऐसी उम्रदार, समझदार तथा विश्वसनीय औरत की तत्काल जरूरत थी, जो घर में परिवारजन की तरह रहकर खाना बना सके, साथ ही बच्चों और उनकी माँ की भी देखभाल कर ले। यही समय था, जब सुन्नर पांडे की पतोह मन्नीलाल पेशकार के यहाँ से हटना चाहती थी और मन्नीलाल की पत्नी को जब इसका कारण मालूम हुआ तो उन्होंने सुन्नर पांडे की पतोह को बेनी प्रसाद के यहाँ लगा दिया, जो मन्नीलाल के गहरे दोस्त थे।

अमरनाथ ने सुन्नर पांडे की पतोह को दूर से ही देख लिया था। जब वह नजदीक आई तो उसने उठकर नमस्कार किया और उनका हाथ पकड़कर अपनी गद्दी पर ले आया। वह सचमुच सुन्नर पांडे की पतोह की इज्जत करता था और जब वह बीमार पड़ी थी तो उसने कई बार उनकी खोज-खबर ली थी और मदद भेजवाई थी। एक ग्राहक से निबटने के बाद जब दुकान खाली हो गई तो उसने पूछा :

"कैसी तबीयत है चाची ?"

"ठीक है, ए बाबू। वकीलाइन का एक काम है तो चली आई। अब बहुत चला

नहीं जाता, ए बाबू।''

''अरे तो कहलवा दिया होता, मैं चला आता। आपको तो अभी आराम की जरूरत है...।''

सुन्नर पांडे की पतोह ने धीरे-धीरे नेकलेस निकालकर सामने रख दिया। बाद में यह भी समझाया कि उसे लाने का क्या उद्देश्य है। अमरनाथ ने पारखी नजर से नेकलेस को देखा, उसको कसौटी पर कसा, फिर हँसकर बोला, ''आप जब कोई सामान लाती हैं तो मैं नफा-नुकसान नहीं देखता। काम तो हो जाएगा, पर एक ही बाली बन पाएगी। अँगूठी भी एक ही बनेगी, अगर बहुत अच्छी बनवानी हो तो। दो बनवाने पर हल्कापन आ जाएगा। पर चाची, एक बात कहूँगा, ये सब काम आप न करें। सामान भी इस तरह न लाएँ। जमाना बहुत खराब है, कुछ हो-हवा गया तो मेरे लिए डूब मरने की बात होगी। साफ-साफ उन लोगों से कह दीजिए कि वे खुद हमारे पास आएँ और बात कर लें। आप चिन्ता न करें, सामान तैयार करके मैं खुद पहुँचा दूँगा।''

''ना ए बाबू, वकील साहब को मालूम हो जाएगा तो...।''

''अरे आप फिक्र न कीजिए...ऐसा न होगा। खैर छोड़िए, मैं आपको बुला लूँगा और आपके साथ वहाँ चला चलूँगा। अकेले आपको जाने न दूँगा। एक-से-एक शातिर बदमाश दूकान पर नजर रखे रहते हैं। हम भी सब इन्तजाम रखते हैं, हमारे लोग भी इधर-उधर घूमते रहते हैं, पुलिस को भी हम खुश रखते हैं, फिर भी दुर्योग को कोई नहीं जानता।''

सुन्नर पांडे की पतोह मुह बाकर उसको देखती रही। कैसा होशियार हो गया है अमरनाथ। लड़कपन में बहुत दुबला-पतला और डरपोक था। ठीक से बोल भी नहीं पाता, जबान लटपटाती थी। लेकिन इतने वर्षों बाद वह बड़ा होकर मोटा हो गया है, मुँह पर बड़ी-बड़ी मूँछें फरक रही हैं और ऐसा गम्भीर जैसे काम के अलावा और किसी से मतलब ही नहीं। यह सच भी है, पर भीतर से वह अब भी सहृदय व कोमल है और अपना व्यवहार बनाए हुए है। बेनी प्रसाद की तरह वह सामाजिक कार्यकर्ता नहीं है, पर बाप की तरह ही खद्दर की पोशाक व टोपी पहनता है और सदा पान चबाता रहता है।

नेकलेस उपयुक्त स्थान पर रखकर होंठों में मुस्कुराते हुए अमरनाथ ने सूचना दी, ''सुशीला दीदी आई हैं। आपसे मिलने को बहुत व्याकुल हो रही हैं। मैं ही अलसा जाता हूँ। आप यहाँ तक आई हैं तो चली जाइए, किसी आदमी को साथ में कर देता हूँ। आप न आतीं तो कोई बात नहीं थी, मैं खुद दीदी को लेकर आपके पास आता...।''

''अरे बिटिया आई है ? ठीक-ठाक है न ? बाल-बच्चे मजे में हैं ?'' सुन्नर पांडे की पतोह प्रसन्न हो गई।

''अरे सब ठीक है...आप चली जाइए...आपको देखकर खूब प्रसन्न होंगी...।''

दुकान के एक विश्वस्त नौकर देऊ को उनके साथ लगा दिया गया। सुशीला तो पहले पहचान नहीं पाई, पर जब देऊ ने बताया तो वह व्यस्ततापूर्वक उठी और सुन्नर

पांडे की पतोह का चरण स्पर्श करने के बाद अपने अँकवार में लेकर बोली, ''अरे चाची हो चाची...कहाँ थीं हो चाची। जब से आई हूँ, आपसे मिलने के लिए छटपटा रही हूँ...।'' इसके बाद रुलाई से उसकी आवाज बन्द हो गई और वह गिरते हुए आँसुओं को अपने आँचल से पोंछने लगी।

विवाह के बाद तीसरी बार वह सुशीला से मिल रही थी और वह भी कितने साल बाद ! करीब दस वर्ष पूर्व दशहरे के अवसर पर वह सुशीला के यहाँ गई थी। सब कुछ कितना बदल गया है इस बीच ? करीब साठ की हो रही थी तब, फिर भी उसका शरीर कितना टाँठ था। उसके पहले शादी के बाद सुशीला की जब विदाई हुई तो वह भी उसके साथ उसकी ससुराल गई थी और वहाँ कुछ दिनों तक रहकर वापस आई थी। रास्ता उसको याद था। स्टेशन उतरिए और पक्की सड़क पकड़कर चल दीजिए। अच्छा था वह गाँव गौसपुर। उसके साथ बड़ी दौरी थी, चारों ओर कपड़े से अच्छी तरह बँधी हुई, जिसमें लड्डू, पकवान, साड़ियाँ, चूड़ियाँ, खिलौने आदि बहुत सारे सामान थे। इतनी भारी दौरी आजकल की लड़कियाँ उठा सकती हैं भला ? स्टेशन से उतरकर उसने सिर पर दौरी रख ली और बाहर निकलकर सड़क पकड़कर तेजी से चलने लगी। कैसे मजबूत कदम थे उसके, जब नीचे गिरते थे जो जमीन से धम-धम की आवाज आती थी।

लेकिन स्टेशन से उसके साथ एक चाईं लग गया था। नाटा और साँवला था और बड़ा मीठा बोलता था। सुन्नर पांडे की पतोह से सब कुछ जानने के बाद उसने कहा कि वह भी गौसपुर का रहनेवाला है और वहीं जा रहा है। रास्ते में वह मीठी-मीठी बातें करने लगा। उसने कुछ ऐसे किस्से सुनाए जिनसे प्रकट था कि उसके जैसा ईमानदार और खर्चीला इस दुनिया में कोई भी नहीं है। आगे एक छोटे-से बगीचे में थोड़ी देर सुस्ताने का प्रस्ताव उसी का था, जिसकी सुन्नर पांडे की पतोह को भी जरूरत थी। जब वे बगीचे में सुस्ताने लगे तो उसने अपने झोले में से एक पुड़िया निकाली, जिसमें बताशे थे। जब उसने बताया कि ये बताशे विन्ध्याचली देवी का प्रसाद है तो सुन्नर पांडे की पतोह ने उसे श्रद्धापूर्वक खा लिया। खाते ही उसका सिर चकराने लगा। इसके बाद तो उसे होश ही न रहा।

जब होश आया तो उसने उसी बगीचे में अपने को तीन-चार आदमियों से घिरा पाया जो राह के मुसाफिर थे। दौरी उसकी बगल में पड़ी थी और उस चाईं का कहीं पता नहीं था। उन्हीं मुसाफिरों से पता लगा कि जब वह बेहोश पड़ी थी तो वह उनकी चाँदी की मोटी हँसली काट रहा था, जो एक चौथाई कट भी गई थी। यदि सड़क चलते उन मुसाफिरों को सन्देह नहीं हो गया होता और वे वहाँ पहुँच न गए होते तो वह क्या दुर्गति करता, यह भगवान ही जानता है। उनको देखते ही वह अपना झोला लेकर भाग खड़ा हुआ।

सुशीला ने सुन्नर पांडे की पतोह को मचिया पर बिठाया और स्वयं जमीन पर बैठकर उनके पाँव दबाती हुई बोली, ''आप तो हमारी महतारी हैं। आप ही ने तो मुझे पार घाट लगाया। थोड़ा सुस्ता लें तो नाश्ता लाती हूँ। मेंहीदाना का बड़ा मुलायम लड्डू

है, कोई परहेज तो नहीं है न ?"

"रहने दो ये बिटिया...अभी मुरली बाबू के यहाँ खाना खाया है। जी एकदम ठीक नहीं है...।"

"ठीक है, अभी न खाइए, कुछ आराम कर लीजिए। बाद में जब तबीयत करे तो खाइएगा। अभी तो जा नहीं रही हैं। बिस्तर लगा दूँ, सोइएगा ?"

"ना ए बच्ची। रहने दो। बताओ, तुम मजे में हो न ?"

"आपके आशीर्वाद से सब कुछ बड़ा अच्छा है। आप ही का तो सब कुछ कराया हुआ है। मैं तो हमेशा आपकी याद करती हूँ। आप ही अपनी सुशीला को भूल गईं।"

"ना ए बछिया...ऐसा न कहो। हमारी खुशी तो इसी में है कि तुम लोग सुखी रहो...फूलो-फलो...।"

सुशीला की माँ के मरने के बाद जब सुन्नर पांडे की पतोह आई थी तो उस समय सुशीला की उम्र चौदह वर्ष की थी और वह कक्षा आठ पास करके नवीं में गई थी। वह कुछ ठिगनी थी, पर शरीर भारी और चेहरा गोल और आँखें बड़ी-बड़ी। उसको साफ-सुथरा रहना और अच्छे फैशनेबुल कपड़े पहनना पसन्द था। छोटी-से-छोटी बात पर वह खूब हँसती और हिन्दी की रोमांटिक कहानियाँ और उपन्यास पढ़ना उसे बहुत पसन्द था।

पत्नी के मरने के बाद बेनी प्रसाद उसकी जल्दी-से-जल्दी शादी कर देना चाहते थे। उनका स्वास्थ्य बहुत अच्छा नहीं था और वह चाहते थे कि उनके जीवित रहते ही लड़की किसी अच्छे घर में चली जाए। उन्होंने एक घर चुन भी लिया जो काफी सम्पन्न था। सर्राफे की खूब चलती दुकान तो थी ही, दूसरे धन्धे भी वे लोग करते थे। गृहस्वामी शारदा प्रसाद वर्मा की उम्र पैंतालिस के करीब पहुँच चुकी थी। उनके दो बड़े लड़के थे, जो धन्धे में लगे थे और तीन लड़कियाँ थीं, जो आठ, दस और बारह वर्ष की थीं। शारदा प्रसाद की पत्नी मर चुकी थीं और वह घर बसाने के लिए काफी उत्सुक थे। उनका लम्बा, भारी-भरकम शरीर था, तोंद निकली हुई, मुँह चौड़ा और चपटा तथा चेचक के दागों से भरा। वह पान के बेहद शौकीन थे और उनका मुँह सदा चलता रहता था।

बात चली। दोनों परिवार एक-दूसरे को जानते थे। शहर में इतना सम्पन्न परिवार कोई नहीं था उनकी जाति का। सभी पढ़े-लिखे। सोनारों में पढ़े-लिखे लड़के कम मिलते थे। अगर लड़के मिलें भी तो परिवार सम्पन्न नहीं। कोई स्टैंडर्ड नहीं। यह सही है कि शारदा प्रसाद वर्मा की उम्र कुछ अधिक है, पर लड़के की अधिक उम्र भी हो तो चल जाता है। हाँ, लड़की की उम्र लड़के से अधिक नहीं होनी चाहिए। लड़की तो गऊ होती है, उसे जिस परिस्थिति में रखिए, वह निभा लेती है। उनके लड़कों की शादी हो चुकी है, वे अपने धन्धे में मस्त हैं, तीन छोटी लड़कियाँ हैं तो वे अपने-अपने घर चली जाएँगी। घर में शारदा प्रसाद की एक विधवा बहन हैं, छोटे भाई भगवान प्रसाद की पत्नी और बच्चे हैं। भरा-पूरा परिवार है, जहाँ सुशीला अकेली नहीं पड़ेगी। वह तो राज करेगी, राज।

आश्चर्य था कि आर्यसमाजी होते हुए भी बेनी प्रसाद ने ऐसा ही सोचा। दूसरे को उपदेश देना अलग बात है। सार्वजनिक सभा में भाषण करते समय क्रान्तिकारी बातें करना बड़ा अच्छा लगता है। पर बात जब अपने से सम्बधित होती है तो बहुत-सी व्यावहारिक जरूरतों पर विचार करना ही पड़ता है। लड़की का मामला है, सब कुछ ठोक-बजाकर देखना पड़ता है। मामला जब फँस जाता है तो कोई ससुरा मदद को आगे नहीं आता। इस घर में जाकर कम-से-कम लड़की तो सुख से रहेगी।

पर उनके घर के अन्दर व्यवहार-बात को देखना जरूरी है। कैसा खाना-पीना है, कैसा स्टैंडर्ड है, घर की औरतों तथा दूसरे लोगों का व्यवहार रूखा तो नहीं है ? वे लोग उजड्ड और गँवार तो नहीं हैं ? इस कार्य के लिए सुन्नर पांडे की पतोह को भेजा गया था, जिसका वहाँ खूब स्वागत किया गया। पुरुष से लेकर स्त्री तक, सबका व्यवहार बड़ा मधुर था। तीनों लड़कियाँ छिपकर उसको देखती हुई हँसतीं, अचानक सामने आतीं, फिर अन्दर चली जातीं। भावी दामाद शारदा प्रसाद वर्मा ने उसे अलग बुलाकर उससे बातें कीं। बड़ी मीठी जबान थी। उम्र अधिक जरूर हो गई है, पर आदमी देवता है। इतने बड़े आदमी हैं, पर कोई घमंड नहीं। उन्होंने साफ-साफ कहा कि उनकी उम्र अभी चालीस भी नहीं पहुँची, फिर भी शादी वह नहीं करना चाहते थे, उनके साथ समस्या यह है कि लड़के अपने-अपने धन्धे में लगे हुए हैं और तीनों लड़कियाँ अपने-अपने घर चली जाएँगी तो उनका निजी जीवन बड़ा नीरस और एकाकी हो जाएगा। व्यापार में वैसे ही दम मारने की फुर्सत नहीं मिलती, कम-से-कम यह तो हो कि जब वह घर आएँ तो कोई प्यार से उनका स्वागत करे। वह अभागे रहे जीवन भर। जवानी तो संघर्षों में बीत गई, पत्नी भी बीमार रहती, उनको क्या सुख मिला ? लड़कों और बहुओं पर उनको भरोसा था, पर वे अपने-अपने रास्ते पर चल रहे हैं। व्यवहार उनका ठीक नहीं है। खैर, दुनिया का यही दस्तूर है...वह इसकी परवाह नहीं करते। जब दुनिया पैसे के पीछे भागती है तो लड़के-बहू ऐसा करें तो आश्चर्य कैसा ? फिर उनको बेनी प्रसाद पर भी दया आती है। वह सबके लिए करते हैं, अब उन पर पड़ी है तो उनकी मदद करना भी फर्ज है। उनके यहाँ किसी चीज की कमी नहीं, बेनी प्रसादजी की लड़की यहाँ आकर राज करेगी। बीसियों नौकर-नौकरानियाँ हैं, वह भी उसके हाथों में घर-गृहस्थी का सारा भार देकर निश्चिन्त हो जाएँगे।

सुन्नर पांडे की पतोह की बड़ी अच्छी विदाई हुई थी। सुन्दर साड़ी, रुपए, पैसे, आदर-सम्मान। वह जब वापस आई तो बड़ी प्रसन्न थी। उसने शारदा प्रसाद वर्मा और उनके परिवार की खूब तारीफ की—"राजा हैं, राजा। वहाँ तो सुशीला बिटिया राज करेगी, राज, रानी-पटरानी बनकर रहेगी। सभी लोगों में बड़ा लूर-सहूर है। लड़कियाँ तो अपनी नई महतारी के चरणों में लोटेंगी। जमाई बाबू तो देवता हैं, देवता। उम्र भी उनकी बहुत नहीं है। खुद बता रहे थे कि लड़कपन में शादी होने से लड़के बड़े-बड़े हैं। वह बोलते हैं तो उनके मुँह से फूल झड़ता है..."

बेनी प्रसाद इस रिपोर्ट से बड़े प्रसन्न हुए। उनकी बीमारी माँ भी आसमान की

ओर दोनों हाथ जोड़कर, भगवान से दुआ माँगने लगीं। पर सुशीला का मुँह लटक आया था। अपनी शादी की खबर पाकर लड़कियाँ जिस तरह प्रसन्न होकर इधर-उधर भागने लगती हैं—वैसी प्रतिक्रिया सुशीला में देखने में नहीं आई। सुन्नर पांडे की पतोह ने उसको खूब आश्वस्त किया। वह जब तब उसे हँसाने की कोशिश भी करती, पर सुशीला चुपके से उठकर चली जाती। वह अक्सर अकेले में बैठकर कुछ सोचने लगती। यह सब लक्षण सुन्नर पांडे की पतोह को अच्छे नहीं लगे। वह जानती थी कि स्त्री जब प्रसन्न रहती है तो वह अपनी प्रसन्नता किसी भी हालत में दबा नहीं सकती। किसी-न-किसी रूप में उसकी प्रसन्नता जरूर ही उछलकर बाहर आ जाएगी। इसका मतलब यही है कि सुशीला के मन में कोई ऐसी बात जरूर है, जिसको सोच-सोचकर वह घुल-पच रही है। सुन्नर पांडे की पतोह यह सब सोचकर चिन्तित हो गई।

एक दिन दोपहर में, जब घर में सभी सो रहे थे, सुशीला चौड़ी खुली छत पर एक किनारे रखी खाट पर चुपचाप बैठी कुछ सोच रही थी। सूरज ढलान की ओर था और वहाँ छाया आ गई थी। पिछवाड़े की गली में उगा पीपल का पेड़, जिसकी शाखाएँ छत के ऊपर छतरी की तरह फैली थीं, मन्द-मन्द हवा में झूम रहा था। जब हवा कुछ तेज चलती तो पत्ते खड़-खड़ बोलने लगते थे। सुन्नर पांडे की पतोह की जब आँख खुली तो वह सुशीला को पुकारने लगी। पर कोई जवाब नहीं मिला तो वह सभी कमरों में झाँक आई। अन्त में जब उसने खुली छत पर निकलकर देखा तो उसे बड़ी चिन्ता हुई। कितनी चिन्तित थी सुशीला। अकेले बैठी क्या सोच रही है वह ?

उसके पास जाकर, उसकी बगल में खाट पर बैठकर उसने पूछा, ''बिटिया, क्या बात है ? तुम इस तरह क्या सोच रही हो ?''

इसका जवाब सुशीला ने कुछ भी नहीं दिया, बल्कि उसने अपना सिर आगे और झुका लिया। इस पर सुन्नर पांडे की पतोह ने उसे अँकवार में लेकर पुचकारती हुई आवाज में पूछा, ''बिटिया, मुझसे बता दो, क्या बात है। इस तरह घुलना-पचना ठीक नहीं है। तुम्हें किस बात की कमी है ? तुम्हारे लिए चिन्ता करने के लिए हम-सब तो जिन्दा हैं ही, तुम क्यों सोच में डूबी हुई हो ?''

अचानक सुशीला ने अपने को उसके अँकवार से मुक्त कर लिया और स्प्रिंग की तरह उछलकर गुस्से में झनकती हुई आवाज में बोली, ''आप क्या चिन्ता करेंगी ? सब कुछ तो आपने ही बिगाड़ा है। आप चाहती हैं कि जिस तरह आपकी जिन्दगी बिगड़ गई है और आप रोती रही हैं, उसी तरह मैं भी रोती रहूँ। मेरी भी जिन्दगी चौपट हो जाए...।'' उसका मुँह गुस्से से तमतमा रहा था और नथुने फड़फड़ा रहे थे। अन्त में वह आँखों पर हाथ रखकर रोने लगी।

''यह क्या कह रही हो, बिटिया ?'' सुन्नर पांडे की पतोह का चेहरा फक् पड़ गया था, ''मुझसे क्या गलती हो गई यह तो बताओ न। मैं तो तुम लोगों के लिए जान देती रहती हूँ। मैंने तो हमेशा चाहा है कि तुम लोग जीओ-जागो, खुश रहो। फिर भी तुम्हारे मन में कोई बात हो तो साफ-साफ बता दो...।''

सुन्नर पांडे की पतोह ने फिर उसे खींचकर अपने पास बिठा लिया। इस पर वह बिलख-बिलखकर रोने लगी। सुन्नर पांडे की पतोह ने उसे बहुत पुचकारा और बहुत समझाया। आखिर में सुशीला ने उसके सामने अपने मन की बात रख दी। पहली चिन्ता तो उसकी यह थी कि एक बूढ़े से उसकी शादी हो रही है, जो उसके बाप के बराबर है। उसने शारदा प्रसाद वर्मा को देखा भी है, वह उसे एकदम पसन्द नहीं हैं। उसे सम्पन्नता नहीं चाहिए, वह रानी नहीं बनना चाहती। यह शादी होगी तो वह एक दिन जहर खाकर जान दे देगी।

दूसरी चिन्ता उसकी ऐसी थी जिसकी सुन्नर पांडे की पतोह ने कल्पना भी नहीं की थी। सुशीला एक लड़के को प्यार करती है, जो उसी मोहल्ले में रहता है। उस लड़के का नाम सुमेरचन्द्र है, जो गाँव गौसपुर का रहनेवाला है, पर यहाँ अपने मामा यमुना प्रसाद वर्मा के यहाँ रहकर बी.ए. में पढ़ रहा है। अपनी जाति का होने पर भी वह बहुत धनी नहीं है। उसके पिता गाँव में एक गरीब सोनार हैं। वह उसे भी अच्छी-अच्छी किताबें पढ़ने को देता रहा है, वे दोनों एक-दूसरे का साथ देने का वादा कर चुके हैं और वह शादी करेगी तो सिर्फ उसी से।

"मैं मर जाऊँगी, मैं जहर खा लूँगी, छत पर से नीचे कूद पड़ूँगी, जल मरूँगी, पर यह शादी नहीं करूँगी, नहीं करूँगी...। आप तो खैर कुछ नहीं समझतीं। आप इस घर की नहीं हैं। आपको चाहिए साड़ी, रुपया-पैसा, आपकी खुशी इसी में है। आपको तो घूस मिल गई है। इसके बाद अगर लड़की कहीं भी फेंक दी जाती है तो इससे आपको मतलब ? आपकी नजर में तो लड़की बिकी का सामान है। उसको सुख-दुःख नहीं होता, उसके दिल नहीं होता, उसके अरमान नहीं होते। मैं आपको क्या कह सकती हूँ, पर मुझे अचम्भा तो बाबूजी पर होता है। दुनिया को ऋषि दयानन्द का उपदेश देते हैं और लड़की के हाथ-पैर बाँधकर चरित्रहीन बुड्ढे के घर में फेंक देना चाहते हैं। मैं थूकती हूँ ऐसे रुपए-पैसे पर, ऐसे सुख पर...।"

वह चिल्ला रही थी। जब वह थककर हाँफने लगी तो जमीन पर कटे वृक्ष की तरह गिरकर मछली की तरह छटपटाकर रोने लगी।

सुन्नर पांडे की पतोह बेहद डर गई। वह उसके पास नीचे बैठकर फुसफुसाई आवाज में बोली, "सुशीला बिटिया, न रोओ, मुझसे गलती हो गई, मैं तुम्हारी मदद करूँगी। बस मुझे दो दिन का समय दो...मुझे दो दिन का समय दो...।"

उसने देर तक सुशीला को मनाकर चुप कराया था। फिर उसका हाथ-मुँह धुलाकर उसे गरम-गरम हलवा बनाकर खिलाया था। जब सुशीला हँसने लगी तभी उसे कुछ चैन आया। शाम का नाश्ता और खाना बनाकर और सबको खिला-पिलाकर और सुलाकर तथा अन्त में सीढ़ी के दरवाजे में ताला लगाकर जब वह अपने कमरे में आई तो अपनी खाट पर गिरकर चुपचाप रोने लगी। वह कमरा काफी बड़ा था। बेनी प्रसाद को छोड़कर उसी में सभी सोते थे। एक ओर बेनी प्रसाद की माँ सोती थी और कमरे की दूसरी ओर सुशीला, अमरनाथ और सुन्नर पांडे की पतोह सोते थे। अमरनाथ बड़ा डरता था

और अकेले सोता भी नहीं था, इसकी वजह से उसको एक बड़ी पलंग पर लेकर स्वयं सुन्नर पांडे की पतोह सोती थी। वैसे भी वह रात-भर सो कहाँ पाती थी ? अमरनाथ को रात में उठाकर पेशाब कराना पड़ता था और इतने पर भी वह रात में बिस्तरा गीला कर देता था। बेनी प्रसाद की बुढ़िया माँ रात-भर कराहती रहती थी। ऐसा लगता था कि उसके प्राण निकल रहे हैं। उठ-उठकर सुन्नर पांडे की पतोह उसकी खोज-खबर लेती, उसको पानी पिलाती, उसके हाथ-पैर और कमर दबा देती।

कमरे में अँधेरा था। मच्छर चारों ओर भन-भन उड़ रहे थे। उस समय सभी गम्भीर निद्रा में थे और उनके सोने की कई तरह की आवाजें यान्त्रिक ढंग से उठती और गिर रही थीं। सुन्नर पांडे की पतोह लगातार रोए जा रही थी और अपने माथे और गाल पर चट-चट तमाचे भी लगाती जा रही थी। सुशीला का एक-एक शब्द उसके दिल में अभी भी बर्छी की तरह चुभ रहे थे। वह सुशीला को निर्बुद्धि और मूक गाय समझती रही, पर कितनी आग है उसके दिल में ! फिर भी उसकी एक-एक बात सत्य थी। कितनी साहसी है सुशीला, जबकि वह स्वयं सब कुछ झेलती रही और सब सह-सहकर जीती रही। अवश्य उसने कई बार सुशीला की तरह आत्महत्या करने का संकल्प किया था, पर वह ऐसा क्यों नहीं कर सकी ? वह अपने को धिक्कारने लगी। अपनी नजरों में ही वह बहुत गिर गई, जब कि सुशीला का स्थान उसकी दृष्टि में बहुत ऊँचा हो गया। आज उसे पहली बार लगा कि स्त्री जाति की तरह मजबूर कोई भी नहीं है। उसे लगा कि हर स्त्री अपना जीवन बोझ की तरह ढोती रहती है। फिर भी जब स्त्री निश्चय कर लेती है तो वह बड़े-से-बड़े संकट का मुकाबला भी कर सकती है। किसी भी अन्याय से संघर्ष कर सकती है। सुशीला ने आज यह सब सिद्ध कर दिया था। आह, वह क्यों एक बेजबान और निर्दोष लड़की को कसाई के हाथों सौंपने की सिफारिश कर बैठी ? नहीं, वह ऐसा नहीं होने देगी, किसी भी हालत में नहीं होने देगी। लेकिन वह कर भी क्या सकती है ? सारा निश्चय तो बेनी प्रसाद के हाथ में है। मामला इतना आगे बढ़ गया है, वह मानेंगे कैसे ? कैसे हिम्मत होगी उसकी उनके सामने अपनी बात कहने की ?

रात-भर वह यही सोचती रही। जब उसके आँसू रुके तो वह अँधेरे में देखती रही। सोचते-सोचते उसके सिर में पीड़ा होने लगी और दिल घबराने लगा, 'हे ईश्वर, हे दुर्गाजी; हे पार्वती जी, हे लछना फुआ, हे सभी देवी, देवता, हमें शक्ति दो, इस बच्ची को कुछ न हो, इसके मन की इच्छा पूरी करें, इसको अपने मन का वर मिले, यह हँसी-खुशी से रहे, मुझे इसकी खुशी के लिए कुछ करने की ताकत दो। मैंने बहुत बड़ी गलती की है, मैं आप सबसे माफी चाहती हूँ। माफी चाहती हूँ...।'

अजीब-अजीब खयालात उसके दिमाग में उठ रहे थे। वह अजीब ऊटपटाँग ढंग से अपने से बातें कर रही थी। वह बार-बार अपने को 'हत्यारिन' कह रही थी। कभी-कभी वह अपने को सुशीला के रूप में कल्पना करने लगती। हाँ, वह भी कभी सुशीला थी, उसी की तरह निर्दोष, निर्बुद्धि। उसे बिना सोचे-समझे कसाइयों के बीच

डाल दिया गया। और वह अब अपने सामने अपने पूरे जीवन को धूल-धूसरित होकर छटपटाते हुए देखने लगी। इस तरह सोचते-सोचते कब सवेरा होने लगा और सुबह की ठंडी हवा के झोंके से कब उसको नींद आ गई, पता ही नहीं चला।

दूसरे दिन शाम को उसको अवसर मिला। ऊपर सुशीला और अमरनाथ को नाश्ता कराके वह पढ़ने के लिए बिठा चुकी थी। एक मास्टर साहब उनको पढ़ाने के लिए इस समय आते थे। फिर बेनी प्रसाद की माँ को उसने नाश्ता कराया, और अन्त में एक ट्रे में नाश्ता लेकर नीचे गई। बेनी प्रसाद का कमरा नीचे ही था। भोजन के लिए तो वह ऊपर आ जाते थे पर किसी काम में व्यस्त होने पर कभी-कभी नाश्ता नीचे ही मँगा लेते। घर में एक नौकर था, जब वह मौजूद नहीं होता तो सुन्नर पांडे की पतोह ही नाश्ता लेकर नीचे चली जाती थी। बेनी प्रसाद कुर्सी पर बैठे कुछ लिख रहे थे। सुन्नर पांडे की पतोह मेज पर नाश्ता रखकर खड़ी रही। बेनी प्रसाद ने कलम एक ओर रखकर सिर उठाया तो सुन्नर पांडे की पतोह को खड़ी देखकर उन्हें आश्चर्य हुआ।

''क्या बात है...कुछ कहना चाहती हैं ?'' बेनी प्रसाद उसकी मुद्रा को ही देखकर उसकी भावना ताड़ गए थे।

''बाबूजी... ।''

''हाँ-हाँ, कहिए... ।''

'बाबूजी, हमसे गलती हो गई... ।''

''गलती कैसी ? नाश्ता, खाना तो बढ़िया बन रहा है, कोई सामान बर्बाद हो गया ? किसी ने कुछ कहा ?''

''बाबूजी...वहाँ मैं गई थी तो उन लोगों ने साड़ी और रुपए दिए थे...मैं लौटा देना चाहती हूँ... ।''

''क्या मतलब ?'' बेनी प्रसाद का चेहरा तन गया।

''बाबूजी, सुशीला एकदम बच्ची है...और उनकी उम्र बहुत अधिक है... ।''

''क्या आप यह कहना चाहती हैं कि यह शादी नहीं होनी चाहिए ?''

''जी हाँ, बाबूजी... ।''

''असम्भव है,'' बेनी प्रसाद क्रोध में चिल्ला पड़े, ''जब बात इतनी बढ़ गई है तो आप हमें यह बताने आई हैं ? मैंने तो आप पर ही सब कुछ छोड़ दिया था, उस समय तो आपने कुछ नहीं बताया। जब मैं जबान दे चुका हूँ उस समय यह सब कहने का क्या तुक है ? आप तो खूब धोखेबाज हैं, आपका कोई यकीन नहीं किया जा सकता। आप चाहती हैं कि अपनी जबान तोड़ दूँ, सारे समाज के सामने मेरी गर्दन नीची हो ?''

''आपसे माफी चाहती हूँ। मैं पहले नहीं समझ सकी थी, जब बिटिया से मेरी बात हुई तो मैं सब कुछ जान गई। बिटिया यह शादी नहीं चाहती...वह किसी दूसरे से शादी चाहती है... ।''

''क्या ?'' बेनी प्रसाद इतने क्रुद्ध हो गए कि उनके मुँह से और कुछ नहीं निकल पाया। कितना अप्रत्याशित था यह सब उनके लिए !

"जी हाँ...अगर यह शादी हुई तो बिटिया जान दे देगी...उसने खुद मुझसे यही कहा है...।"

"अपनी बकवास बन्द कीजिए। मैं ऐसी बातें बर्दाश्त नहीं कर सकता। मैं समझ गया कि मुझे नीचा दिखाने और मेरे खानदान की इज्जत धूल में मिलाने के लिए आपने यह चाल चली है। सुशीला को आपने ही यह सब सिखाया है। आप एक गिरी हुई औरत हैं। आपकी जैसी बेगैरत जिन्दगी रही है, वैसी ही जिन्दगी मेरी लड़की की बनाना चाहती हैं। मुझसे बड़ी गलती हुई कि मैंने आपको अपने घर में घुसने दिया। नहीं, मैं अपने घर में सह सब बर्दाश्त नहीं कर सकता। आप अपना एक हफ्ते के अन्दर कहीं दूसरा इन्तजाम कर लीजिए—मैं भी कोई इन्तजाम कर लूँगा। ध्यान से सुन लीजिए, यह शादी जरूर होगी, जरूर होगी, जरूर होगी। आप जो यह चाहती हैं कि जल्दी ही इस घर से मेरी लाश उठे, ऐसा नहीं हो सकता—।"

बेनी प्रसाद का क्रोध से बुरा हाल था। वह हाँफ रहे थे। उनके मुँह से गाज निकल आया था। सुन्नर पांडे की पतोह दो-चार क्षण कुछ नहीं बोली, फिर बहुत ही धीमे से उसने कहा, "मैं चली जाऊँगी यहाँ से...बस इतना ही कहना चाहती हूँ, स्त्री बेजबान गऊ होती है, उस पर लांछन लगाना, उस पर अन्याय करना आसान होता है। जब मुझे अपनी गलती मालूम हुई तो मैंने सही बात आपसे कह दी। अब भी यही कहूँगी...उस घर में बिटिया का रिश्ता न करें...।"

"चले जाइए यहाँ से...।" बेनी प्रसाद चीख पड़े। उनका चेहरा क्रोध से तमतमा रहा था। वैसे बेनी प्रसाद बड़े ही विनम्र स्वभाव के व्यक्ति थे। वह सबसे बड़ी ही शान्ति और धैर्य से बोलते थे। इस तरह गुस्सा करते हुए उन्हें बहुत कम देखा जाता था। गनीमत की बात यही थी कि यह आवाज ऊपर तक नहीं पहुँच सकती थी, क्योंकि छत ऊँची थी और कमरे सीढ़ी के पास न होकर दूसरे छोर पर थे।

सुन्नर पांडे की पतोह वहाँ से निकलकर ऊपर चली गई। भय, घबराहट और आतंक से उसका दिल तेजी से धड़क रहा था। उसकी समझ में नहीं आ रहा था कि अब वह क्या करे ? उसकी आँखों में आँसू आ गए। लेकिन यह भी सही है कि इसमें दोष उसी का था। यदि उसने सही बात उसी समय कह दी होती तो बात आगे न बढ़ती। पता नहीं उसकी बुद्धि पर कौन-सा पर्दा पड़ गया था। वह इस घर से चली तो जाएगी, कहीं-न-कहीं उसका गुजर-बसर हो जाएगा पर सुशीला का क्या होगा ? बस एक ही आशा बच रही थी कि बेनी प्रसाद जब ठंडे दिमाग से उसकी बातों पर विचार करेंगे तो शायद वह अपना निश्चय बदल दें।

उसने सुशीला से कुछ नहीं कहा, उससे हँस-हँसकर बात करती रही। सुशीला भी खुश नजर आ रही थी, जैसे उसे विश्वास हो गया हो कि उसके पिताजी बात को समझ जाएँगे और उस घर में उसका रिश्ता नहीं करेंगे।

लेकिन उसकी यह खुशी भी क्षणिक सिद्ध हुई। दूसरे दिन शाम को वह कमरे में बाल झाड़ रही थी कि एक ऐसी घटना हुई जिसकी किसी ने उम्मीद नहीं की थी।

बिजली अचानक चली गई थी। इस पर सुशीला ने मोमबत्ती जलाकर ताक पर रख दी और उसकी ओर पीठ करके और हाथ में आइना लेकर बाल झाड़ने लगी। बाल उसके बड़े लम्बे थे, जिसकी वह काफी सेवा करती थी। काले, मुलायम और लहराते बाल। हवा कुछ तेज थी, जिससे मोमबत्ती बीच-बीच में भकभका जाती और बाल हिल उठते। और इसी बीच पता नहीं क्या हुआ कि मोमबत्ती की लौ उसके बालों को छू गई और उसके बाल जलने लगे। शुरू में उसे मालूम नहीं हुआ, लेकिन आग की बढ़ती हुई लपटों के कारण जब कमरे में अधिक उजाला हो गया और उसकी साड़ी जलने लगी तो सुशीला ने घूमकर देखा। वह चीखती हुई भागी, ''अरे चाची...अरे चाची...बचाओ...।''

सुन्नर पांडे की पतोह रसोई में खाना बना रही थी। वह दौड़ती हुई तेजी से आई। उसके हाथ में करछुल थी। उसने सोचा कि घर में कोई बदमाश घुस आया है, इसीलिए वह करछुल को डंडे की तरह ताने हुए 'कौन है रे, कौन है रे' कहकर चली आ रही थी। पर सुशीला को जलती हुई हालत में देखकर तो उसके जैसे प्राण ही निकल गए। उसने करछुल फेंक दी और दौड़कर उसकी साड़ी की आग बुझाने की कोशिश करने लगी। उसने जल्दी-जल्दी सुशीला की बची हुई साड़ी खोलकर अलग फेंक दी, पेटीकोट खोलकर गिरा दिया, पर ब्लाउज खोलने में और निकालने में कुछ देरी हो गई। इस बीच सुशीला काफी जल गई थी।

''घबराओ न बिटिया...सब ठीक हो जाएगा...'' उसने किसी तरह सुशीला को पकड़कर कमरे में लाकर लेटाया। उसके ऊपर एक हल्की-सी साड़ी डाल दी। पर सुशीला अब तक बेहोश हो चुकी थी।

उस समय बेनी प्रसाद घर में नहीं थे। नौकर का भी कहीं पता नहीं था। उनकी माँ छाती पीट रही थी। अमरनाथ कमरे में खड़ा रो रहा था। इत्तफाक से उसी मोहल्ले में कुबेरनाथ डॉक्टर का घर और क्लीनिक था। सुन्नर पांडे की पतोह चादर ओढ़कर नीचे उतर गई और कुछ देर में डॉक्टर के साथ वापस आ गई। डॉक्टर कुबेरनाथ पुराने अनुभवी डॉक्टर थे, जिनकी उम्र सत्तर से कम नहीं थी, पर अब भी वह स्वस्थ और स्फूर्तिवान दिखाई देते थे।

सुशीला ऊपर ही अधिक जली थी। जगह-जगह उसके फफोले निकल आए थे। डॉक्टर ने उसको इन्जेक्शन दिया, फिर उसके फफोले काट-काटकर मरहम-पट्टी करने लगे। उसी समय बेनी प्रसाद आ गए। यह सब हालत देखकर तो उन्हें गश आ गया। डॉक्टर ने उनको ढाढस बँधाते हुए कहा, ''आप घबराइए नहीं...लड़की काफी जल गई है, चालीस फीसदी से अधिक...पर ठीक हो जाएगी। भगवान का शुक्र है कि चेहरा और छाती बच गई है। और कोई होता तो मैं अस्पताल ले जाने की राय देता, पर मैं बगल में रहता हूँ, जब चाहें मुझे बुला सकते हैं। मैं खुद शाम-सबेरे देख जाऊँगा। जैसी आपकी बेटी, वैसी मेरी भी। मैं तो इसकी कई बार दवा कर चुका हूँ। बड़ी हिम्मती लड़की है यह आपकी...खुशदिल और बुद्धिमान।...हाँ, अभी यह चारपाई से उठने न पाए—अधिक-से-अधिक आराम की जरूरत है इसको। महराजिन इसको सँभाल लेंगी ? किसी

को बुला भी लीजिए रिश्तेदारी में से...।''

''मैं सँभाल लूँगी बाबूजी...।'' सुन्नर पांडे की पतोह धीरे से बोली।

बेनी प्रसाद किसी को बुलाना नहीं चाहते थे। जब उनकी पत्नी का देहान्त हुआ था तो उन्होंने बहुत चाहा था कि उनके भाई के घर से या रिश्तेदारी की कोई औरत कुछ महीने रहकर उनकी गृहस्थी सँभाल दे जब तक कि वह कोई इन्तजाम नहीं कर लेते। पर सबकी समस्याएँ थीं और सबकी अपनी मजबूरी। इसीलिए वह कुछ नहीं बोले थे। वह जानते थे कि खटपड़ मरीज को सँभालना कितना कठिन होता है, खास तरह से जब वह उम्रदार हो। उनकी माँ को सुन्नर पांडे की पतोह पहले ही सँभाल रही थी, गनीमत की बात यही थी कि उनकी अम्मा अपने नित्य कर्म के लिए बाथरूम तक जा सकती थीं।

पर सुन्नर पांडे की पतोह ने सुशीला की हर तरह की सेवा की। जिस तरह पूजा के फूल को सहेजकर रखा जा सकता है, उसी तरह वह सुशीला की देखभाल कर रही थी। बस वह चाहती थी कि सुशीला को कुछ न हो, वह किसी तरह अच्छी हो जाए। वह रोज भगवान से प्रार्थना करती—''हे ईश्वर, इस निर्दोष बच्ची को क्यों दंड दे रहे हो ? दोष तो सब मेरा है...मैं क्यों नहीं जल गई ? हे प्रभु, इसे कुछ न हो...जो कुछ होना हो, मुझे हो...।''

डॉक्टर की दवा और सुन्नर पांडे की पतोह की देखभाल से सुशीला की हालत सुधरने लगी। बेनी प्रसाद तो बेहद घबराए हुए रहते थे पर अब सुशीला की सुधरती हुई हालत से उनके मुँह पर भी मुस्कुराहट दिखाई देने लगी।

एक दिन शाम को उन्होंने सुन्नर पांडे की पतोह को नीचे अपने कमरे में बुलाया। और जब वह आकर खड़ी हुई तो उन्होंने लपककर उसके पैर छूते हुए कहा, ''मैं आपसे माफी माँगता हूँ। मैंने आपके साथ बड़ा अन्याय किया। सुशीला पहली भूख-प्यास की लड़की है, मैं उसके साथ घोर अत्याचार करने जा रहा था। आपने उसको बचा लिया है और मुझे सही रास्ता दिखा दिया है...यह उपकार कभी भी भूल नहीं पाऊँगा। मैं सुशीला की शादी उस लड़के सुमरचन्द से करूँगा, यह आपको वचन देता हूँ। मैं बहुत ही गिरा व्यक्ति हूँ...मुझे क्षमा कर दें...।''

आगे वह बोल न सके और कुर्सी पर बैठकर और अपनी दोनों आँखों पर हाथ रखकर फूट-फूटकर रोने लगे।

सात

उसी मोहल्ले में स्थित बनवारीराम हलवाई की जिला-प्रसिद्ध दुकान से मँगवाए गए मेंहीदाना के दो लड्डू और एक गिलास ठंडा पानी पीकर सुन्नर पांडे की पतोह इतनी प्रसन्न हुई कि हँसी से उसका मुँह फैल गया। उस दुकान के मिष्ठान्न का स्वाद अब भी भूली नहीं थी वह।

"ए बिटिया, बनवारीराम की दुकान के हैं न ? बड़ा अच्छा बनाता है, ए बिटिया। तुम्हारे बाबूजी के सबेरे के नाश्ते में एक बालूशाही और मेंहीदाना का एक लड्डू जब तक नहीं होता था, उन्हें नाश्ता मालूम ही नहीं होता था। एक बार दुकान बन्द थी, कोई उनके यहाँ मर गया था तो मिठाई नहीं मिली। तुम्हारे बाबूजी बिगड़ गए थे...मैंने समझाया तो वह चुप हुए।"

"हाँ ए चाची, कितने शौक से वह खाते थे। कितनी बार तो मैं उनके लिए खरीद कर लाती थी। बनवारीराम तो मर गए, उनके लड़के अब काम-धाम सँभाले हुए हैं.. .हाँ, माल में कोई कमी नहीं आई है...।" सहसा अपने पिता की याद आने से सुशीला की आँखें भर आईं और उसने मुँह दूसरी ओर कर लिया।

फिर वे दोनों पता नहीं कैसे पुराने दिनों की बात करने लगीं। कभी वे हँस पड़तीं और कभी गम्भीर हो जातीं। सुन्नर पांडे की पतोह धीरे-धीरे, मोटी आवाज में बोलती थी। बीच-बीच में उसकी आवाज उखड़ जाती। कुछ देर के लिए चुप्पी छा जाती, फिर

बात शुरू कर देती। स्त्रियों के एक खास ढंग के अनुभव होते हैं जो उनके अन्दर जमा होते रहते हैं। जब ऐसे ही अनुभवों का अन्तरंगतापूर्वक आदान-प्रदान वे कर लेती हैं तो उनके घुटन-भरे जीवन का बोझ काफी-कुछ हल्का हो जाता है। पर सुन्नर पांडे की पतोह को हर तरह के अनुभव थे और सुशीला बीच-बीच में प्रश्न करके अधिकतर श्रोता की ही भूमिका निभा रही थी। स्वयं उसके अनुभव अधिकांशतः ससुराल और पति से ही सम्बन्धित थे, जो जल्दी ही समाप्त हो गए। जब उन्हें होश आया तो शाम घिरने लगी थी।

आकाश में बादल के कुछ टुकड़े नजर आ रहे थे। सुन्नर पांडे की पतोह थक गई थी। कितनी जल्दी और मजे में उनका समय बीत गया था। इस तरह की बातें वह कभी-कभी दोमितलाल की स्त्री सुनरी से ही करती थी। वे अलग एक कमरे में बैठी थीं। अमरनाथ सर्राफ की पत्नी, उसके दो बच्चों और सुशीला के एक बच्चे को छोड़कर घर में इस समय कोई नहीं था। बेनी प्रसाद तथा उनकी माँ तो कभी के दिवंगत हो गए थे। पहले माँ गई, फिर उनका लड़का। बड़े कमरे में अमरनाथ का परिवार सोया था और उस कमरे में, जहाँ वे बैठी थीं, देर से निद्रानिमग्न सुशीला का पाँचवर्षीय इकलौता पुत्र गोपाल बीच में जागकर पुनः सो गया था। गोपाल को अपने पास बुलाने की सुन्नर पांडे की पतोह ने बहुत कोशिश की, पर जब वह माँ की गोद में से नहीं आया तो उसने अपनी साड़ी की खूँट में से दो रुपए निकालकर बच्चे के हाथ पर सुशीला के बार-बार मना करने पर भी रख दिए।

उनकी बातचीत का काफी समय मन्नीलाल पेशकार के परिवार से सम्बन्धित अनुभवों ने ले लिया था। सुशीला ने सिर्फ इतना ही पूछा—"क्या आप मन्नीलाल के यहाँ नहीं जाएँगी ?" इसी एक प्रश्न से अनेक बातें निकलने लगीं, एक के बाद एक, कई आकारों में, जैसे शाम को छोटे-बड़े पक्षियों के झुंड आकाश में एक दिशा से आ-आकर दूसरी दिशा में ओझल हो जाते हैं। यह सही है कि जब से उसने मन्नीलाल का घर छोड़ा, उसके बाद एक बार भी वह उनके यहाँ नहीं गई। जिनके घर सात वर्षों तक वह रही, जहाँ उसे अनेकों खट्टे-मीठे अनुभव हुए और जहाँ उसने अनेक ऊँच-नीच देखा, उसकी ओर क्यों नहीं रुख किया उसने ? मन्नीलाल तो मर गए, पर उनकी पत्नी अभी तक जीवित हैं। रुपए-पैसे की कमी तो उस समय भी उस घर में नहीं थी, पर अब तो पेशकार साहब के लड़कों, खास तरह से बड़े लड़के गौरीशंकर ने तो इतना पैसा कमाया है कि उनका परिवार उस छोटे-से कस्बे के कुछ इने-गिने सम्पन्न घरानों में से एक हो गया है।

फिर भी, गाँव से भागकर जब वह आई थी तो कितना बड़ा सहारा दिया था उस परिवार ने ! ससुराल के घुटन-भरे माहौल से निकलकर उसे खुली हवा में साँस लेने का मौका जरूर मिला, फिर भी स्वतन्त्र कहाँ थी वह ? थी तो वह गुलामी ही। गुलामी तो गुलामी है, चाहे अच्छी हो या बुरी। यहाँ का माहौल कितना अनजाना था, जिसमें वह बेपनाह डर और आशंका से भीतर-ही-भीतर काँपती रहती। पता नहीं कब तक निभ

पाए यहाँ ? यदि उसे यहाँ से जाना पड़ा तो वह क्या करेगी ? कहाँ जाएगी ?

वह पुराने ढंग का एक दुमंजिला मकान था जिसमें मन्नीलाल पेशकार का बढ़ता हुआ परिवार रहता था। हर दो-तीन साल पर बच्चा जनने के बावजूद पेशकारिन की कद-काठी अच्छी थी। वह शौकीन, उदार, हँसमुख और पाक-कला विशेषज्ञा थीं। नौकर-चाकर और खाना बनानेवाली महराजिन उस घर में हमेशा रही, फिर भी वह हमेशा कुछ-न-कुछ बनाती रहतीं। कभी लड्डू बना रही हैं, कभी अचार डाल रही हैं, कभी लस्सी तैयार कर रही हैं, कभी मक्खन निकाल रही हैं। मन्नीलाल खाने-पीने के शौकीन थे, और वह एक-से-एक बढ़िया चीज बनाकर उनको खिलाती थीं। पान खाना उनको बहुत पसन्द था और रात में जब उनकी नींद खुलती तो सुपारी काटने और पान लगाने बैठ जातीं।

ऊपर की मंजिल तीन बड़े-बड़े कमरों में बटी थी। आँगन से सीढ़ी चढ़ने पर ही पहला कमरा मिलता था, जो बरामदे की तरह था। आँगन की तरह वह खुला था, लेकिन जाड़े में पर्दे टाँगकर उसे कमरे का रूप दे दिया जाता। उस बरामदा-नुमा कमरे में मन्नीलाल की दो बूढ़ी व विधवा चाचियाँ रहती थीं, जिनके ट्रंक, बिस्तरे और छोटी-छोटी दो चौकियों पर पूजा-पाठ के उनके सामान वहीं पड़े रहते थे। उसके बाद बीचवाला कमरा पड़ता था, जिसमें अँधेरा-सा फैला रहता था। उस कमरे में मन्नीलाल के दो छोटे भाइयों के परिवार—बीवियाँ व बच्चे—रहते थे। ये दोनों भाई कलकत्ता में मामूली नौकरियाँ करते थे। कमाई कम होने और कलकत्ता में कोई ढंग का मकान न मिलने से वे दोनों एक छोटे-से किराए के कमरे में रहते थे और अपने हाथ से खाना बनाते थे। समस्या उस समय पैदा होती, जब वे दशहरे व होली में घर आते। तब दो बुढ़िया चाचियों को वह बरामदा-नुमा कमरा भी खाली करना पड़ता। उनकी खाटें शौचालय के बगलवाले अँधेरे स्टोररूम में लगा दी जातीं, जहाँ उपले से लेकर लकड़ी, टूटी कुर्सियाँ तथा दूसरे तरह का कंजास भरा हुआ था। उसी दुर्गन्धपूर्ण स्थान में उन्हें पूजा-पाठ और भक्ति-भजन भी करना पड़ता।

बीचवाले कमरे के बाद जो कमरा पड़ता था, वह भी कभी बरामदानुमा था, सड़क की ओर खुला, पर बाद में उसे दीवार उठाकर बन्द करके कमरे का रूप दे दिया गया था। वह सामान से भरा हुआ था, केवल बीच में ही एक चारपाई की जगह खाली थी, जहाँ एक बँसखट डाल दी गई और उसे सुन्नर पांडे की पतोह के सिपुर्द कर दिया गया। उस कमरे में एक सीढ़ी थी, जो बाहर दरवाजे की ओर उतरती थी। सुन्नर पांडे की पतोह उसी सीढ़ी से आती-जाती थी। भीतर आँगन की सीढ़ी से आने-जाने की उसके लिए मनाही थी। नीचे बाहर एक ओर टायलेट था, जिससे उसको काफी सुविधा हो जाती थी।

मेहनत से वह नहीं डरती थी, सबसे परेशानी की बात यह थी कि उस परिवार में पूड़ी-पकवान, तला-भुना और चटर-पटर बहुत खाया जाता था। लेकिन उसे तो सिर्फ मोटा-झोटा खाना ही बनाना आता था। रोटियाँ उसकी मोटी ही होती थीं, रूमाल की

तरह पतली नहीं, जैसी उस परिवार के लोग पसन्द करते थे। मिर्च-मसाला भी वह सब्जी में बहुत कम डालती। दाल को सिर्फ हींग और जीरा से छौंक देती। पूड़ियाँ वह जरूर अच्छी बेलती थी, पर वे भी बड़ी-बड़ी और मोटी-मोटी होती थीं। हलवा उसका अच्छा होता था, पर उसमें भी खोआ, मलाई, दूध, मेवा-मिश्री डालना उसे नहीं आता था। पर पेशकारिन में असीम धैर्य था, उन्होंने कहा था :

"आप घबराइए नहीं...आप गाँव-देहात की रहनेवाली हैं, मोटा-झोटा खाने की आप लोगों की आदत है। यहाँ का खाना बड़ा महीन होता है, रच-रचकर बनाया जाता है। घी, तेल, मसाला, मेवा-मिश्री, दूध-मलाई का यहाँ बहुत खर्च है। मैं आपके साथ लगूँगी, आपको बताऊँगी। रसेदार सब्जी जब आप बनाने लगें तो मुझे जरूर बुला लें। आप होशियार हैं, सब सीख जाएँगी। मिर्च यहाँ बहुत खाई जाती है, कड़वी सब्जी होने पर भी लोग सब्जी में अलग से बूकी लाल मिर्च डालते हैं। आप अपने लिए और बच्चों की बूढ़ी दादियों के लिए अलग सादा सब्जी बना लिया कीजिए...।"

और सचमुच पेशकारिन उसके साथ लगी रहतीं। हर चीज का अन्दाज वह बताती जातीं बाहर से ही। रसोई में वह खुद नहीं घुसती थीं। अगर मन्नीलाल या बच्चों के लिए कुछ बनाना होता तो वे अलग बरामदे में ईंट जोड़कर चूल्हा बनवा लेतीं और सामान तैयार करने लगतीं। सुन्नर पांडे की पतोह तब रसोई में अपने हाथ से तैयार किया हुआ सामान ही खाती थीं। उसकी रसोई में बड़ी सफाई रहती थी और उसे सफाई से परोसना, खिलाना और स्वयं खाना पसन्द था।

पर परेशानी उस समय उत्पन्न होती जब कोई लड़का जूता-चप्पल पहनकर रसोई में मना करने पर भी घुस जाता। इस पर वह हँसने लगती। उस जून उसका खाना नहीं हो पाता। वह न किसी से कहती और न दोबारा अपने लिए कुछ बनाती। यदि कोई पूछता 'आपने खा लिया महराजिन ?' तो वह मुस्कुराकर स्वीकृति में सिर हिला देती। लेकिन जब एक दिन पेशकारिन को यह मालूम हुआ तो वह बच्चों पर बहुत बिगड़ीं और उन्होंने सख्त हिदायत कर दी कि कोई रसोई में घुसने न पाए। सुन्नर पांडे की पतोह से भी पेशकारिन ने हँसते हुए कहा :

"बच्चे हैं, बुद्धि नहीं होती, बुरा न मानिएगा। बच्चों की छूत मानी भी नहीं जाती। खैर, ऐसी कोई बात हो जाए तो भूखी न रहिए, मुझे बता दीजिए, मैं बाजार से देशी घी की पूड़ी और मिठाई मँगा दूँगी। फल आ जाएगा। आप भूखी रहेंगी तो मुझे बड़ा कष्ट होगा। इतना खाना बनता है, इतना बर्बाद होता है, क्या आप ही के लिए कुछ नहीं आ सकता ?"

पेशकारिन के इस सद्व्यवहार पर वह निहाल हो जाती। सबका कितना ख़याल रखती थीं पेशकारिन। व्यवहार ही इंसान को इंसान बनाता है, एक सास अतिराजी का व्यवहार था और एक पेशकारिन का व्यवहार है। वह उसकी सास की उम्र की नहीं हैं, उससे काफी छोटी हैं, यह बात दूसरी है कि अधिक बच्चे होने से उम्र अधिक लगती है। सुन्नर पांडे की पतोह डटकर मेहनत करती। सवेरे चार बजे ही वह उठ जाती और

सबके उठने तक नहा-धोकर, पूजापाठ करके तैयार हो जाती। फिर जो नाश्ता और खाने का सिलसिला शुरू होता तो उसका अन्त ही नहीं होता। नाश्ते में पूड़ी-सब्जी, पराठा-सब्जी सामान्यतः चलती थी, पर कई लोगों को यह सब पसन्द नहीं था, खास तरह से लड़के बड़ा उपद्रव खड़ा कर देते। किसी को दूध के साथ चिउड़ा का नाश्ता पसन्द था और कोई रोटी-घी और गुड़ का मलीदा खाने की फरमाइश कर देता। पेशकारिन की बड़ी लड़की सुरसती रोज पराठे के साथ पकौड़ी खाना चाहती और मझले लड़के दीनानाथ को जब तक सत्तू-घी-चीनी के लड्डू न मिल जाते, वह चिल्ला-चिल्लाकर आसमान फाड़ने लगता।

जब खाना बनने लगता तो पेशकारिन की देवरानियाँ अपने लड़कों को भेजकर या स्वयं नीचे आकर जल्दी-जल्दी थाली में चावल और अधपकी दाल परोसवा कर ले जातीं और अचार के साथ डटकर भोजन कर लेतीं। पर वह भोजन भी नहीं था, बल्कि नाश्ते की क्षतिपूर्ति था। बाबा रे, ऊपरवालियों को नाश्ता कितना कम मिलता है, उसी पर सन्तोष किया जाए तब तो भूखों मरने की नौबत आ जाएगी। वहाँ तो भंडार है, लड्डू, पकवान सब भरे रहते हैं, दिन-भर उनके लड़के खाते रहते हैं, ऊपरवालियों के लड़के तो देखते रह जाते हैं। यह भी कोई न्याय है ! भोजन तो एक-डेढ़ बजे तक मिलता है, वह भी नीचे उतरकर न जाओ तो कोई बुलाए भी नहीं।

इस तरह चावल की बड़ी बटलोई दो बार तो जरूर ही चढ़ती थी। कभी-कभी दाल और सब्जी भी दो बार बनती थी। ऐसा नहीं था कि लोग एक जगह चौके में बैठकर खा लें। सभी परोसवाकर अलग-अलग ले जाते थे। कोई आँगन में खा रहा है, कोई चारपाई पर बैठकर। लड़के-बच्चे तो जीने पर ही बैठ जाते, जहाँ गर्द उड़ती रहती। ऊपरवालियाँ अक्सर खाना ऊपर मँगवा लेतीं अथवा स्वयं ले जातीं। भोजन के बाद अक्सर थाली में ही हाथ-पैर-मुँह धो लिया जाता और अगर कुल्ला करना होता तो कमरे में ही एक कोने में कुल्ला कर लिया जाता। कमरे में थूकना तो मामूली बात थी। परिवार का हर व्यक्ति, स्त्री, पुरुष और बच्चा जब और जहाँ इच्छा होती, एक ओर थूक देता। सुन्नर पांडे की पतोह को यह सब देखकर उबकाई आने लगती। आँगन तो वह खुद पानी गिराकर झाड़ू से साफ कर देती, पर कमरों को धोना उसके लिए सम्भव नहीं था।

पेशकारिन को छोड़कर अन्य औरतें तथा बच्चे कोई काम ही नहीं करते। हर काम के लिए नौकर को दौड़ाया जाता और जब नौकर न होता तो सुन्नर पांडे की पतोह से फरमाइश की जाती। 'महाराजिन जरा एक गिलास पानी दे दीजिए।' 'महाराजिन जरा यह साड़ी अलगनी पर पसार दीजिए।' 'महाराजिन जरा खाने की थाली ऊपर पहुँचा दीजिए।' काम की कमी नहीं थी और सुन्नर पांडे की पतोह किसी काम से इनकार नहीं करती थी। वह सोचती कि जब इसी घर में उसका पालन-पोषण हो रहा है तो यह उसका घर ही हुआ। यही लोग रिश्तेदार हैं, यही माँ-बाप हैं, यही सब कुछ हैं। दिन-रात काम में लगी रहने से उसे सन्तोष तो मिलता ही था, साथ ही वह अपने दुःख को भूली रहती।

इस परिवार की औरतें और बच्चे रात में बहुत डरते थे, खास तरह से भूत-प्रेत से। जरूरत पड़ने पर कोई रात में अकेले निकलता ही न था। रात-विरात जरूरत होने पर बाथरूम में कोई अकेले घुसता ही नहीं था। बाहर ही आँगन के किसी कोने में जल्दी-जल्दी जरूरत पूरी कर ली जाती। कभी-कभी सुन्नर पांडे की पतोह को किसी बच्चे के साथ भेजा जाता। वह नाक पर आँचल लगाए कुछ दूर खड़ी रहती और जानेवाला भीतर न जाकर बाहर ही निपटने लगता। गनीमत की बात यही थी कि टॉयलेट आँगन के एक छोर पर कुछ दूरी पर था और एक गुसलखाना सीढ़ी के पास भी।

महीने-पर-महीने बीतने लगे। मन्नीलाल पेशकार थोड़ा ठिगने पर बड़े सुन्दर थे। खूब शौक से रहते। पैसे की उनके पास कमी नहीं थी। गाँव में जमीन-जायदाद थी, चलते-पुरजे पेशकार होने से कचहरी में भी खूब पैसा पीटते। मुकदमे के दौरान दोनों फरीकों में समझौता करा देना, किसी अभियुक्त का, प्रभावशाली अधिकारियों से सम्पर्क करा देना, नए-नए वकीलों को अपने अनुभवों का लाभ देते हुए उचित सलाह देना, कोई मजमून तैयार कर देना—ये ऐसे दुर्लभ गुण थे, जिनसे वह मालामाल होते जा रहे थे।

सुन्नर पांडे की पतोह को मन्नीलाल पेशकार से बड़ा डर लगता। उनकी आँखें बड़ी-बड़ी और भँवरा की तरह थीं, जिनमें वह सुरमा लगाते थे। पैसा कमाने के अलावा उन्हें बाल-बच्चों और घर-गृहस्थी से कोई खास मतलब नहीं रहता था। अधिकतर वह बाहर ही रहते। दिन में कचहरी में और शाम को नाश्ता और जल्दी खाना खाकर बाहर निकलते तो बारह बजे से पहले नहीं आते थे। सुन्नर पांडे की पतोह उनके सामने भरसक नहीं जाती थी, किन्तु अचानक कभी ऐसा अवसर आ जाता तो उसको वह इस तरह घूरते थे कि वह भीतर तक काँप उठती थी।

ऊपर रहनेवाली औरतों में मन्नीलाल तथा उनकी पत्नी के प्रति असन्तोष सुलगता रहता था। यह स्वाभाविक था, क्योंकि उनके पति बहुत कम कमाते थे और संयुक्त परिवार के संचालन में उनकी भूमिका नगण्य थी। और इसीलिए उन्हें हीन-दीन बनकर और दबकर रहना पड़ता था। कभी खुसुर-फुसुर सुनाई भी दे जाती, पर सुन्नर पांडे की पतोह उस ओर कान नहीं देती। यह सब इनके परिवार का मामला है, उससे क्या मतलब ?

एक दिन ईर्ष्या-द्वेष और प्रतिहिंसा के उबाल में अन्य कई बातें सामने आ गईं। मन्नीलाल पेशकार रात को घूम-घामकर लौटते तो अपने साथ रबड़ी या मिठाई या रसगुल्ला जरूर लाते। पर एक रात जब पेशकारिन उठीं तो नींद में रबड़ी के बजाय छोटी-सी कटोरी में रखा चूना ही चाट गईं। चूना उन्होंने स्वयं पकाकर रखा था, पर उन्हें नींद में खयाल ही न रहा कि रबड़ी किसी दूसरी जगह रखी हुई है। इसका परिणाम बड़ा ही कष्टकारी हुआ। दूसरे दिन उनका मुँह फूल आया। होंठ खूब मोटे हो गए। अन्दर पेट और छाती में भयंकर जलन होने लगी। वह 'मैया रे' 'मैया रे' चिल्लाती जातीं और उनकी आँखों से आँसू गिरते जाते। पेशकारिन की तकलीफ देखकर सुन्नर पांडे की पतोह का जी छटपटा गया। वह कभी भीतर जाती और कभी बाहर।

पर घर की औरतों पर जैसे कोई असर ही नहीं हुआ। मन्नीलाल की दोनों चाचियाँ आकर देख गईं। उन्होंने सिर्फ इतना ही कहा, 'धीरे-धीरे ठीक हो जाएगा' और इसके बाद वे ऊपर जाकर बैठ गईं। देवरानियाँ तो देखने भी नहीं आईं। पेशकारिन के लड़के और लड़कियाँ जरूर उदास थे। सबसे अचम्भे की बात तो यह थी कि मन्नीलाल ने भी उस ओर खास ध्यान नहीं दिया। सुन्नर पांडे की पतोह दिन-भर उसके पास आ-आकर बैठ जाती। कई बार उसने दूध ठंडा करके उसे पिलाया। पेशकारिन के हाथ-पैर और सिर में चमेली का तेल लगाया। वह जब तक रहती उसके पंखा झलती रहती, उसे आश्वासन देती और स्वयं उसके दुःख में आँसू बहाती रहती।

शाम को पेशकारिन की तबीयत में कोई खास सुधार नहीं हुआ तो शाम को मन्नीलाल के कचहरी से आने पर उससे रहा नहीं गया। वह मन्नीलाल के पास जाकर घूँघट आगे निकालकर सिर नीचे करके धीरे से बोली, "बाबूजी, मलिकाइन की हालत ठीक नहीं है...किसी डॉक्टर को दिखलाना ठीक होगा..."

मन्नीलाल चौंक उठे, "डॉक्टर ? ठीक है...ऐसी तो कोई बात नहीं थी...क्या कहा जाएगा डॉक्टर से ?"

बहुत ही धीरे-धीरे वह बोल रहे थे। वस्तुतः वह शरमा रहे थे, इसीलिए डॉक्टर को नहीं बुलाया था और यह उम्मीद लगाए हुए थे कि सब कुछ ठीक हो जाएगा।

"दिखा देना ही ठीक होगा बाबूजी..."

आखिर डॉक्टर बुलवाया गया। डॉक्टर के आते ही मन्नीलालजी वहाँ से नौ-दो ग्यारह हो गए। सुन्नर पांडे की पतोह पेशकारिन की दोनों चचिया सासों को बुला ले आई थी, जिन्होंने डॉक्टर को घुमा फिराकर सभी बातें बताई थीं। डॉक्टर ने ठीक से परीक्षा की और आश्वासन दिया कि दो-एक दिन में सब कुछ ठीक हो जाएगा। चूना कच्चा होता तब तो बहुत नुकसान करता, गनीमत की बात यही थी कि उसे कई दिनों तक भिगोया गया था। घबराने की कोई बात नहीं है, दवा खाते ही काफी आराम होगा।

पेशकारिन की देवरानियाँ तथा चचिया सासें मन-ही-मन बहुत नाराज थीं। डॉक्टर बुलवाने का भी उन्होंने बुरा माना था। अच्छा तो यह होता कि वह कुछ दिन तक और भोगती। बड़ी अनीति फैला रखी है इसने ! सारे खानदान को चौपट कर रखा है। उमर ढल गई है, पर अब भी रबड़ी-मलाई खाती रहती है। शर्म नहीं आती। बाल-बच्चों पर क्या असर पड़ेगा इसका ? मरद को तो भेड़ा बनाकर रखा है इसने। भगवान ने अच्छा दंड दिया था इसको ! मुँह इसी तरह फूला रहता तो बड़ा अच्छा होता। इतने पर भी सारी मान-मर्यादा खत्म तो हो गई इसकी, अब किसी से आँखें मिलाकर बात नहीं कर सकती। अभी तो यह शुरुआत है, आगे भगवान इसको ऐसा दंड देंगे कि इसको नानी-दादी याद आ जाएगी। इसको तो एक दिन कोढ़ फूटेगा, इसका शरीर गल-गल जाएगा ! बड़ा घमंड है न इसको रुपए-पैसे का, सारा घमंड मिट्टी में मिल जाएगा...।

ऊपर इस तरह की निन्दा खुलेआम होती थी। इसी सिलसिले में मन्नीलाल की भी बड़ी निन्दा हुई और सुन्नर पांडे की पतोह को ऐसी कई बातें मालूम हुईं जो वह

नहीं जानती थी। पक्के स्वार्थी हैं मन्नीलाल। उन्हें केवल अपने शरीर और अपने सुख का ध्यान रहता है, उन्हें यह परवाह नहीं है कि उनके बच्चे कैसे रह रहे हैं और उसके छोटे भाइयों के परिवार और उनकी चाचियाँ कैसे जीवन बिता रही हैं। सब कुछ पेशकारिन पर छोड़ रखा है, जो सबको तलती-भूनती रहती हैं। उन्हें तो चौबीस घंटे अपनी मौज-मस्ती की चिन्ता रहती है। गाँव में इतनी जगह-जमीन है, पर छोटे भाई और उनके परिवारजन उसका एक पैसा भी नहीं जानते। बेचारे कलकत्ता में किसी तरह गुजर-बसर करते हैं और उनके परिवारजन हर चीज के लिए तरस जाते हैं।

सुन्नर पांडे की पतोह को यह भी मालूम हुआ था कि मन्नीलाल को दूसरों के खेत चरने का बड़ा शौक है। आदमी बूढ़ा होने को आ गया, पर जवानों के कान काटता है। कैसे बढ़िया कपड़े पहनता है। उसके सामने उसके भाई गँवार देहाती या नौकर-चाकर की तरह लगते हैं। कपड़ों से सेंट-इत्र की खुशबू आती रहती है। जवानी में ही कोठे पर जाने का चस्का लग गया था, जो अब भी बरकरार है। जरीना नामक वेश्या तो उन्हीं के नाम पर जीती रही, उन्हीं की होकर रह गई थी। उसने अपना मोहल्ला तो नहीं छोड़ा पर पेशा अवश्य छोड़ दिया था। मन्नीलाल जीवन-भर उसका खर्चा शान से चलाते रहे, उससे जो लड़का हुआ उसे बी.ए. तक पढ़ाया और अब उसकी नौकरी लगा दी है, जो राशनिंग इंस्पेक्टर बनकर ठाट की जिन्दगी व्यतीत कर रहा है।

घर पर शौकीन बीवी, शहर में खूबसूरत जरीना, पर मन्नीलालजी की मस्ती का अन्त नहीं रहता था। किस तरह कोई नई चिड़िया फँसे, इसी की फिराक में वह हमेशा रहते थे। घर में नौकरानी वह जवान और खूबसूरत औरतों को ही रखते थे। यह पक्का विश्वास था कि औरतों का काम सिर्फ पुरुषों को सुख देना, उनकी सेवा करना और बच्चे पैदा करना है। और जितना कोई धनी, शक्तिशाली और प्रभावशाली होगा उतनी ही खूबसूरत औरतें उस पर पतंगों की तरह जान देने के लिए दौड़ी चली आएँगी। इधर शरीर में वह शक्ति नहीं रह गई थी, और पूजा-पाठ की तरफ भी उनका झुकाव हो रहा था, पर बीच-बीच में उनकी रसिकता बेहद उछाल मारती रहती थी।

पिछले एक-डेढ़ साल से वह आधा घंटा सवेरे और आधा घंटा शाम को पूजा के लिए आसनी पर बैठते थे। वह रामायण का पाठ तथा आरती 'जय जगदीश हरे' का भजन गा-गाकर सम्पन्न करते थे। कोठेवालियों का संगीत सुनने के वे बेहद शौकीन रहे थे तथा दूसरों से वह स्वयं मीठे स्वर में बात करते थे, पर पूजा-पाठ के समय जब वह गाते तो ऐसा प्रतीत होता कि वह किसी कुत्ते को दुरदुरा रहे हैं। इसके बाद वह बेहद प्रसन्न होते थे और अपनी किसी चाची या पत्नी और कोई न मिला तो नौकर से ही भगवान की महिमा के बारे में गद्गद होकर दो-चार मिनट बात करते थे। तब ऐसा लगता कि उन्होंने अपना समस्त जीवन ईश्वर को ही समर्पित कर दिया है।

यह सब सुनकर सुन्नर पांडे की पतोह को बड़ी घबराहट हुई थी। उसकी इच्छा हुई थी कि वह इस घर से भागकर अन्यत्र चली जाए। पर कहाँ ? इसके अलावा और कहीं उसका ठिकाना भी तो नहीं था। फिर पेशकारिन का उसके साथ व्यवहार बहुत

अच्छा था। पेशकारिन को वह किसी भी हालत में खराब नहीं कह सकती थी। ऊपरवालियों के साथ भी उनका व्यवहार ऐसा नहीं था कि उनकी आलोचना की जा सके। वह तो सबका ही खयाल रखती थीं। ऊपरवालियों का ही सुलूक अच्छा नहीं था, जो हमेशा उनसे जलती रहती थीं और उनके खिलाफ एक वातावरण तैयार करती थीं।

पेशकारिन दो-तीन दिन में अच्छी हो गई थीं। वे बहुत लजाई हुई रहती थीं। ऊपरवालियों ने यह घटना पड़ोस में किस उपाय से फैला दी थी, यह कोई जान नहीं पाया। इसके बाद तो अनेक पड़ोसिनें पेशकारिन का समाचार लेने आईं।

''सुना है, बहिनजी, आप बीमार थीं...।''

''अरे नहीं, कोई खास बात नहीं थी। किसने कहा ?''

''किसी ने कहा नहीं। दो-तीन दिन तक आप दरवाजे पर दिखाई नहीं पड़ीं तो मुझे भी चिन्ता हुई कि क्या बात है। क्या करूँ, मेरी भी तबीयत ठीक नहीं रहती। दूध, मक्खन, मलाई-रबड़ी हजम नहीं होती। कल रात में दूध की मलाई उतारकर खा ली थी तो आज दिन-भर गला जलता रहा और खट्टी डकार आती रही, दवा तो ले रही हैं न आप ?''

''मुझे कुछ हुआ नहीं था, सिर में जरा दर्द था, मैंने तो बहुत मना किया था, पर ये लोग मानते नहीं। रुपया-पैसा एफरात का है तो इसका मतलब यह तो नहीं कि उसे लुटाते फिरो। पास-पड़ोस के लोग जिस तरह से रहते हैं उस तरह रहना चाहिए। लोग तो घर में कोई मर रहा हो, तब भी डॉक्टर नहीं बुलाते। हमेशा रुपया बचाने की फिराक में रहते हैं। उधार से काम चल जाए तो सबसे अच्छा ! यहाँ के लोग तो जितना घर के लोगों का ध्यान रखते हैं उतना ही मोहल्ले-टोले के लोगों का भी...।''

इसमें कोई सन्देह नहीं कि पास-पड़ोस की औरतें जरूरत पड़ने पर पेशकारिन से उधार लेने के लिए पहुँच जातीं। उसी की ओर इशारा करके पेशकारिन ने ऐसा रामबाण डोज दिया कि पड़ोसन फौरन उठ खड़ी हुई, ''अच्छा तो चलूँ, घर में बड़ा काम पड़ा है...।''

पेशकारिन का पक्का विश्वास था कि यह ऊपरवालियों का काम है। उन्होंने सुन्नर पांडे की पतोह से बार-बार पूछा था, पर उसने सब कुछ जानते हुए भी कोई बात बताई नहीं। वह उधर की बात इधर और इधर की बात उधर भूलकर भी नहीं करती थी। किसी की शिकायत करने की उसकी पहले भी आदत नहीं रही। पेशकारिन की तो वह कृतज्ञ थी, फिर भी वह कुछ ऐसा कहना और करना नहीं चाहती थी, जिससे पेशकारिन को दुःख हो और घर में कटुता का वातावरण पैदा हो।

फिर कुछ दिनों बाद सब कुछ पहले जैसा ही चलने लगा। जहाँ लोग रहते हैं यहाँ सुख-दुःख, प्रेम-घृणा, हँसना-रोना, खुशी-गमी, आशा और हताशा सब कुछ चलता रहता है। कभी किसी का पलड़ा भारी पड़ता है और कभी किसी का। लोग लड़ते-झगड़ते हैं, फिर बाद में मजबूरी में समझौता भी कर लेते हैं। सहसा रिश्तों को तोड़ देना इतना आसान नहीं होता। चीजें इकट्ठी होती रहती हैं और जब परिस्थितियाँ परिपक्व हो

जाती हैं तो रिश्ते टूट भी जाते हैं। मन्नीलाल के छोटे भाई उम्र में तो उनसे काफी छोटे थे ही, आर्थिक रूप से भी इतने कमजोर थे कि औरतों के चाहने पर भी रिश्ता टूट नहीं पाता। परिणामस्वरूप उनको घुटन में ही जीवन व्यतीत करना पड़ता था। इसके लिए पेशकारिन का उतना दोष नहीं था, जितना परिस्थितियों का। पेशकारिन चाहते हुए भी वह रिश्ता तोड़ नहीं सकती थीं। दोनों छोटे भाई अपने बड़े भाई की बड़ी इज्जत करते थे और मन्नीलाल भी ऐसी बातों पर ध्यान नहीं देते थे। जितना उनसे हो पाता था, वह भाइयों के लिए करते ही रहते थे, और जिस दिन भाई लोग जमीन-जायदाद और मकान में अपने हक माँगेंगे, वह सहर्ष बँटवारा कर देंगे—इसके सम्बन्ध में उनका विचार एकदम स्पष्ट था।

ऐसे घुटन-भरे माहौल में जब परिवार पर कोई बहुत गम्भीर दुःख पड़ता या खुशी-उत्सव का अवसर उपस्थित हो जाता तो वे सभी सुख या दुःख में मिल-जुलकर हिस्सा लेते। खुशी के अवसर पर वे अपने को उन्मुक्त छोड़ देते। ऐसे अवसरों पर खूब हँसी-खुशी होती, मजाक चलते, नाच-गाना होता, शौक के बढ़िया कपड़े पहने जाते, खूब खाना-पीना होता। इसी तरह गमी में वे खूब रोते और मातम मनाते। ऐसे अवसर उनको घुटन से बाहर निकालते थे और वे इंसानियत के निकट पहुँच जाते थे। और जब ये अवसर बीत जाते तो वही पहलेवाला घुटन-भरा माहौल लौट आता। वे इंसानियत से दूर होते जाते और उन्हें लगता कि उनके हृदय पर किसी भारी पत्थर का बोझ रख दिया गया हो।

परिवार के उत्सवों ने सुन्नर पांडे की पतोह को पेशकारिन के बहुत निकट ला दिया। मेहनत तो वह सदा ही करती थीं, पर हँसी-खुशी के अवसर पर उसकी खुशी देखने लायक होती। पेशकारिन या किसी औरत को बच्चा होता तो वह ऐसे-ऐसे सोहर गाती और नाचती कि औरतें देखती ही रह जातीं। गाने के समय वह ढोलक खुद सँभालती थी और तब सारे वातावरण में उसकी चिकनी, मीठी स्वर-लहरी तैरने लगती। साथ में वह सिर हिला-हिलाकर ढोलक बजाती :

कुदरबेट, कुदरबेट
कुदरबेट, कुदरबेट...

और पेशकारिन के बड़े लड़के की शादी में तो उसने हद कर दी। जब बारात चली गई तो रात में औरतों का जश्न हुआ था जिसे जलुआ (जल्वा) कहा जाता था। उसने थाली और बताशे पर ऐसे नाच दिखाए कि सभी खुशी से स्तब्ध रह गईं। पता नहीं यह प्रतिभा उसमें कहाँ छिपी रही थी। सास के शासन में तो उसका जीवन रोते-रोते ही बीता था। जब कभी शादी-ब्याह का कोई मौका भी आया तो वह मन मारकर बैठी रहती, क्योंकि अतिराजी सदा उसे गुस्से से घूरती रहती थी। यह सब उसे अपनी माँ से मिला था और जितना वह जानती है, वह सब माँ ने ही सिखाया था। यहाँ पेशकारिन उसे खूब उत्साहित करती थीं, जिससे वह खूब जोश-खरोश से भाग लेती थी।

'जलुआ' की रात को वह वैद बनी थी। उसने तोंद के लिए पेट पर खूब कपड़ा

लपेट लिया था। कालिख से मूँछें बनाई थीं। ऊपर से उसने कुर्ता और धोती पहन ली। पोशाकें पेशकारिन के बड़े लड़के की थीं, जिन्हें पेशकारिन ने लाकर दी थीं। सिर पर उसने घर में रखी मन्नीलाल की एक पुरानी हैट पहन ली। फिर छड़ी लेकर तथा कन्धे पर बड़ा-सा झोला टाँगकर वह घर, रिश्तेदारी तथा पड़ोस की औरतों द्वारा आँगन में बनाए गए वृत्त के अन्दर-अन्दर घूमने लगी।

घूम-घूमकर वह जोर-जोर से चिल्लाती जाती थी, "वैद ! वैद ! सिरदर्द, कमर दर्द, हर तरह का दुखरोग, सुख रोग, मनरोग छू मन्तार हो जाय ! जिसको रोग हो और जिसको न हो, सभी को फायदा। हर रोग का इलाज तुम्बी। चाहे खाज-खुजली हो, चाहे दीनाय, चाहे ज्वर हो, चाहे बतास, चाहे पेट जलता हो चाहे दिल, हर रोग का इलाज तुम्बी। वैद, वैद...।"

इसके बाद घेरे में से एक औरत (पेशकारिन की बड़ी देवरानी) उठकर आती है और पूछती है, "हे वैद जी, हर रोग की दवा है आपके पास ?"

"है !"

"कहाँ से वैदकी सीखी है ?"

"सात समुन्दर पार से।"

"साथ में चलेंगे ?"

"चलेंगे।"

"हर किस्म के दर्द की दवा है ?"

"है।"

वह वैद को अपने साथ ले जाती है। इसी बीच पेशकारिन की छोटी देवरानी वृत्त के एक छोर पर जमीन पर लोटकर कराहने लगती है। वैदजी वहाँ पहुँचकर उसकी परीक्षा करते हैं, फिर सिर से पैर तक जगह-जगह इशारा करते हुए पूछते जाते हैं :

"यहाँ दर्द है ?"

"नहीं, यहाँ है।"

"यहाँ है ?"

"नहीं, यहाँ है।"

"यहाँ है ?"

"नहीं, यहाँ है।"

"यहाँ है ?"

"नहीं, यहाँ है।"

इसके बाद बड़ी देवरानी गुस्से में कहती है, "ऐ वैद के नाती, झोला झक्कड़ लेकर चलता बनो। तुमसे इसका रोग अच्छा नहीं होगा। तुम यह भी नहीं समझ सकते कि दर्द कहाँ है ? इसका रोग कोई झाड़नेवाला ही दूर कर सकता है। किसी झड़वैया को जानते हो ?"

"जानता हूँ।"

"तो जाओ, ले आओ किसी झड़वैया को...।"

फिर वैदजी किसी झड़वैया को ले आते हैं। झड़वैया एक खूबसूरत नौजवान है, जिसका अभिनय पड़ोस की एक सुन्दर नई बहू ने किया था। वह मुँह पर एक हल्की मूँछें लगाए हुए थी। पोशाक उसकी पैंट और कमीज थी। मुँह में उसके काग़ज की बनाई हुई कृत्रिम सिगरेट लगी हुई थी।

इस नौजवान के झाड़ने-फूँकने से मरीज फौरन अच्छा होकर खड़ी हो जाती। झड़वैया को देखकर वह बहुत प्रसन्न होती है। फिर उन दोनों की शादी के किस्से का नाटक होता है। इसके बाद बहू उतारने का और फिर बच्चा जनने का ऐसा रोचक प्रहसन होता है जिसमें दोनों चचिया सासें तथा पेशकारिन भी भाग लेती हैं। यह सब देखकर दर्शक औरतें लोट-पोट हो जाती हैं। ही-ही-ही-ही-ही-ही...।

इसके बाद पुनः नाच और गाना होता है। कत्थक से लेकर धोबियानाच तक। गाने में भी नेतृत्व सुन्नर पांडे की पतोह के पास रहता है। वैसी मीठी और बुलन्द आवाज में कोई गा ही नहीं पाता। गाने भी उसको एक-से-एक याद हैं। इन्हीं दिनों वह 'इलाहाबाद की लड़की बड़ी शौकीन होती है,' वाला गाना भी जरूर ही गाती थी जिससे एक विचित्र समा बँध जाता था।

इन सभी कार्यक्रमों की वजह से घर में और पास-पड़ोस में उसकी लोकप्रियता बढ़ गई थी। सभी उसे अचम्भे से और मुस्कुराकर देखतीं। उससे हँस-हँसकर बातें करतीं। इससे उसमें आत्मविश्वास भी आ गया था। पेशकारिन तो सहेली और सलाहकार की तरह उसके साथ व्यवहार करने लगीं। वह सोचती पता नहीं पेशकारिन पिछले जन्म की उसकी क्या थी ! लेकिन जल्दी ही पहली बार उस परिवार में उसके मन को बड़ी चोट पहुँची।

शादी के बाद सभी रिश्तेदार चले गए थे। एक दिन पेशकारिन की बड़ी देवरानो नीचे गुसलखाने में नहाकर ऊपर आई तो हाथ की अँगुली में सोने की अँगूठी न देखकर घबरा गई। कहाँ गई वह अँगूठी ? उसे पहले तो कुछ याद ही नहीं आया। इधर ताकों, आलमारियों पर देखा, पर अँगूठी कहीं दिखाई नहीं पड़ी। तब उसे याद आया कि गुसलखाने में साबुन से बचाने के लिए उसने अँगूठी निकालकर वहाँ के ताक पर रख दी थी और जब वापस आई तो फिर पहनना भूल गई थी। इतना सोचकर वह दौड़ी-दौड़ी नीचे गुसलखाने में गई, पर वहाँ अँगूठी न देखकर उसका कलेजा 'धक' कर गया। वह उत्तेजित होकर अपनी जेठानी के पास गई और क्रोध से लटपटाती आवाज में बोली :

"यह अँगूठी से कौन मजाक है, भाभीजी ? सोने की इतनी मोटी मेरी अँगूठी थी। नहाते समय निकालकर गुसलखाने में रख दी थी, ऊपर जाते समय पहनना भूल गई। पर गुसलखाने में अँगूठी नहीं है। लड़कों-बच्चों से पूछना ठीक नहीं समझती, इसीलिए आपके पास आई हूँ..."

"कैसी बात करती हो दुल्हिन ? तुम हमेशा टेढ़ी बात करती हो। लड़के-बच्चों ने आज तक तुम्हारी कोई चीज नहीं छुई तो आज क्या छुएँगे ? मैं तो यही कहूँगी कि

तुम पहले अपना ट्रंक-बक्सा सभी जगह खोज लो...''

''मैं सब देख चुकी हूँ। लड़कों ने न उठाई हो तो महाराजिन से पूछ देखिए। नौकर तो छुट्टी लेकर गया है और महरी कई दिनों से आ नहीं रही है। नातेदार-रिश्तेदार भी चले गए हैं...अब कौन लेगा ?''

''महाराजिन पर झूठा दोष न लगाओ ए, दुल्हिन। पाप पड़ेगा। कितनी बार तो उसने मेरे गहने और रुपए-पैसे इधर-उधर पाकर मुझे दिए हैं। इस घर की हर चीज का वह कितना खयाल रखती हैं। यह महाराजिन तो चरण धोकर पीने लायक हैं। तुम अपने सामानों में ठीक से ढूँढ़ लो, तब मुझसे बात करना...'',

'आप घर की मालकिन हैं, इसलिए आपसे कहा। जब आप ही बात नहीं सुनेंगी तो मैं ही इसका पता लगाऊँगी...'',

इतना कहकर वह पैर पटकती हुई चली गई। इसके बाद तो उसने जमीन-आसमान एक कर दिया। सभी लड़कों को बारी-बारी से बुलाकर पूछा। जब उनसे कोई सुराग नहीं मिला तो उसने कमरे में सुन्नर पांडे की पतोह को बुलाकर पूछताछ शुरू कर दी।

सुन्नर पांडे की पतोह बेहद डर गई। उसका चेहरा फक पड़ गया। उसने कसम खाते हुए कहा, ''अरे नहीं बहूजी, मैंने आपकी अँगूठी कहीं नहीं देखी है।''

''क्यों झूठी कसमें खाती हैं ? चुपके से बता दीजिए, मैं किसी से कुछ नहीं कहूँगी। आदमी कोई ईश्वर तो है नहीं, उसमें कभी-कभी लालच आ जाता है। बड़े-बड़े लोग गलतियाँ करते हैं। अभी कुछ नहीं बिगड़ा है, अभी तक हमारे-आपके बीच की बात है...बाद में मुझे दोष न दीजिएगा...।''

''क्यों मुझे दोष दे रही हैं बहूजी, जीवन-भर सच्चाई पर रही तो क्या यहीं आकर मेरी नीयत बिगड़ जाएगी ? मैं घर-द्वार छोड़ चुकी हूँ...मैं गरीब और बेसहारा हूँ, लेकिन यह सब मैं नहीं करती...''

''सत्यवादी हरिश्चन्द्र न बनो मेरे सामने। तुम लोगों की असलियत मैं खूब जानती हूँ। ऐसी ही सती-सावित्री रहती तो तुम्हारा पति तुम्हें छोड़कर चला जाता ? तुम्हें घर से निकाला जाता ? यहाँ के टुकड़ों पर पल रही हो पर नमकहरामीपन से बाज नहीं आती। सीधे-सीधे बता दो, नहीं तो मैं पुलिस को बुलाऊँगी...'',

''खबरदार बहूजी, मेरे पति और मेरे घर-खानदान की बात न कीजिए। आपने मुझे यहाँ नहीं रखा है। मेरी जबान से कुछ न कहलाइए। सौ बात की एक बात है कि मैं आपकी अँगूठी नहीं जानती...''

इतना कहकर वह अपने कमरे में जाकर रोने लगी थी। पेशकारिन तो अपनी देवरानी पर बहुत गुस्सा हुईं। उनका पक्का विश्वास था कि सुन्नर पांडे की पतोह अँगूठी नहीं ले सकती, लेकिन जब तक अँगूठी का पता नहीं लग जाता, वह किसी को कह भी क्या सकती हैं ? अन्त में उनको अपना गुस्सा अपने छोटे बच्चों पर ही निकालकर सन्तोष करना पड़ा।

पर यह मामला आगे नहीं बढ़ा। महाराजिन के जाने के बाद वह अँगूठी मिल गई।

गुसलखाने में वह जो धुली साड़ी ले गई थी, उसी की खूँट में उसने अँगूठी बाँध रखी थी। गुसलखाने में साड़ी बदलते समय उसे कुछ याद नहीं रहा था। जब वह चारपाई पर लेटी तो उसकी पीठ में कुछ गड़ने लगा। वह चौंककर उठ बैठी। जब हाथ पीछे ले जाकर उसने टटोला तो खूँट की अँगूठी उसके हाथ में आ गई। उसे सब कुछ याद आ गया। उसने खूँट खोलकर अँगूठी निकाल ली और इससे इतनी प्रसन्न हुई कि चुपचाप चारपाई पर लेटकर उसने आँखें बन्द कर लीं।

वह शाम तक सोई रही, खाना भी नहीं खाया, जैसे वह अपनी अँगूठी की वजह से बहुत नाराज हो। सुन्नर पांडे की पतोह जब नीचे आई थी तो उसका मुँह बड़ा गम्भीर था। जब वह पेशकारिन के पास रोज के खाने के बारे में पूछने गई तो उसकी आँखें नीची थीं।

"क्या बात है महाराजिन, ऊपरवाली ने कुछ कहा है क्या ? क्या बात है, साफ-साफ बताइए।" पेशकारिन उसका चेहरा देखकर झट ताड़ गई थी।

"कुछ नहीं, बड़ी बहूजी। ईश्वर ही सब कुछ जानता है। बस मैं आपसे यह विनती करूँगी कि मुझे छुट्टी दे दीजिए..."

"अरे, कैसी बात करती हैं ? मैं तो आपको कुछ नहीं कहती न ? आप पर मुझे पूरा विश्वास है। क्या कहूँ उसकी बुद्धि को ? छोटे दिल की है, कभी कुछ देखा नहीं, इसीलिए उसने ऐसा व्यवहार किया है। रहिए, मैं पूछूँगी...।"

"नहीं, बड़ी बहूजी, पूछने से कोई फायदा नहीं है। किस्मत ही मेरी खोटी है...।"

"अच्छा आप खुश मन से काम कीजिए। मैं आपको नहीं जाने दे सकती। मेरे रहते आपका कोई बाल बाँका भी नहीं कर सकता...।"

जब बड़ी देवरानी नीचे आई तो पेशकारिन ने क्रोध से मुँह फुलाकर उससे पूछा था, "अँगूठी का क्या हुआ, दुल्हिन ? मिली ?"

"मैं नहीं जानती...।" वह दूसरी ओर मुँह करके हँसने लगी।

"इसका मतलब है कि अँगूठी तुम्हारे पास थी, तुम जान-बूझकर यह सब नाटक कर रही थीं। यह तो बहुत गन्दी बात हुई। मैं कुछ बोलती नहीं तो इसका यह मतलब नहीं कि कुछ जानती भी नहीं। मैं सबकी नस-नस पहचाती हूँ। मैं साफ-साफ कहे देती हूँ, महाराजिन को कोई कुछ कहेगा तो ठीक न होगा। महाराजिन को मैंने खाना बनाने के लिए रखा था। उनको मैं क्या देती हूँ ? बहुत सस्ते में वह काम करती हैं। खाना के अलावा वह दूसरों के काम भी करती हैं। आगे उनसे कोई अपना काम न कराए ! ऊपर जिसको खाना ले जाना हो, वह खुद आकर ले जाए। जिसको पानी पीना हो वह खुद गिलास माँजकर और पानी भरकर पीये। जब वह यहाँ से चली जाएँगी तो सबको आटा-दाल का भाव मालूम होगा...,"

"आपकी महाराजिन है तो आप उसे लेकर चाटिए। मैं कमीनी की बच्ची होऊँगी कि आगे उससे कोई काम कहूँगी। हाँ, उसे मना कर दीजिए कि वह मुझसे न बोले, मुझसे कभी बोली तो मैं उसकी जबान खींच लूँगी...।"

इतना कहकर वह तेजी से वहाँ से चली गई। पेशकारिन का चेहरा तमतमाने लगा। क्रोध से उसकी आँखें चमकने लगीं। गुस्सा पेशकारिन की प्रकृति में नहीं था। धैर्य भी उसमें काफी मात्रा में था। वह हर चीज को सँभालने की ही कोशिश करती। पर उसकी देवरानी ने अपने व्यवहार से उसे बेहद उत्तेजित कर दिया था।

कुछ दिनों तक तनाव जारी रहा फिर सब कुछ पहले की तरह चलने लगा। सुन्नर पांड़े की पतोह मान गई थी। पेशकारिन ने अपनी देवरानी की गलतियों के लिए उससे क्षमा माँग ली थी। पर उसके दिल में एक ऐसा खटका समा गया कि वह कभी-कभी उदास हो जाती। वह समझ नहीं पाती थी कि ऐसी जिन्दगी उसकी कब तक चलेगी ? उसका मन कभी-कभी गाँव की ओर भागता, अपने मैके की ओर जाता, पति के साथ बिताए गए जीवन को अपने अन्दर दोहराता। कुछ देर तक वह खुश होती, फिर निराशा और दुःख की अँधेरी खाई में लुढ़कने लगती। वह बार-बार अपने से प्रश्न करती—क्यों जीवित है वह ? जीने की क्या जरूरत है उसे ? और इन्हीं क्षणों में उसे लगता कि झुल्लन पांडे उसे जरूर मिलेंगे। झुल्लन पांडे की वजह से ही वह मर नहीं पाती और उसमें जीने की ललक उत्पन्न हो जाती है। झुल्लन पांडे के प्रति उसका दिल अथाह दया और प्यार से भर जाता। इतने सुन्दर, सरल और सीधे व्यक्ति को अपने माँ-बाप की वजह से ही घर-द्वार छोड़ना पड़ा, अगर उनके साथ अन्याय न होता तो वह किसी भी हालत में उसे छोड़कर न जाते। नहीं, वह जीएगी, सिर्फ झुल्लन पांडे के लिए जीएगी, वह झुल्लन पांडे के लिए ही पैदा हुई थी और झुल्लन पांडे उसे जरूर मिलेंगे।

मन्नीलाल के यहाँ नौकरी के छठे वर्ष एक अजीब घटना घटित हो गई थी। पेशकारिन के तीन बच्चों को पढ़ाने एक पंडितजी आते थे, जो बगलवाले मकान की छत पर एक कमरा लेकर रहते थे। उनका कमरा पेशकार साहब के मकान की छत से लगा हुआ था, और अगर पंडित या इस घर का कोई चाहता तो आसानी से एक छत से दूसरी छत पर आ-जा सकता था। पंडित की उम्र चालीस वर्ष से अधिक नहीं थी। वह हाईस्कूल पास एक ऐसा बेकार नौजवान था जो नौकरी की परीक्षाएँ देते-देते कभी ओवर-एज हो चुका था और अब गाँव में बीवी-बच्चों को छोड़कर इस छोटे से कस्बे में कई जगह ट्यूशन करते हुए अपना और अपने परिवार का भरण-पोषण कर रहा था।

सुखदेव नामक उस ट्यूटर का शरीर बेहद हड्डीदार था। लम्बा, छरहरा और बेहद गोरा। चेहरा बन्दर की तरह गोल और छोटा, जिसमें कई हरी-हरी नसें दिखाई देती थीं। उसकी आँखें बड़ी-बड़ी थीं और उनमें एक किस्म का चग्घड़पन और लम्पटपन दिखाई देता था। वह पढ़ाने से अधिक आत्मप्रशंसा का काम करता था। नागपंचमी के आस-पास उसके किस्सों का विषय कुश्तियाँ होती थीं, जिनमें उसने भाग लेकर नामी पहलवानों को धराशायी किया था। होली के आस-पास वह हुड़दंग के किस्से सुनाता, जिनमें भाग लेकर उसने बड़े-बड़े अफसरों को छकाया था। भाँग वह धतूरे के साथ लोटा-लोटा भर पी जाता था, पर उस पर कुछ भी असर नहीं होता था। कई नामी गुंडों की उसने अकेले काफी पिटाई की थी। वह पहले कुछ नहीं बोलता, लेकिन जब यह

देख लेता है कि कोई गुंडा किसी लड़की के पीछे पड़ा है और उसको बहुत परेशान कर रहा है तो आखिर में मैदान में आ जाता है। उस गुंडे को ललकारकर वह पहले उसकी कनपटी पर ऐसा हाथ मारता है कि उसे गश आ जाता है। इतने से ही लोग गाय की तरह सीधे हो जाते हैं, थूककर चाटते हैं और पूँछ दबाकर भाग चलते हैं। अगर कोई इससे नहीं मानता और बम-पिस्तौल के साथ बाद में आता है तो उसे भी देख लिया जाता है ! एक बार तो उसने एक खूँखार गुंडे को इतना दौड़ाया कि वह डरकर बरसात की बढ़ी हुई नदी में कूद गया। बच्चू समझते थे कि बच निकलेंगे, पर वह स्वयं नदी में कूदकर उसको पकड़ने के लिए तैरने लगा। उसने चित्त, पट, खड़िया तैरकर उसे दूसरे किनारे पकड़ा। फिर उसके बाल पकड़कर उसे नाव में बिठाया था और वापस आकर उसकी खूब धुनाई करने के बाद उसे पुलिस के सुपुर्द कर दिया था। किसी लड़की के प्रति अन्याय तो वह बर्दाश्त ही नहीं कर सकता !

वह बाहर के बैठके में बच्चों को पढ़ाता था और सुन्नर पांडे की पतोह जब उसे चाय देने जाती तो वह उसकी बातें सुनती थी। उसकी समझ में नहीं आता था कि यह पंडित बच्चों को कब पढ़ाता है। वह सुन्नर पांडे की पतोह को जरा भी पसन्द नहीं था। वह जब चाय या नाश्ता लेकर उसके पास जाती तो वह आँखें फाड़-फाड़कर लालची की तरह उसे देखकर मुस्कुराने लगता था।

"वाह, आपके हाथ की चाय तो बड़ी मीठी होती है। मैं तो इसी का इन्तजार करता हूँ...।"

सुन्नर पांडे की पतोह सिर पर आँचल आगे सरकाकर उसके पास आती थी। उसकी बात से वह अपना चेहरा बेहद गम्भीर बना लेती थी और फौरन घूमकर वहाँ से चली जाती थी।

एक बार सुन्नर पांडे की पतोह से उसने मुस्कुराते हुए पूछा था, "एक आदमी का खाना है, आपको फुर्सत हो तो आधा घंटा मेरे यहाँ आकर मेरा खाना बना दिया कीजिए। मुँहमाँगा दूँगा—जो भी कहोगी...।"

सुन्नर पांडे की पतोह ने इसका कोई जवाब नहीं दिया था और गम्भीर होकर वहाँ से चली गई थी। उसकी इच्छा हुई कि वह सब पेशकारिन से कह दे, लेकिन फिर वह चुप लगा गई। पता नहीं पेशकारिन क्या सोचें। सम्भव है, पंडित को सचमुच भोजन बनाने में दिक्कत होती हो और उसका कोई गलत मतलब न हो। उसके बाद वह पंडित के सामने न जाती, चाय-वाय नौकर से भेजवा देती या किसी बच्चे के हाथ। इसके बाद कोई ऐसा मौका नहीं आया कि पंडित उससे बातचीत कर सकता।

लेकिन क्वार में नवरात्र शुरू होने के एक महीना पहले पेशकारिन ने सुन्नर पांडे की पतोह को अपने पास बुलाकर कहा, "एक समस्या आ गई है...।"

"क्या बात है बड़ी बहूजी।"

"क्या बताऊँ...उन लोगों को भी इसी समय कलकत्ता जाना है। देवर लोग आएँगे और वे दोनों बाल-बच्चों के साथ नवरात्र शुरू होते ही कलकत्ता चली जाएँगी। मैंने कहा

था कि हम लौट आएँ, तभी जाएँ। हमारा बहुत पहले से ही जाना तै है। दो बच्चों के बाल रखे हैं, उन्हें वैष्णव देवी को चढ़ाना है। दोनों अम्माजी लोग भी जाने की जिद्द किए हुए हैं। जब इतने लोग जाएँगे तो साथ में नौकर का भी रहना बहुत जरूरी है। और वैष्णव देवी जाकर कश्मीर न जाना भी ठीक न होगा। ठीक एक महीना बाद हम आ जाएँगे। इससे अधिक देर न होगी। क्या आप एक महीना अकेले रह पाएँगी ? घर पर भी किसी का रहना जरूरी है...इस बार रह जाइए, अगली बार जब चलेंगे तो आपको भी ले चलेंगे...।''

सुन्नर पांडे की पतोह गम्भीर हो गई थी। फिर सूखी मुस्कुराहट के साथ बोली, ''बड़ी बहूजी, मुझे कहीं जाने का शौक नहीं है। मैं तो आज यह सब सुन रही हूँ। औरत जात हूँ। यहाँ का सब ठीक से जानती भी नहीं हूँ। एक-से-एक कीमती सामान हैं, यहाँ कोई बात हो गई तो मैं तो मुँह दिखाने लायक नहीं रहूँगी...।''

''अरे कुछ नहीं होगा। पास-पड़ोस के लोग बड़े शरीफ हैं, हम सबसे कहकर जाएँगे। गहना और रुपए-पैसे दूसरी जगह भेजवा देती हूँ। वे लोग अपने गहने-वहने अपने साथ ले जा रही हैं। आप कोई चिन्ता न करें। कुछ न होगा, बस आप एक महीना रह जाइए। ऊपर सब बन्द कर दिया जाएगा। आप, नीचे आकर बाहरवाले बैठके में रहिएगा। सारा सामान रख जाती हूँ, किसी बात की दिक्कत न होगी। सब्जी महरी से मँगा लीजिएगा, वह आती रहेगी। अगर डर लगे तो स्टोव से बैठके में ही कुछ बना लीजिएगा...ठीक है न ?''

वह कुछ देर तक सोचती रही, फिर मुस्कुराकर बोली, ''आप जाइए बड़ी बहूजी, मैं रह लूँगी। किसी बात की चिन्ता न कीजिएगा। समय बीतते देर नहीं लगती...एक महीने का समय ही कितना होता है...।''

सवेरे ही वे लोग गए थे, और शाम को करीब सात बजे बाहर के दरवाजे पर दस्तक हुई। दरवाजा भीतर से बन्द था। वह जल्दी ही खाना बना चुकी थी, पर खाना अभी नहीं खाया था। उसने पहले कोई जवाब नहीं दिया और न दरवाजा ही खोला। पर दस्तक और जोर-जोर से होने लगी।

अन्त में वह दरवाजे के पास आकर बोली, ''कौन है ?''

''मैं हूँ...खोलिए. .।'' वह पंडित की आवाज थी।

''घर में कोई नहीं है। बच्चे-वच्चे सभी वैष्णव देवी गए हैं।''

''अरे...अच्छा खोलिए तो। एक जरूरी सन्देश देना है...।''

''आप बाहर से बता दीजिए अगर कोई खास बात हो तो...''

''बाहर से बताने लायक नहीं है ! आप खोल दीजिए...।''

वह कुछ नहीं बोली। तब फिर वह दरवाजा पीटने लगा। हारकर सुन्नर पांडे की पतोह ने भीतर की कुंडी खोल दी। दरवाजा खुलते ही वह बिजली की तीव्रता से बाहर आ गई। उसे देखते ही सुखदेव पंडित ने बहुत ही मीठे स्वर में कहा, ''अरे, आप बाहर क्यों आ गईं ? भीतर चली चलिए, इत्मीनान से बैठकर बताऊँगा। मुझसे तो किसी ने

कुछ बताया ही नहीं...बच्चों की बातों से भी कुछ अन्दाजा नहीं हुआ। बच्चों के छमाहीं इम्तहान का मामला है। कुछ पर्चे मालूम हो गए हैं; मैं उन्हें बताने आया था। ये पर्चे और किसी को नहीं मालूम हैं, मेरी पहुँच बहुत बड़े-बड़े लोगों तक है, आकर मुझे बता जाते हैं। तो चलिए भीतर...।''

''नहीं, आपको जो कुछ बताना हो यहीं बता दीजिए...।''

वह सुन्नर पांडे की पतोह को आगे झुककर इस तरह घूर रहा था, जैसे लपककर वह उसको पकड़ ही लेगा। बाहर अन्धकार था, जो कुछ उजाला था, वह सड़क की रोशनी का ही।

वह कुछ देर तक उसे घूरता रहा, मुस्कुराता रहा। फिर बोला, ''अरे आप कहाँ पड़ी हैं ? मैं आपकी बड़ी अच्छी जगह नौकरी लगा दूँगा। बड़े अफसर हैं सिंह साहब। सबका बड़ा खयाल रखते हैं। खैर, छोड़िए पेपर की बात। बच्चों के आने पर ही उन्हें बताऊँगा। हाँ, एक बात बताइए। आपको अब फुर्सत है, मेरे यहाँ खाना बना दीजिए न। आप भी अकेली हैं, मैं भी अकेला हूँ। आपके हाथ की मुलायम रोटियाँ खाकर मैं धन्य हो जाऊँगा। आप जो कहोगी दूँगा—आपको मालामाल कर दूँगा...।''

सुन्नर पांडे की पतोह मन-ही-मन बहुत डरी हुई थी। अचानक वह घूमकर बड़ी फुर्ती से कमरे में घुस गई और झटपट भीतर से कुंडी चढ़ा दी। सुखदेव पंडित कुछ देर तक दरवाजा खटखटाता रहा, फिर चला गया। सुन्नर पांडे की पतोह ने भीतर से ताला लगा दिया था। आम की लकड़ी का वह कमजोर दरवाजा था, जिसके पल्ले एक-दूसरे से चिपकते नहीं थे और एक फाँफर बना रहता था, जिसमें से हाथ की अँगुलियाँ आसानी से भीतर जा सकती थीं। भीतर की लोहे की कुंडी (जंजीर) भी बड़ी ढीली-ढाली थी। सुन्नर पांडे की पतोह देर तक जागती रही और बैठकर रोती रही।

सुखदेव पंडित ने उसका जीना दूभर कर दिया। वह जब तक घर पर रहता, ऊपर छत पर टहलता रहता। पर वह आँगन में बहुत कम निकलती थी। सवेरे अँधेरे में ही नहाने-धोने के कार्य सम्पन्न कर लेती। जब महरी आती तो वह दरवाजा खोलती। महरी को वह देर तक रोके रहती। पर जब महरी चली जाती तो उसका समय काटे नहीं कटता था। कभी इच्छा होती कि वह महरी से सब कुछ कह दे या उस मकान मालिक से सब कुछ बता दे जिसका सुखदेव किराएदार था। पर उसकी हिम्मत नहीं होती। वह अनजान जगह में है, दूसरे गाँव-जवार की है, पता नहीं उसकी बात पर विश्वास किया जाय या नहीं।

दूसरे दिन शाम को ही उसने भीतर से ताला लगा दिया। जब अँधेरा हो गया और करीब सात बज रहे थे, वह फिर आकर धीरे-धीरे दरवाजा खटखटाने लगा। 'खोलिए, खोलिए' वह बीच में कहता जाता। सुन्नर पांडे की पतोह चुप लगाए रही। वह कुछ भी नहीं बोली।

उसने अन्त में कहा, ''अगर तुम नहीं खोलोगी तो तुमको चारों ओर बदनाम कर दूँगा। मेरी बात पर सभी विश्वास करेंगे और तुम्हारी बात कोई नहीं मानेगा। मेरा दिल

तुम्हारे लिए तड़प रहा है। मैं किसी दिन इसी दरवाजे पर जहर खाकर जान दे दूँगा। तुम मान जाओ...। जिन्दगी-भर तुम्हारा गुलाम बनकर रहूँगा, तुम्हारी सबसे रक्षा करूँगा। तुम्हारा जिसने अपमान किया है, उससे बदला लूँगा। मान जाओ, इतना न सताओ...खोल दो दरवाजा...।''

उसकी आँखों से आँसू गिर रहे थे, पर वह कुछ बोली नहीं। वह दरवाजे के फाँफर में मुँह रखकर धीमे स्वर में बोल रहा था, इसलिए उसकी आवाज भीतर ही जा रही थी, बाहर नहीं फैल रही थी। आखिर में वह अपने हाथ से लिखी एक चिट्ठी भीतर फेंककर यह कहते हुए चला गया, ''इसे ध्यान से पढ़ लेना। तुम मुझे गलत समझ रही हो। मैं तुम्हारा कोई दुश्मन नहीं हूँ। पढ़कर जानोगी कि मेरे दिल में कितनी आग है। मैं कितना दुखी प्राणी हूँ ! मैं कल आऊँगा–।''

वह बहुत कम पढ़ना जानती थी। पर अक्षर पहचानना जानती थी और टटोल-टटोल कर वह धीरे-धीरे पढ़ सकती थी। चिट्ठी बड़ी लम्बी थी। शुरू में ही सम्बोधन लिखा था ''मेरे दिल की रानी।'' उसमें सस्ती फिल्मों के नायकों की भाषा में प्रेम की अनर्गल बातें लिखी गई थीं। बीच-बीच में धमकी दी गई थी कि वह अगर दरवाजा नहीं खोलेगी तो वह उसे बदनाम कर देगा, किसी दिन उसका अपहरण करा लेगा और उसे बर्बाद कर देगा। उसकी दोस्ती डाकुओं और बदमाशों से है। फिर प्रेम व पुचकार की भाषा आ जाती थी। उसने आज तक किसी स्त्री से प्यार नहीं किया था, बस उसी में कुछ ऐसी बात थी जिसके लिए वह अपना जीवन कुर्बान कर सकता है...!

इच्छा हुई कि वह उस चिट्ठी को फाड़कर फेंक दे। फिर कुछ सोचकर उसने ऐसा नहीं किया। वह चिट्ठी उसने आलमारी पर रख दी और उस पर एक कैंची रख दी ताकि वह हवा में उड़ने न पाए। इस तरह की घटना रोज होने लगी। सुखदेव पंडित पागल की तरह व्यवहार कर रहा था। उसने एक बार भी नहीं सोचा कि इसका परिणाम क्या होगा। उसे पक्का विश्वास था कि सुन्नर पांडे की पतोह जैसी खूबसूरत औरत को मन्नीलाल के घर रहने का कुछ मतलब है। यह औरत जरूर खेली-खाई है। मन्नीलाल कहीं से फँसाकर उसे लाए हैं। उमर कुछ अधिक जरूर हो गई है, पर अब भी जवान औरतें उसके सामने पानी भरें। कितना स्वस्थ और लचकदार शरीर है उसका। शुरू-शुरू में वह नखरे दिखा रही है, बाद में जरूर चंगुल में आ जाएगी।

चिट्ठी रोज वह दरवाजे के फाँफर से फेंकता था। एक दिन शाम की बात है। अँधेरा हो चला था, वह कूड़ा फेंकने बाहर निकली। जब लौटने लगी तो उसे लगा कि कोई उसका पीछा कर रहा है। उसने घूमकर देखा तो सुखदेव पंडित उसके पीछे लपका चला आ रहा है, वह दौड़कर कमरे के अन्दर पहुँच गई। सुखदेव पंडित भी दौड़ा था, पर तब तक वह भीतर से जंजीर लगा चुकी थी। पहले सुखदेव पंडित ने दो-तीन बार खटखटाया, फिर वह दरवाजे के फाँफर में हाथ डालकर अँगुलियों से जंजीर खोलने की कोशिश करने लगा। पूरा हाथ तो जा नहीं सकता था, पर अँगुलियाँ जरूर भीतर घुसकर

जंजीर पर जोर लगा रही थीं। सुन्नर पांडे की पतोह बेहद डर गई। उसे बेहद गुस्सा भी आया। सहसा उसकी नजर आलमारी पर रखी कैंची पर पड़ी। उसने कैंची हाथ में ले ली और उसके अन्दर हिलती-डुलती दो प्रमुख अँगुलियाँ दबा दीं।

"उफ्...यह क्या करती हो भाई...!"

वह अँगुलियों को दबाती गई। वह 'बाप-बाप' करने लगा। वह धीमे-धीमे ही चिल्ला रहा था, "अरे छोड़ दो भाई...अँगुलियाँ कट जाएँगी...अरे बाप हो...!"

सुन्नर पांडे की पतोह ने उसे कुछ देर परेशान किया। वह कभी कैंची ढीली कर देती, फिर जोर से दबाने लगती ! अन्त में जब वह बहुत गिड़गिड़ाने लगा तो उसने उसकी अँगुलियाँ छोड़ दीं। इसके बाद उसकी कोई आवाज ही नहीं सुनाई पड़ी।

दो दिन बाद मन्नीलाल का परिवार कश्मीर से आनेवाला था, पर उसके पहले ही सुखदेव पंडित वह कमरा छोड़कर नौ-दो-ग्यारह हो गया। सामान भी उसके पास बहुत कम था इसलिए मोहल्लेवालों को पता भी नहीं लगा कि वह कब गया और कहाँ गया। जब पेशकारिन वहाँ से आई तो सुन्नर पांडे की पतोह ने सभी चिट्ठियाँ उनके सामने रख दीं। चिट्ठियाँ कुल छब्बीस थीं। इसके बाद वह मुँह पर आँचल रखकर फूट-फूटकर रोने लगी।

सभी हक्का-बक्का होकर उसे देखने लगे। मन्नीलाल चिट्ठियाँ उठाकर पढ़ने लगे। पढ़कर उनका चेहरा तमतमाने लगा। पेशकारिन ने सुन्नर पांडे की पतोह को चुप कराया। उसने जो कुछ बताया, उससे मन्नीलाल बेहद क्रुद्ध हुए।

"उसकी यह मजाल...?" वह दाँत पीसते हुए बाहर निकल गए। लेकिन शिकार तो जा चुका था। उन्होंने प्रतिज्ञा की, वह उसे इस व्यवहार का कड़ा-से-कड़ा दंड दिलवाएँगे।

पर वह दंड क्या दिलवाते, स्वयं हरकत करने पर उतर आए। सुन्नर पांडे की पतोह तो उनकी नजर में पता नहीं कब से गड़ी हुई थी, पर पेशकारिन के डर से वह कुछ नहीं बोलते थे। पर इस घटना से उन्हें सुन्नर पांडे की पतोह से बोलने का कई बार मौका मिला। उन्होंने इस अवसर का लाभ उठाकर कई बार उससे पूछताछ की, उसकी आँखों में झाँका, मुस्कुराकर उसे आश्वासन दिया। सुन्नर पांडे की पतोह ने साहसपूर्वक उनसे बातें कीं। उसके मन्नीलाल से इस तरह खुलकर बातें करने का पेशकारिन ने भी बुरा नहीं माना। उनको पक्का विश्वास हो गया था कि सुन्नर पांडे की पतोह एक चरित्रवान औरत है और किसी भी हालत में धोखा नहीं देगी, किसी मर्द के चंगुल में नहीं आएगी, चाहे वह उसके पति ही क्यों न हों। वह यह सोचकर भी निश्चिन्त थी कि तेजी से बूढ़े होते हुए पति ऐसी चरित्रवान औरत की ओर नहीं झुकेंगे।

पर मन्नीलाल अपने को अभी बूढ़ा नहीं समझते थे। खिजाब लगाना उनका जारी था। औरत में त्याग, कुर्बानी और आदर्श हो सकता है, यह वह कभी नहीं मानते थे। उनकी नजर में पैसे से सब कुछ खरीदना सम्भव था। पंडित को दुत्कारकर उसने अच्छा किया था। पंडित जैसे दरिद्र को कोई औरत क्यों पसन्द करेगी ? क्यों उसकी बात

मानेगी ? यहाँ सुन्नर पांडे की पतोह ने बड़ी बहादुरी और सूझबूझ का परिचय दिया था, इसमें कोई शक नहीं। पर ऐसी औरत प्रभावशाली लोगों पर जान भी दे सकती है। एक-से-एक खूबसूरत औरत उनके चरणों में गिरी है, यह कब्जे में आ जाए तो मजा आ जाए ! ऐसी बहादुर औरत को वश में करने का अलग ही आनन्द है। यह उनके परिवार से भी खूब प्रभावित है। इतना अच्छा खाना-पीना कहाँ मयस्सर होगा ? ऐसा व्यवहार उसे कहाँ मिलेगा ? इस परिवार का अहसान भी तो वह मानती है, नहीं तो वह कैसे उनसे खुलकर बात करती ? उनसे बात करते समय उसकी आँखें किस तरह चमकने लगती हैं !

और अचानक उनको इलहाम जैसा हो गया कि सुन्नर पांडे की पतोह को उनके सहारे की जरूरत है ! शायद ईश्वर को भी यही मंजूर है कि एक दुखिया औरत का जीवन वह पार-घाट लगा दें ! और वह भी जरूर चाहती है कि अपना शेष जीवन यहीं काट दे ! यह उसके लिए अच्छा रहेगा और उनको भी बुढ़ापे में एक नया रस मिलेगा। जब वह कब्जे में आ जाए तो वह भी उसका बड़ा खयाल रखेंगे। उसके लिए अलग से बैंक में रुपए जमा कर देंगे कि अगर वह नहीं भी रहे तो उसको बुढ़ौती में किसी की गुलामी न सहनी पड़े !

दिन पर दिन उनकी उम्मीदें बढ़ती गईं और एक शाम को जब वह बाहर के बैठके में उनको नाश्ता देने आई तो उन्होंने लपककर उसका हाथ पकड़ लिया। सुन्नर पांडे की पतोह झटके से अपना हाथ छुड़ाकर उस कमरे से निकल गई। सबसे गड़बड़ी यह हुई कि उस समय पेशकारिन किसी पड़ोसिन के यहाँ से लौटकर गलियारे में आ गई। उसने मन्नीलाल को सुन्नर पांडे की पतोह का हाथ पकड़ते हुए देख लिया था। पेशकारिन को विश्वास हो गया कि सुन्नर पांडे की पतोह जान-बूझकर बाहर के बैठके में गई थी और उसे आता देखकर हाथ छुड़ाकर भाग गई।

पेशकारिन गुस्से से नागिन की तरह फुफकारने लगी। उसने भीतर जाकर सुन्नर पांडे की पतोह को अपने कमरे में बुलाया और अपना स्लीपर हाथ में लेकर उसे सिर पर मारने लगी। साथ में वह बोलती जाती थी, "मेरा घर बर्बाद करना चाहती है, मेरा घर बर्बाद करना चाहती है ?"

सुन्नर पांडे की पतोह पहले तो भौंचक होकर उसे देखती रही, फिर उसके हाथ से स्लीपर छीनकर दूर फेंकती हुई बोली, "तुमसे इसका बदला मैं नहीं लूँगी। चाहती तो तुम्हें यहीं पटककर मारती। तुम्हारा मर्द लम्पट है तो क्या तुमने भी मुझे वैसा ही समझ लिया है ? मैंने छोड़ दिया है उसे, नहीं तो उसका मुँह झौंसने के लिए काफी थी। समझ लेना, मैं अब भी सुहागिन हूँ, अब भी मेरे माथे पर सिन्दूर चमक रहा है। मेरे पति अभी जिन्दा हैं। अपनी पवित्रता के लिए मैं अपनी जान दे दूँगी। तुमने मुझे समझ क्या रखा है ? तुम्हारा मर्द जिन्दगी-भर यही करता रहा, तुमने क्या किया ? तुम तो उसकी गुलाम बनकर जिन्दगी-भर रही। आज से हमारा-तुम्हारा सम्बन्ध खत्म...कल मैं यहाँ से चली जाऊँगी...।"

सुन्नर पांडे की पतोह वहाँ से उठकर अपने कमरे में चली गई थी और पेशकारिन बाहर के बैठके में जाकर अपने पति को फटकारने लगी। मन्नीलाल बेहद डर गए। कोई सुनेगा तो क्या कहेगा ?

वह गिड़गिड़ाते हुए बोले, "अरे, धीरे-धीरे बोलो भाई। पूरी बात समझने की कोशिश करो...।"

"मैं कुछ नहीं सुनूँगी। जिन्दगी-भर धोखा खाती रही, पर अब बर्दाश्त नहीं करूँगी। मैं सिर्फ यह जानना चाहती हूँ कि यह सब कब से चल रहा था ?"

डर के क्षणों में पतित-से-पतित आदमी भी कभी सही बात कहने को मजबूर हो जाता है। डर की बात यह भी थी कि अगर मन्नीलाल झूठा आरोप लगाकर सुन्नर पांडे की पतोह को ही दोषी ठहराते तो पहले इस पर कोई विश्वास ही नहीं करता और इससे मामला और भी बिगड़ता। पता नहीं स्थिति कौन-सा रूप ग्रहण कर ले। इससे अच्छा तो यह है कि सही बात कह दी जाय।

वह पश्चात्ताप करनेवाले अपराधी की तरह बोले, "तुम गलत समझ रही हो। महाराजिन एकदम निर्दोष है। ऐसी इज्जतदार औरत तो मेरी नजर में आज तक नहीं आई। गलती मेरी है। मैं तुमसे माफी माँगता हूँ। तुम मुझे कोई भी दंड दे सकती हो, मेरे सिर पर जितने चाहे जूते लगा सकती हो...पर इतना चिल्ला-चिल्लाकर कुछ न कहो। इसमें गलती सिर्फ मेरी है। मुझसे गलतियाँ बहुत हुई हैं, पर यह गलती मैंने जान-बूझकर नहीं की है–यह मुझसे हो गई है। पता नहीं मुझे क्या हो गया था। मैं इतना उम्रदार हो गया हूँ, पर पता नहीं कौन-सा राक्षस मेरे अन्दर समा गया था..."

रात में पेशकारिन ने सुन्नर पांडे की पतोह को अपने पास बुलाया और उससे माफी माँगी। उसने हाथ जोड़कर कहा कि वह इस समय काम छोड़कर न जाए। वह किसी अच्छे घर में उसका काम लगवा देगी। तब तक इन्तजार करे। ठीक है, इस घर में उसका रहना अब ठीक नहीं है। पर दुनिया बड़ी खराब है, इसलिए जब तक कोई अच्छी जगह न मिल जाए, वह यहीं रहे। काम लगने पर वह खुशी-खुशी चली जाए। वह नहीं चाहती कि यहाँ से जाने के बाद वह इस परिवार से कोई सम्बन्ध रखे।

आठ

वह जब अपने कमरे में लौटी तो अँधेरा हो गया था। आकाश में बादल घने हो गए थे। सुशीला ने दस रुपए, पीले रंग में रँगी अपनी एक नई साड़ी और एक पोटली में चावल, दाल, आटा और आलू रखकर उसे विदा किया था। कितनी खुश हुई थी सुन्नर पांडे की पतोह। उसने सुशीला को ढेर सारे आशीर्वाद दिए थे। दोनों गले मिली थीं और सुशीला उस अवसर पर आँसुओं को रोक नहीं पाई थी।

सुशीला ने उसके लिए रिक्शा कर दिया और रिक्शेवाले को भाड़ा देकर ठीक से पहुँचाने की हिदायत दे दी। उसे देखकर सुनरी दौड़ी आई थी। उसने सुन्नर पांडे की पतोह को नीचे उतारते हुए पूछा था, "अरे मैया, आप कहाँ रह गईं ? हम तो बड़ी चिन्ता में पड़े थे, इनसे कई बार कहा देखने को...अब ये जानेवाले ही थे। आप अभी बीमारी से उठी हैं, इस तरह न निकला कीजिए...।"

"हाँ ए दोमित की दुल्हिन, ठीक कह रही हो। घुटनों में हलका दर्द हो रहा है। यह पोटली ले लो, सीधा है। मेरे लिए थोड़ी खूब पतली खिचड़ी बना दो। सुशीला बिटिया ने बहुत खिला दिया है, तबीयत भारी है। खिचड़ी अभी नहीं, कुछ देर से बनाना। अभी तो लेटूँगी..."

"ठीक है मैया, आप चलकर आराम कीजिए। मैं आपके सिर और पैर में तेल लगा देती हूँ...थोड़ा लेट रहिए..."

''ना ए दोमित की दुल्हिन, तेल-वेल न लगाओ। मुरली बाबू की लड़कियों और सुशीला बिटिया ने काफी सेवा की है, भगवान उनको खुश रखें...''

सुनरी ने कोठरी खोलकर बिस्तरा झाड़-झूड़ दिया। सुन्नर पांडे की पतोह ने बाहर नल पर हाथ-मुँह और पैर धोए और बँसखट पर आह-ऊँह करती हुई लेट गई। सुनरी उसके पैंताने बैठकर उसके पैर दबाने लगी।

''हाँ ए मैया, रामलाल आपसे मिलने आए थे...।'' सुनरी ने अचानक याद आने पर कहा।

''रामलाल ? वह क्यों आए थे दुल्हिन ? कोई खास बात थी ? तुमने पूछा नहीं ?''

''पूछा था ए मैया, पर उन्होंने कहा कि वे आप ही से बताएँगे। काम से बाहर गए हैं, एक हफ्ते बाद आएँगे तो मिलेंगे...।''

''पता नहीं क्या बात है...बता देते तो अच्छा था...कब आएँगे, एक हफ्ते बाद ?''

''हाँ ए मैया...।''

चालीस वर्षीय, ठिगना रामलाल उस मोहल्ले में किराए पर एक मकान लेकर अकेले रहता था। उसका परिवार गाँव में था और यहाँ वह कोई कारोबार जमाने के लिए लगातार कोशिशें करता जा रहा था। सफलता न मिलने पर भी वह बहुत निराश नहीं था। शुरू में उसने परचून की दुकान खोली, पर रुपया-पैसा अधिक न होने और माल की कमी की वजह से वह दूसरे दुकानदारों के मुकाबले ठहर नहीं सका। इसके बाद गली के एक होम्योपैथ डॉक्टर के यहाँ पुड़िया बाँधने का काम करते-करते उसको होमियोपैथी का कामचलाऊ ज्ञान भी हो गया। इसके बाद तो उसने पता नहीं कितने रुपए देकर दक्षिण के एक 'होम्योपैथी कॉलेज' से एक सर्टिफिकेट प्राप्त कर लिया और भृगु आश्रम के पास एक कमरा लेकर 'राष्ट्रीय होमियोहाल' का बोर्ड लगाकर होमियोपैथी की डॉक्टरी करने लगा।

दुकान उसकी चल निकली थी, लेकिन उसी इलाके के एक नए होमियोपैथ डॉक्टर के आने पर दोनों में प्रतिद्वन्द्विता शुरू हो गई। फिर भी रामलाल की प्रैक्टिस बड़ी चलती थी और मरीज उसी के यहाँ आते थे। इसके बाद उस इलाके के डॉक्टर ने हताश होकर उसकी दुकान में चोरी करा दी और रास्ते में कुछ गुंडों से उसकी पिटाई भी। पर उसमें धैर्य की कमी नहीं थी। उसने डॉक्टरी छोड़कर कुछ दिनों तक एक प्रेस में कम्पोजीटरी की लेकिन वहाँ तबीयत न लगने और तनख्वाह कम मिलने पर एक प्रकाशक के यहाँ एजेंट बनकर दौरे पर निकलने लगा। वह आजकल एक प्रकाशक के लिए नौकरी करता था पर दूसरे प्रकाशकों का माल भी वह चोरी-छिपे सप्लाई किया करता था।

रामलाल के यहाँ सुन्नर की पतोह ने दो वर्षों तक खाना बनाया था। एक आदमी का खाना ही कितना होता है। वह सबेरे-सबेरे दोनों जून का खाना बना दिया करती थी और वह खाकर प्रैक्टिस के लिए चल दिया करता था। खाना खाते समय वह हँस-हँसकर सुन्नर पांडे की पतोह से बातें करता जाता। उससे अनेक बातें पूछता और इस तरह उसके बारे में वह काफी-कुछ जान चुका था।

पर इतने साल बाद रामलाल को उससे क्या काम हो सकता है ? शायद वह फिर खाना बनाने के लिए कहे। पर अब उसके शरीर में वह दम नहीं है, गठिया अलग परेशान करती है। इतने दिनों तक वह बीमार रही, रामलाल ने उसकी खोज-खबर नहीं ली, उसको देखने वह एक बार भी नहीं आया। खैर, यह तो व्यवहार की बात है, कोई व्यवहार नहीं करता तो वह बुरा भी नहीं मानती। भगवान उसको खुश रखें। पर खाना बनाने का काम अब वह कैसे कर सकती है ?

जब सुनरी चली गई तो उसे सुशीला की फिर याद आई। क्या-क्या बातें नहीं हुई थीं उससे ? सुशीला ही उससे पूछती गई थी और वह बताती गई थी। लम्बी बीमारी के बाद इतनी देर तक उसने किसी से बात नहीं की थी। पता नहीं कहाँ की शक्ति आ गई थी उसमें।

हाँ, सुशीला के घर काम छोड़ने के बाद वह सेठ हरि बाबू के यहाँ खाना बनाने लगी थी। बेनी प्रसाद के यहाँ से मुक्ति पाने के लिए उसने कई बार कोशिश की थी, पर बेनी प्रसाद ही उसे जाने न देते। अमरनाथ अभी छोटा था। वह बेनी प्रसाद का कहना मान तो जाती थी पर उसके दिल में यह बात जम गई थी कि किसी के यहाँ बहुत दिनों तक काम नहीं करना चाहिए। फिर लोग गुलाम समझने लगते हैं, सोचते हैं कि यह हमारी दया पर निर्भर है और ऐसा न भी समझें तो भी किसी अवसर पर रूखी बात मुँह से निकल सकती है। तब वह बुरी लगती है। बाद में जब बेनी प्रसाद की एक विधवा बहन उन्हीं के यहाँ आकर रहने लगी और उनके साथ रूखा व्यवहार भी करने लगीं तो सुन्नर पांडे की पतोह ने बेनी प्रसाद से मुक्ति के लिए फिर निवेदन किया। बेनी प्रसाद सब कुछ समझते थे। फिर अमरनाथ भी बड़ा हो रहा था, सुशीला की शादी हो ही चुकी थी, उन्होंने अफसोस प्रकट करते हुए उसे मुक्ति दे दी।

हरिबाबू सेठ एक बड़े व्यापारी थे, पर अपनी पत्नी की बीमारी से वह बहुत दुखी रहते थे। जितने मोटे वह थे, उससे अधिक मोटी उनकी पत्नी थीं। पत्नी पर लकवा गिर गया था और वह बिस्तरे पर पड़ी रहती थीं। नौकर-चाकर की उनके यहाँ कमी नहीं थी। पत्नी की चिकित्सा के लिए अच्छे-से-अच्छे डॉक्टर को दिखाया गया, पर विशेष लाभ नहीं हुआ। जब उनकी पत्नी बीमार पड़ीं तो लड़कों-बच्चों को सँभालने की समस्या आ गई। कुछ दिनों तक किसी रिश्तेदार की औरत बुला ली जाती, उससे घर सँभलता, पर कितने दिनों तक इस तरह काम चल सकता था ? अब किसी ऐसे स्थायी बन्दोबस्त की जरूरत थी, जिसमें हरिबाबू निश्चिन्त होकर कारोबार में अपना पूरा समय दे सकें। ऐसे ही समय बेनी प्रसाद के सुझाव पर उन्होंने सुन्नर पांडे की पतोह को रख लिया था।

सुन्नर पांडे की पतोह ने उनके घर को अच्छी तरह सँभाल लिया। सारे परिवार को खाना बनाकर खिलाना, बच्चों की देखभाल करना, यह सब तो करना ही पड़ता था। लेकिन सबसे बड़ी समस्या थी लकवा की मरीज की तीमारदारी करना। पर उसने किसी तरह के काम से परहेज नहीं किया। वह सोचती कि अब जीवन में यही लोग तो अपने

हैं, जिनके सहारे उसकी जिन्दगी कट रही है। जब वह मर जाएगी, यही लोग उसकी अन्त्येष्टि की व्यवस्था करेंगे और उसे सद्गति दिलाएँगे। काफी जिन्दगी तो उसकी बेकार बीत गई, वह अपने लिए कुछ भी नहीं कर सकी, अब यह जिन्दगी दूसरों के काम आ सके, यही वह भगवान से प्रार्थना करती—"हे भगवान, हे गंगा मैया, हे सभी देवी-देवता, मेरी बोली-व्यवहार से किसी को दुःख न पहुँचे...।"

अच्छी चिकित्सा और अच्छी तीमारदारी से हरिबाबू की पत्नी खड़ी हो गईं। वह कमरे में ही धीरे-धीरे टहलती थीं। वह सुन्नर पांडे की पतोह पर बहुत प्रसन्न रहती थीं। सेठ हरिबाबू भी उसकी बड़ी इज्जत करने लगे।

और वह रात ! हरिबाबू के यहाँ रात में डकैती पड़ी थी। डाकू करीब दो बजे आए थे, जब हर व्यक्ति गम्भीर नींद में होता है। छः लोग थे, जिनके चेहरे पर कालिख पुती हुई थी। सभी धोती-कुर्ता में थे। उनके हाथों में देशी पिस्तौलें थी। अँधेरी रात में चौकीदार के मुँह में कपड़ा ठूँसकर और बड़ा-सा ताला खोलकर अन्दर घुस गए। चौकीदार को उन्होंने खम्भे से बाँध दिया था और एक आदमी उसके पास पिस्तौल तानकर खड़ा रहा। शेष ऊपर पहुँच गए थे। उन्होंने सेठ हरिबाबू और उनकी पत्नी को बाँध दिया। सुन्नर पांडे की पतोह को उस समय मालूम हुआ, जब एक डाकू ने उसको दो-चार थप्पड़ मारकर उठाकर बिठा दिया। उस डाकू की उम्र अधिक लग रही थी, पर शरीर से अब भी टाँठ था।

"तुम कौन हो जी ? यहाँ क्या करने आए हो...मैं अभी चिल्लाती हूँ..."

इतने में एक और डाकू वहाँ पहुँच गया जो नौजवान था। उसने सुन्नर पांडे की पतोह को एक जोर का तमाचा लगाया और उसके मुँह में कपड़ा ठूँसकर उसके हाथ पीछे की ओर बाँध दिए।

कुछ ही देर में—करीब आधा घंटा में...नकद रुपए और गहने लेकर डाकू चम्पत हो गए। नकद तो बहुत अधिक नहीं था, लेकिन सोने और हीरे-जवाहरात वाले गहने काफी थे। हरिबाबू की पत्नी तो बेहोश हो गई थीं। सुन्नर पांडे की पतोह ने किसी तरह अपने हाथ खोले, मुँह से कपड़ा निकाला और खुली छत पर पहुँचकर लगी जोर-जोर से चिल्लाने ! इसके बाद उसे सेठ और सेठानी की याद आई। वह उनके कमरे में गई। हरिबाबू और उनकी पत्नी को चारपाई पर लिटाकर बाँध दिया गया था। मुँह भी बँधे थे। बच्चे भी अपनी चारपाइयों पर बैठे रो रहे थे। सुन्नर पांडे की पतोह ने उनको मुक्त किया। फिर तो एक हंगामा मच गया। सारा मोहल्ला दौड़ पड़ा। 'पकड़ो-पकड़ो' की आवाजें चारों ओर सुनाई देने लगीं। पर किसको पकड़ो ? डाकू तो कभी का माल-मत्ता लेकर चम्पत हो गए थे। पुलिस काफी देर बाद आई और पूछताछ कर चली गई।

दूसरे दिन दूध देनेवाला ग्वाला जरा देर से आया। सुन्नर पांडे की पतोह ही दूध लेने के लिए छोटी-सी बाल्टी लेकर नीचे जाती थी। ग्वाला दूध देते समय कुछ-न-कुछ बात करता था, पर आज वह सिर झुकाए रहा।

"क्या बात है, भैया ? आज देर क्यों हुई ?" सुन्नर पांडे की पतोह ने उसे गौर

से देखते हुए पूछा।

"एक मेहमान आ गए थे..."

सुन्नर पांडे की पतोह कुछ सोचती हुई ऊपर चली गई। कुछ देर बाद वह हरिबाबू सेठ के सामने जा खड़ी हुई और बोली, "एक बात कहना चाहती हूँ..."

"कहिए... ।" हरिबाबू ने गम्भीरता से कहा।

"मालिक, मेरी गलती हो तो क्षमा कीजिएगा। मुझे दूधवाले पर सुबहा हो रहा है। उसकी आँखें लाल-लाल थीं, जैसे रात-भर सोया न हो। आँखें भी वह नहीं मिला रहा था। उसके मुँह की दाहिनी ओर कान के नीचे कालिख का एक छोटा-सा गोल टुकड़ा दिखाई दे रहा था।"

"क्यों ? ऐसा क्यों ?" हरिबाबू अचानक चौंक उठे थे।

"मालिक, मुझे लगता है कि यह भी डाकुओं के गिरोह में शामिल है। दूध देने वह देर से आया था। रात-भर न सोने से उसकी आँखें लाल थीं। और सभी डाकू मुँह में कालिख पोते हुए थे। उसने कालिख छुड़ाई तो थी, पर उसे नहीं मालूम कि थोड़ी कालिख अब भी उसके कानों के नीचे छूट नहीं पाई है... ।"

"अरे, इतनी बारीक बात आपके ध्यान में कैसे आई ?" हरिबाबू उसे हैरत से देखते रह गए।

"मालिक, मेरी माई ने बचपन में डकैती का एक किस्सा सुनाया था। डकैती माई के गाँव में पड़ी थी। कालिख का धब्बा देखकर एक डाकू पकड़ा गया था। उसी ने अपने साथियों के नाम बताए थे। दूधवाले को देखकर मुझे वह किस्सा याद आ गया... ।"

हरिबाबू बेहद गम्भीर होकर कुछ सोचने लगे। इसके बाद उनके होंठों पर एक अनजान मुस्कुराहट आ गई और उन्होंने एक अजीब आशाभरी दृष्टि से सुन्नर पांडे की पतोह को देखा।

"अच्छा पंडिताइनजी, आप जाइए...मैं देखता हूँ... ।"

हरिबाबू की रिपोर्ट पर दूधवाला शाम तक पकड़ लिया गया। दूसरे दिन गिरोह के सभी लोग गिरफ्तार हो गए। करीब-करीब सभी माल-मत्ता बरामद हो गया। सिर्फ नकद में कुछ खर्च हुआ था।

"मैं आपका यह अहसान भूल न पाऊँगा... ।" हरिबाबू ने गद्‌गद्‌ स्वर में कहा था।

"ऐसा न कहें मालिक ! आपके परिवार में मेरा पालन-पोषण हो रहा है, मैं इस परिवार से अलग नहीं हूँ... ।"

"खैर, यह तो है ही। परिवार की तो आप हैं ही... ।"

किन्तु हरिबाबू इस समय अजीब संशय और परेशानी की स्थिति में पड़ गए, जब शहर कोतवाल एक दिन उनके यहाँ सबेरे-सबेरे ही आ धमका।

"आपके यहाँ कोई औरत नौकरानी है ?"

"नौकरानी तो नहीं, एक खाना बनानेवाली पंडिताइन हैं...मैंने उनके बारे में आपको

बताया नहीं क्या ?" हरिबाबू किसी अनजान डर से कोतवाल को देख रहे थे।

"कैसी औरत है वह ?" कोतवाल ने घूरकर उनको देखा।

"औरत तो बड़ी शरीफ है...।"

"चरित्र में कैसी है ?"

"बहुत अच्छी। मेरी समझ में निष्कलंक। आखिर क्या बात है कोतवाल साहब।"

कोतवाल हँसने लगा। फिर उसने गम्भीर होकर मूँछों पर ताव देते हुए कहा, "देखिए, हम पुलिसवाले किसी पर विश्वास नहीं करते, इससे फायदा यह होता है कि कभी-कभी बड़े-बड़े अपराधों का पता लग जाता है। यह जरूर है कि इससे कभी-कभी निर्दोष लोग फँस भी जाते हैं और उनको सजाएँ भी मिल जाती हैं। पर हम करें क्या ? अपराध का पता लगाने के हमारे पास साधन कम हैं, और जो भी हैं वे बहुत पुराने हैं। यह औरत बेगुनाह है, मैं जानता हूँ, फिर भी मैंने इस पर शक किया कि कहीं यह बदमाशों से मिली न हो। बात यह है कि इसका जेठ लल्लन पांडे पकड़े गए डाकुओं के गिरोह का सरगना है। वह इस औरत से मिलना चाहता है।"

"अरे !" हरिबाबू का चेहरा फक पड़ गया, "मुझे तो यह एकदम पता नहीं था, भगवान कसम खाकर कहता हूँ। पर, यह डाकुओं से मिली होती तो उन्हें पकड़वाती कैसे ?"

"आप चिन्ता न कीजिए। इसमें आपका कुसूर नहीं है। इस औरत का भी नहीं है। मैं पूरा किस्सा जानता हूँ। लल्लन पांडे मेरे सामने फूट-फूटकर रोने लगा। उसी ने बताया कि किस तरह अपने सास-ससुर के अन्याय से तंग आकर वह घर से भाग गई थी। वह एक बार उससे मिलना चाहता है। यह सब मालूम होने पर भी मैंने उस औरत के बारे में पूछना जरूरी समझा, क्योंकि अच्छा-से-अच्छा आदमी भी कब अपराधी हो जाएगा, इसका कोई ठिकाना नहीं...और हम पुलिसवाले हर पहलू पर गौर करना जरूरी समझते हैं...।"

इसके बाद कोतवाल ने लल्लन पांडे के परिवार का किस्सा विस्तार से बताया और सुन्नर पांडे की पतोह को जेल भेजकर लल्लन पांडे से मिलने का सुझाव दिया।

लल्लन पांडे को देखते ही सुन्नर पांडे की पतोह ने घूँघट निकाल लिया, फिर उसे न मालूम क्या हुआ कि वह सिसक-सिसककर रोने लगी। शायद विगत जीवन के खयाल ने उसके अन्दर ऐसा तूफान खड़ा कर दिया, जिसकी उसने कल्पना भी नहीं की थी। और उस खयाल में शायद और कुछ भी था। यद्यपि उस जीवन से अपने को काटकर वह कभी की अलग हो चुकी थी, फिर भी लल्लन पांडे ने उसी जीवन से विचित्र ढंग से उसे जोड़ दिया था।

लल्लन पांडे का शरीर अब भी तगड़ा था, पर वह तेजी से बूढ़ा हो रहा था। यह कहना उचित होगा कि बुढ़ापा उसके शरीर को झुकाने की कोशिश कर रहा था, पर वह झुकने को तैयार नहीं था, परिणामस्वरूप उसकी ढीली-ढाली बाँहें अजीब ढंग से ऐंठी हुई नजर आ रही थीं और छाती अस्वाभाविक ढंग से आगे निकली हुई। लल्लन पांडे

को देखकर उसे झुल्लन पांडे की याद आई थी, क्योंकि सौतेले भाई होने पर भी दोनों के चेहरों में काफी समानता थी।

चूँकि लल्लन पांडे डाकू होने पर भी झुल्लन पांडे को बहुत मानता था, इसलिए उसको देखकर उसमें अजीब अभिमान की भावना पैदा हुई थी, जैसे किसी घोर दुःख और विपत्ति में कोई अपना व्यक्ति आकर ढाँढ़स और सहारा दे दे। और सबसे कष्ट की बात यह भी थी कि उसी की वजह से लल्लन पांडे की आज यह दुर्दशा हो रही थी !

जब उसकी रुलाई थमी तो लल्लन पांडे ने पूछा, "झुल्लन का पता लगा ?"

सुन्नर पांडे की पतोह ने सिर हिला दिया।

"तो यहाँ कैसे...?"

"खाना बनाती हूँ...पालन-पोषण हो जाता है...।"

"मैंने सेठ के यहाँ तुम्हें देखकर पहचान लिया था। जेठ होकर भी मेरा हाथ तुम पर उठ गया, इसका मुझे बड़ा दुःख है। पर हमें कुछ मालूम नहीं था। यह तो बाद में पहचाना। पहले तो सोचा कि तुम्हारे साथ कोई अन्याय हुआ है। सेठ को खत्म करना चाहता था...पर जल्दी-जल्दी में यह सब नहीं हो पाया। तुम ठीक हो ?"

"चिन्ता न करें। मैं ठीक हूँ। सेठजी बड़े अच्छे हैं...।"

"मैंने झुल्लन को खोजने की बड़ी कोशिश की पर उसका कहीं पता नहीं लगा। माँ-बाप के पापों का फल हम सब भोग रहे हैं। मुझे पढ़ने-लिखने की बड़ी तमन्ना थी, गर सौतेली माँ और बाप ने मिलकर मुझे डाकू बना दिया। मैंने बड़ा चाहा कि झुल्लन आदमी बन जाए, पर उन लोगों ने उसका जीवन बर्बाद कर दिया। जब मुझे तुम्हारे घर से जाने की खबर मिली तो मेरे कलेजे के जैसे टुकड़े हो गए। मेरी वजह से तो हमारे खानदान की इज्जत पहले ही मिट्टी में मिल गई थी। उस खानदान से मेरा कोई मतलब नहीं रह गया था, फिर भी जब तुम घर से भागीं तो मुझे लगा कि मेरी सब इज्जत-आबरू समाप्त हो गई। एक डाकू की कैसी इज्जत-आबरू ? फिर भी मुझे ऐसा ही लगा था। वे दोनों इस दुनिया में नहीं हैं...जो कुछ था वह सब चौपट हो गया। मैंने तुमको यहाँ क्यों बुलाया ? एक तो तुमसे झुल्लन पांडे के बारे में पूछना चाहता था। और सबकी और अपनी गलतियों के लिए तुमसे क्षमा भी माँगना चाहता था। मुझको माफ करो, दुल्हिन...मैं तुम्हारे और झुल्लन के लिए कुछ नहीं कर सका..."

लल्लन पांडे सिर झुकाकर रोने लगा। सुन्नर पांडे की पतोह भी अपनी रुलाई रोक न सकी। वे दोनों कुछ देर तक इसी तरह रोते रहे फिर समय समाप्त हो गया। सुन्नर पांडे की पतोह ने अपने जेठ के पैरों के पास की जमीन को स्पर्श कर माथे से लगाया और रोती हुई वहाँ से वापस आ गई।

इसके बाद उसने बहुत दिनों तक हरिबाबू के यहाँ रुकना उचित नहीं समझा। इत्तफाक से मुरली मनोहर सिंह वकील के यहाँ महाराजिन की जरूरत थी। हरिबाबू ने बहुत रोका उसे पर उसने हाथ जोड़कर क्षमा माँग ली। हरिबाबू फौरन समझ गए कि

वह स्वाभिमान-वश यहाँ से जाना चाहती है। पता नहीं कब, किसके मन में उसके प्रति सन्देह जाग उठे ? आगे इसी तरह की कोई घटना हो गई तो ? इसको अपनी इज्जत प्यारी है, इसलिए वह यहाँ से जाना चाहती है।

"आप जाइए," हरिबाबू ने कहा, "मैं नहीं रोकूँगा। हाँ, यह कहूँगा कि कोई जरूरत पड़े तो मेरे पास आ जाइएगा या किसी से सन्देश भेजवा दीजिए...।"

कहाँ-कहाँ नहीं काम किया उसने ? और कैसे-कैसे लोग थे और कैसे-कैसे घर थे उनके। और जब वह कमरा लेकर अलग रहने लगी तो वह चार-चार, पाँच-पाँच घरों में एक साथ भोजन बनाती थी। सुबह पाँच बजे वह चल देती। एक घंटा किसी के यहाँ, डेढ़ घंटा दूसरे के यहाँ, दो घंटे कहीं और। खाना बनाने का उसे अब अभ्यास हो गया था। कोई खाली भोजन बनवाता था और कोई नाश्ता और खाना दोनों। विशेष अवसरों पर वह कढ़ी, दहीबड़ा, खीर, पूरी, कचौड़ी, सब कुछ तैयार कर देती। कोई चटपटेदार, मसालेदार खाना चाहे तो उसमें भी वह खूब निपुण हो गई थी। भगवान पेशकारिन को मजे में रखे, उन्होंने ही उसके साथ लग-लगकर उसे अनेक तरह के स्वादिष्ट पकवान तैयार करने का हुनर सिखाया था। अगर कोई चाहे तो उससे गोलगप्पे और आलू की टिकिया भी बनवा लेता। खाना वह सफाई से बनाती थी और उससे अजीब क्षुधाउत्तेजक खुशबू उड़ा करती। जहाँ जरूरत होती, वह बर्तन खुद मलकर साफ कर देती और जहाँ महरी बर्तन मलकर रख जाती, उन्हें दोबारा खँगाले और धोए बगैर खाना बनाना शुरू नहीं करती।

तब शरीर में दम था, हाथों में ताकत और मन में उमंग। एक रात करीब नौ बजे जब वह खाना बनाकर लौटी ही थी कि दानव के आकार का एक व्यक्ति उसके कमरे में आकर खड़ा हो गया। उसकी आँखें छोटी-छोटी थीं और उसके जबड़े अजीब तरह से बड़े, फैले और क्रूरता के परिचायक !

"कौन हो जी, तुम ?" वह बेहद डर गई।

वह उसके निकट खाट के पास जमीन पर करीब-करीब उकड़ूँ होकर बैठ गया और हाथ जोड़कर विनती से फुसफुसाए स्वर में बोला, "मतवा, धीरे-धीरे बोलो। मैं तुम्हारे पास बहुत उम्मीद लेकर आया हूँ। मेरा नाम रामनिहोर है। मैं एक विपत्ति में फँस गया हूँ। मेरा लड़का देहात में किसी झगड़े में एक आदमी का खून करके घर में छिपा है। मैं उसको भी भगा देता, पर वह खुद बुरी तरह जख्मी है। उसकी पसली में गोली धँसी है। एक डॉक्टर को रुपया-पैसा देकर राजी किया है, वह गोली निकालकर उसका इलाज करने को तैयार हो गया है। मैं बहुत परेशान हूँ...जब तक लड़का अच्छा नहीं हो जाता आप हमारे यहाँ दोनों जून खाना बना दिया करें। आप जो कहेंगी, मैं दूँगा..."

"अरे नहीं भाई। मुझे फुर्सत नहीं है। पहले ही मैं पाँच-पाँच घर बनाती हूँ, तुम्हारे यहाँ कब जाऊँगी ?"

वह अपना सिर सुन्नर पांडे की पतोह के चरणों पर रखते हुए गिड़गिड़ाया "मतवा, ऐसा न कहें। आप मेरी माँ की तरह हैं। भीख माँग रहा हूँ...यकीन रखिए, आपका कुछ

नहीं बिगड़ेगा। जब लड़का अच्छा हो जाएगा तो काम छोड़ दीजिए। मैंने आपसे कुछ नहीं छिपाया है...सच-सच सब कुछ बता दिया है...''

''मेरा पता किसने दिया भाई, तुमको ?''

''अब यह न पूछिए। आपको कौन नहीं जानता ? एक जगह आपके बारे में सुना तो मुझे लगा कि आप ही मेरी मदद कर सकती हैं। पता नहीं क्यों, मुझे आप पर विश्वास हो गया...आपकी बड़ी तारीफ सुनी है।''

गली-दर-गली एक ऐसी निहायत पतली गली में उसका मकान था, जहाँ अन्धकार व काले, बदबूदार कीचड़ का फैलाव था। उस गली में उसके पुराने खंडहर जैसे मकान का पिछवाड़ा था, जहाँ आम की लकड़ी के कमजोर दरवाजे से अन्दर जाना पड़ता। भीतर घुसते ही एक बड़ा-सा कच्चा आँगन पड़ता। आँगन पार करने पर पीछे का बरामदा और दो-तीन कमरे थे। आँगन में मिट्टी का एक बड़ा कुंडा और एल्युमिनियम का लोटा रखा था और उसी के नजदीक एक पक्का कुआँ था, जिसके चबूतरे पर एक बाल्टी और डोर रखी हुई थी। बरामदे में एक ओर खाना बनता और दूसरी ओर एक कमरे के दरवाजे पर बोरा का पर्दा टँगा था। कभी-कभी पर्दा हटाकर कोई व्यक्ति निकलता था और कभी पिछवाड़े से कोई आता और उस कमरे में घुस जाता, उसी कमरे में से कभी-कभी किसी के कराहने की आवाज सुनाई पड़ जाती कबूतर के बोलने की तरह।

कितना डरावना माहौल था ! जिस सुबह गोली निकाली जानी थी, सारे घर में एक अजीब सन्नाटा छाया हुआ था। ऊपर कौआ भी बोलता था तो दहशत होती थी। सुन्नर पांडे की पतोह को कई बार पानी गर्म करना पड़ा और कुछ औजार खौलाने पड़े। शायद दहशत से या अपनी दुर्दशा के खयाल से अथवा उस घायल व्यक्ति पर आनेवाली दया से उसकी आँखों से लगातार आँसू गिरते रहे। वह सिर झुकाए रही, आँचल माथे पर आगे खींचे रही, ताकि कोई देख न सके। उसके पहले कई लोग एक-एक करके आए थे, उन्हीं में शायद डॉक्टर भी रहा होगा। पर वह नौजवान बच न सका। उसका बाप पत्थर की तरह दिखाई दे रहा था। पता नहीं कब और कैसे उसकी अन्त्येष्टि हुई। दूसरे दिन सबेरे वह आई तो मृतक का बाप सूनी-सूनी नजरों से देखते हुए बेजान आवाज में बोला, ''मतवा, आप अब आजाद हैं। एक ही लड़का था, वह चला गया। आपका अहसान मैं कैसे बताऊँ ? लड़के का कसूर भी नहीं है, मैं ही बुरा हूँ, मैंने ही उसे बुरी आदतें सिखाईं। सब किस्मत की बात है। अब आप न आइएगा...।''

उसने सुन्नर पांडे की पतोह को कुछ देना चाहा, पर जब उसने लेने से इनकार कर दिया तो उसने आग्रह भी नहीं किया। उससे विदा लेते समय पता नहीं उसे क्यों बड़ा दुःख हुआ और उसकी आँखें भर आईं। आदमी के आँसुओं का एक कारण तो होता नहीं। पता नहीं उनके केन्द्र में दुःख था अथवा वहाँ से मुक्ति का सुख या मनुष्य की दुःखजनक स्थिति एवं असहायता का अहसास ! वह व्यक्ति चाहे कितना ही बड़ा अपराधी क्यों न हो, पर वह सदा सुन्नर पांडे की पतोह से बेहद इज्जत से पेश आया।

वचन का भी वह पक्का निकला और लड़के से मुक्त होने पर उसे भी उसने मुक्ति दे दी और जाते वक्त यह भी नहीं कहा कि 'यह बात किसी को न बताइएगा।' इस तरह के सद्भाव का ही मनुष्य कायल होता है, चाहे वह जहाँ से प्राप्त होता हो।

इसी तरह वेदप्रकाश सिंह आर्य कितने बड़े जमींदार और समर्थ व्यक्ति थे। फिर भी एक जीप-दुर्घटना में जब उनको छोड़कर उनके परिवार के सभी लोग—उनकी माँ, पत्नी, जवान लड़का, जवान बहू, छोटा-सा पोता और नौकरानी सभी खत्म हो गए तो वह कितने बेसहारा हो उठे थे। तब उनके कुछ पड़ोसी व रिश्तेदार सुन्नर पांडे की पतोह के पास दौड़े आए थे और उनके यहाँ खाना बनाने का अनुरोध किया था। वहाँ छः महीने तक ही उसे काम करना पड़ा था, क्योंकि वेदप्रकाश का मन संसार से विरक्त हो गया था और वे अपनी जमीन-जायदाद छोटे भाई के सुपुर्द करके हरिद्वार जाकर किसी आश्रम में संन्यासी की तरह रहने लगे थे।

अनेक तरह के लोगों के यहाँ उसने काम किया। कोई नेता था, कोई अफसर, कोई व्यवसायी, कोई अध्यापक और कोई क्लर्क। और हर जगह लगभग एक ही दृश्य था। जो कुछ ऊपर से दिखाई देता उसका दूसरा रूप भीतर देखने में आता। बाहर से जो सभ्य, प्रतिष्ठित और साफ-सुथरे नजर आते, वे भीतर बेहद चीखते-चिल्लाते थे। लगभग सभी अपनी सीधी-सादी आज्ञाकारी और दिन-रात खटनेवाली बीवियों को चौबीस घंटे कोसते रहते, उन्हें अन्य तरीकों से प्रताड़ित करते और दूसरे की बहू-बेटियों को अपने जाल में फँसाने की चालें चलते। घरों के अन्दर औरतों की हालत दरबे में बन्द मुर्गियों की तरह थी, जहाँ वे आपस में लड़तीं, भुनभुनातीं, खीजतीं, रोती-कलपतीं और कराहतीं। लोग बाहर दूसरों को उपदेश देते और अपने जीवन में उन्हीं उपदेशों का उल्लंघन करते और पड़ोसियों को नीचा दिखाने की योजनाएँ बनाते और छल, कपट, फरेब, जालसाजी, चापलूसी और धूर्तता से अधिक-से-अधिक धन कमाने और सफलता प्राप्त करने की कोशिश करते।

शुरू-शुरू में वह ठीक से समझ नहीं पाती थी। फिर धीरे-धीरे उसे सब-कुछ समझ में आने लगा। वह घर आती और चारपाई पर लेटती तो उसे अजीब डरावने सपने आते, जैसे अजगर, गोजर-बिच्छू और खूँखार जानवर उसे काट रहे हों। कभी वह लेटती तो लगता वह बेहद थक गई है। उसे आभास होता जैसे न मालूम कब से वह लगातार चलती रही है और उसे विश्राम की जरूरत है। वह पलकों को मूँद लेती और रात के सन्नाटे में उसे अपनी अँगुलियों के पोरों, तलवों और पलकों में दिल की धड़कनें महसूस होने लगतीं।

और जीवन के ऐसे ही अनुभवों और अहसासों के बीच उसकी शक्तियाँ क्षीण होती गई थीं...।

नौ

वह खिचड़ी खाकर सोई थी, सवेरे उठी तो हल्का-हल्का बुखार था। रात में पता नहीं कब बूँदाबाँदी शुरू हुई और अब भी बूँदें गिर रही थीं। उसकी कमर और टाँगों में दर्द था, फागुन-चैत में बरसात की किसी को उम्मीद नहीं रही थी और एक अजीब उदासी और मनहूसियत फैल गई ! हवा में अचानक ठंडक बढ़ गई और उसके स्पर्श से सिहरन-सी महसूस होने लगी।

"मैया, आपको तो बुखार है। दाहिनी आँख सूजी हुई है। कल आप घूमी-फिरी थीं, आपकी देह कमजोर है, अब आप कहीं न जाइए। कोई काम न कीजिए...कब तक आप करती रहेंगी ? जब तक हम जिन्दा हैं, आप किसी बात की चिन्ता न कीजिए। मैं रामलाल के यहाँ से दवा ला देती हूँ...।"

"रामलाल तो कहीं गए थे न दोमित की दुल्हिन ?"

"हाँ, कह तो यही रहे थे...सवेरे देखा कि उनका दरवाजा खुला है...।"

"ठीक है दोमित की दुल्हिन, ला देना। ए दुल्हिन, थोड़ा आटे की लपसी बना दो, आँख पर उसकी पट्टी बाँधूँगी। आँख दुख रही है...।"

"कहीं नुकसान न करे, मैया।"

"नुकसान नहीं करेगा ए दुल्हिन। एक बार इसी तरह हुआ था तो हलवा की पट्टी बाँधने से बड़ा फायदा हुआ...।"

"तो बना देती हूँ ए मैया। हलवा थोड़ा खाकर पानी पी लीजिएगा, जो बचे उसकी पट्टी बाँध लीजिएगा...।"

"हाँ ए दुल्हिन, बाहर ओसारे में बँसखट बिछा देना, उसी पर बैठकर बाँधूँगी...।"

कुछ देर बाद ओसारे में बँसखट पर वह बैठी नजर आई। लपसी (कम घी का हलवा) तैयार होते ही सुनरी एक कटोरी में एक गिलास पानी के साथ दे गई। साथ में फटी हुई साड़ी की एक पट्टी भी थी। जब वह लपसी खाने लगी तो बाहर खड़ा एक कुत्ता उसकी ओर लपका।

"दुर-दुर...ए दोमित की दुल्हिन, इसे मारो तो...।"

"क्या है मैया ? कौन है ?"

"अरे यही कुतवा है। मारना मत...उधर से जाकर इसे कुछ रोटी-वोटी दे दो...।"

कुत्ता जब हट गया तो उसने लपसी को कुछ ठंडा करके कपड़े की पट्टी में लपेटा और वही पट्टी आँख में बाँध ली...।

रामलाल बाहर जानेवाला जरूर था, पर किसी वजह से जा नहीं पाया था। होम्योपैथी की प्रैक्टिस तो उसने छोड़ दी थी, लेकिन वह अब भी एक पेटी रखता था, जिसमें विभिन्न तरह की होम्योपैथी दवाइयों की शीशियाँ भरी थीं। कुछ देर बाद वह पेटी लेकर आ गया।

उसने सुन्नर पांडे की पतोह का माथा स्पर्श किया, उसकी नाड़ी देखी, कहाँ क्या तकलीफ है, उसके बारे में कई सवाल किए, फिर हँसते हुए बोला, "अरे महाराजिन, आपको कुछ नहीं हुआ है। कल आपने बदपरहेजी की है, अधिक चली-फिरी हैं, आठ पुड़िया देता हूँ, दो दिन की दवा है। दवा खाइए और लेटी रहिए।...हाँ, यह पट्टी-वट्टी हटा दीजिए...।"

उसने दवा बनाकर एक पुड़िया अपने हाथ से खिलाई, फिर हँसते हुए कहा, "मैं तो आपको एक खुशखबरी देने आया था। आप कहाँ की रहनेवाली हैं ?"

"मेरे गाँव का नाम पूछकर क्या करोगे बचवा ? कैसी खुशखबरी है ?"

"देखिए, मैं पहले ही आपके बारे में बहुत कुछ जानता हूँ। गाँव का नाम भी कभी बताया था मुझे, मैं इस समय भूल रहा हूँ। बात यह है कि मैं अपने गाँव के कुछ लोगों के साथ मथुरा-वृन्दावन गया था। वहाँ इधर ही के गाँव-जवार के एक बूढ़े साधू से मुलाकात हुई। हम अपनी भाषा में बात कर रहे थे द्वारकाधीश मन्दिर के बाहर और अपने गाँव-जवार का समझकर हमें वह अपनी कुटी में ले गए। बहुत देर तक उनसे बातें हुई थीं। वह अपने को सुन्नर पांडे का लड़का बताते थे...और अपना नाम उन्होंने...हाँ नाम झुल्लन पांडे बताया था। उन्होंने मुझसे कहा कि मैं उनके गाँव जाकर पता लगाऊँ कि उनकी औरत अभी जिन्दा है या नहीं। गाँव का नाम मैंने अपनी डायरी में नोट किया है...।"

सुन्नर पांडे की पतोह, रामलाल को बुरी तरह घूर रही थी। अचानक क्रोध से उसका चेहरा हिलने लगा और उखड़ती आवाज में वह बोली, "का हो रामलाल, तुम्हें

इस उम्र में मुझसे मजाक करते हुए शर्म नहीं आती ? हमने तुम्हारा क्या बिगाड़ा था, जो तुम आज मुझे यह दंड दे रहे हो ? मैं तुम्हें लड़के की तरह मानती रही हूँ...उसी का नतीजा भोगवा रहे हो ?''

रामलाल हक्का-बक्का उसको देखने लगा। वह गम्भीरतापूर्वक बोला, ''मैं मजाक नहीं कर रहा हूँ महराजिन। मैं अपने बच्चों की कसम खाकर कहता हूँ, जो कुछ कह रहा हूँ एकदम सच है। मैं कल ही आया था आपको बताने। आज कहीं जानेवाला था, फिर इसी वजह से रुक गया कि आपसे बात करके ही जाऊँगा...।''

''तुम झूठ बोल रहे हो ए रामलाल ! अगर बात सच होती तो क्या तुम उन्हें अपने साथ नहीं लाते ? तुम मेरे बारे में उनको नहीं बताते ?''

''मैंने आपके बारे में तो नहीं बताया...झूठ क्यों बोलूँ। मैंने सोचा कि पता नहीं क्या बात हो, पहले आपसे बात कर लूँ, फिर आप जैसा कहेंगी वैसा किया जाएगा। मैंने यह जरूर कहा, 'बाबा, एक बार घर चलकर खुद हालचाल क्यों नहीं ले लेते', पर वह बोले, 'बच्चा, मैं संसार के माया-जाल से अलग हो चुका हूँ, अब तो जिन्दगी बीत गई, क्या रखा है इन बातों में ? हाँ, मनुष्य के लिए माया का बन्धन तोड़ना बड़ा कठिन है...तुम लोगों की बातें सुनकर मुझे अपना पिछला जीवन याद आ गया...मैं अपने को रोक नहीं पाया। एक-एक बात सच हैं महाराजिन, जो कुछ मैं कह रहा हूँ...।'

''देख रही हो दोमित की दुल्हिन...रामलाल कितना झूठ बोल रहे हैं ?''

'मैया, आप लेट जाइए...गुस्सा न कीजिए...तबीयत और खराब हो जाएगी...।'' सुनरी की समझ में नहीं आया कि वह क्या कहे।

रामलाल उठकर खड़ा हो गया। सुन्नर पांडे की पतोह ने गुस्से से उसकी ओर नहीं देखा। एक अजीब मनःस्थिति थी उसकी। जब वह जिन्दगी-भर यह विश्वास करती रही कि झुल्लन पांडे जीवित हैं तो उसके अन्दर किसी कोने में इस सच्चाई के प्रति संशय का भाव भी था। और जब आज झुल्लन पांडे के जीवित रहने का निश्चित प्रमाण मिला तो वह विश्वास बालू के घरौंदे की तरह गिर गया और संशय ऊपर आकर एक सच्चाई बन गया। वस्तुतः उसका जीवन इतना अवास्तविक रहा था कि वास्तविकता पर सहसा विश्वास करना उसके लिए बड़ा मुश्किल था।

वह दिन-भर बड़-बड़ करती रही। कभी बाहर जाती कभी भीतर। बुखार अब भी था उसे, लेकिन रामलाल की दी हुई दवा की सभी पुड़ियाँ उसने फेंक दी थीं नाली में। जब पानी रुका तो वह चादर ओढ़कर लाठी के सहारे हरिबाबू सेठ और मुरली मनोहर सिंह वकील के यहाँ चली गई। उसने रामलाल की जमकर शिकायत की, उसे बुरा-भला कहा। सभी मुँह बाकर उसकी बात सुनते रहे। सभी ने राय दी कि वह रामलाल के साथ मथुरा चली जाए और तबीयत न ठीक हो तो दोमितलाल को रामलाल के साथ भेज दे, वे लोग झुल्लन पांडे को अपने साथ ले आएँगे।

शाम तक वह बेहद थक गई। शरीर उसका जल रहा था। वह लौटी तो पहले रामलाल के घर गई। उसने रामलाल से कहा, ''बच्चा, तुम मुझे मथुरा ले चलो। सब-कुछ

तुम्हारा देखा-सुना है। जो खर्चा लगेगा, मैं दूँगी।''

''महाराजिन, मुझे अपनी कम्पनी के बहुत जरूरी काम से आज ही जाना है। मैं तो आपकी वजह से ही रुक गया था। हाँ, यह वादा जरूर करता हूँ कि लौटते वक्त मथुरा जाऊँगा और उनको अपने साथ ज़रूर लाऊँगा। क्या करूँ, बहुत मजबूर हूँ, न जाऊँगा तो कम्पनी का बड़ा नुकसान हो जाएगा...नहीं तो आपको जरूर ले चलता...। खर्चे की बात नहीं है, मैं उनको लेकर आऊँगा तो आपसे खर्चा ले लूँगा...''

रामलाल चला गया। तब सुन्नर पांडे की पतोह काफी उत्साह में रहने लगी। वह हमेशा सुनरी से बात करती। बाहर निकलकर खुश होकर टुकर-टुकुर देखती। बच्चों को खेलाती। मुरली मनोहरसिंह वकील के यहाँ घूम आती। खूब शौक से माँग में चटक सिन्दूर लगाती। कभी अकेले में बैठकर कुछ गाने लगती। पर इन कामों में वह जल्दी थक भी जाती। फिर अचानक वह खाट पर आकर लेट जाती और ऊपर धरन को देखने लगती।

एक महीने बाद रामलाल दिखाई पड़ा। मजे की गर्मी पड़ने लगी थी। बाहर लू चलने लगी थी। रामलाल उसके यहाँ नहीं आया। वह बहुत उत्सुकतापूर्वक उसकी प्रतीक्षा करती रही। और अन्त में खुद ही लाठी टेकती हुई उसके कमरे में पहुँच गई।

रामलाल लेटा हुआ था। वह उठ खड़ा हुआ। उसने सुन्नर पांडे की पतोह को एक कुर्सी पर बिठाया, और स्वयं चारपाई पर बैठते हुए बोला, ''मैं आपके यहाँ जानेवाला था...''

''क्या तुम गए थे वहाँ...।'' सुन्नर पांडे की पतोह ने पूछा।

''वही बता रहा हूँ, महराजिनजी। मैं कुछ दिन पहले ही मथुरा गया था। अपनी कुटी में बाबा नहीं थे। पहले तो कोई बताए ही नहीं पर क्या बताऊँ, कहते दुःख हो रहा है...।''

''क्या बात है ए रामलाल। बुझौवल क्यों बुझा रहे हो ?''

''महराजिनजी...वहाँ पता लगा कि अचानक एक दिन बाबा गुजर गए...'' इसके आगे वह बोल न सका, उसका सिर झुक गया था।

''तुम झूठे हो, मक्कार हो। यह हो ही नहीं सकता। तुम वहाँ गए ही न होगे। जाकर मैं मोहल्लेवालों से कहती हूँ, तुम मुझ पर अन्याय कर रहे हो। मुझे सता रहे हो। यह भी कोई व्यवहार है...''

''मैं एकदम सच कह रहा हूँ, ए महाराजिनजी। मैं गया था। पता नहीं क्या हुआ कि एक दिन मन्दिर से आने के बाद बाबा कुटी में लेट गए चुपचाप। उनकी छाती में तेज दर्द था। उन्होंने अपने शिष्य को बुलाया, उससे कुछ जरूरी बातें कीं, फिर 'शिव-शिव' कहते हुए उन्होंने प्राण त्याग दिए। लोग बताते थे कि बड़े सिद्ध महात्मा थे...।''

''झूठ, एकदम झूठ ! मक्कार हो तुम...'' वह बड़-बड़ करती हुई उठ खड़ी हुई।

जो वास्तविकता उसकी मुट्ठी में आ गई थी, वही फिसलकर जब बाहर चली गई तो उस पर भी वह सहसा विश्वास न कर सकी।

दो दिन तक वह बड़ी बेचैन रही। उसने दोमितलाल से, सुनरी से, कँवलवासलाल से तथा अनेक लोगों से रामलाल की शिकायत की। उसे झूठा, बदमाश और नमकहराम कहा। रात भर वह जागी रहती और बड़-बड़ करती रहती। सुनरी उसके पास आ बैठती, उसका सिर और हाथ-पैर दबाती। तीसरे दिन सवेरे वह उठकर छाती पीट-पीटकर रोने लगी। उसने अपने हाथ की चूड़ियाँ फोड़ डालीं और माँग का सिंदुर धो डाला। वह विधवा हो गई है, इस पर उसने अब सचमुच विश्वास कर लिया। मोहल्ले की औरतें इकट्ठी हो गईं और उसे ढाढस बँधाती रहीं।

दूसरे दिन उसे तेज बुख़ार आ गया और वह सरेशाम की हालत में बड़बड़ाने लगी। सुनरी उसके लिए दवा ले आयी, पर उसकी हालत में कोई सुधार नहीं हुआ। अचानक उसकी बड़बड़ाहट भी बन्द हो गई। गर्मी बहुत बढ़ गई थी, जिसमें उसका शरीर गर्म तवे की तरह जल रहा था।

रात करीब आ०ठ बजे उसे होश आया। बुखार कुछ कम था।

''दोमित की दुल्हिन...।''

''हाँ मैया...''

''दुल्हिन, रात में मुझे कोई लेने आया था। बड़ा डरावना चेहरा था। मेरा पूज गया ए दुल्हिन, अब चलने का बेरा है। मेरा कोई नहीं है दुल्हिन। तुम्हीं दोनों मेरे बेटे हो, बेटी हो, नातेदार हो, रिश्तेदार हो। मेरे बक्से में कुछ साड़ियाँ होंगी, कुछ सोने-चाँदी के गहने होंगे...दस हजार रुपयों से मेरा किरिया-करम करा देना और पूजा-पाठ करा के पाँच-दस गरीब-दुखियों को खिला-पिला देना। अधिक खर्च न करना...हाँ, मेरे बक्से में ठाकुरजी की मूर्ति है, उन्हें अपने कमरे में रखकर रोज उनकी पूजा-पाठ, आरती कर देना...''

''अरे मैया, ऐसा न कहिए। आपको हम नहीं जाने देंगे...'' सुनरी अहक-अहककर रोने लगी। पर सुन्नर पांडे की पतोह सुन्न पड़ गई थी। तीन बजे रात में उसे फिर होश आया। सुनरी उसी कमरे में एक खटोला बिछाकर सोई थी।

''दोमित की दुल्हिन...'' उसने कराहते हुए पुकारा।

सुनरी आधी नींद में थी, वह हड़बड़ाकर उठ बैठी।

''क्या है मैया ?'' वह उसकी चारपाई के पास आ गई।

''दोमित की दुल्हिन...कलिया खाने का बड़ा मन कर रहा है...''

''क्या कह रही हैं मैया ?'' सुनरी रुआँसी आवाज में बोली।

''नहीं दुल्हिन, तुम्हारे पैरों पर पड़ती हूँ, कलिया का चटक-चटक रसा खाने का बड़ा मन कर रहा है। ऐ मेरी बेटी, खिलाओगी न ?...बड़ी इच्छा है...।'' वह इस तरह गिड़गिड़ाने लगी कि सुनरी अपनी रुलाई को रोकने के लिए अपने होंठों को दाँत से काटने लगी।

"अच्छा मैया, सवेरा होने दीजिए...बना दूँगी...।" वह किसी तरह बोल सकी।

जिसने जिन्दगी भर लहसुन-प्याज तक न छुआ और सदा रूखा-सूखा ही खाया, वह इस समय गोश्त क्यों खाना चाहती है ? शायद यह उनकी आखिरी इच्छा है, उसकी यदि वह पूर्ति नहीं करेगी तो उसको जिन्दगी-भर पछतावा रहेगा। सवेरा होते ही उसने दोमित लाल को बाजार भेजकर गोश्त मँगवाया। फिर जल्दी-जल्दी तैयार करके वह उसके पास ले आई।

"मैया लीजिए, कलिया का रसा लाई हूँ...थोड़ा ले लीजिए..."

सुनरी एक चम्मच में रसा निकालकर उसके मुँह के पास ले गई। सुन्नर पांडे की पतोह आँखें खोलकर बोली, "कौन है ? बुआजी हैं ?"

"मैं हूँ मैया, सुनरी हूँ। आप ही ने तो कलिया खाने को कहा था, लाई हूँ, बड़ा चटक रसा है...।"

"इच्छा नहीं है बुआजी...।" उसने मुँह दूसरी ओर कर लिया और आँखें मूँद लीं। और कुछ ही देर में उसकी मुट्ठियाँ पसर गईं और वह सब-कुछ छोड़कर सदा के लिए चली गई।

दोमितलाल और उसकी बीवी बिलख-बिलखकर रोने लगे। जिसने सुना वही दौड़ा आया। दोमितलाल ने उसकी अन्त्येष्टि का सारा इन्तजाम किया। जब उसका जनाजा चला तो एक अच्छी-खासी भीड़ इकट्ठी हो गई। इसमें हरिबाबू सेठ, मुरली मनोहर सिंह वकील, अमरनाथ सर्राफ, रामलाल तथा अनेक छोटे-बड़े लोग थे। रास्ते में और लोग भी मिलते गए। जो सुनता, वही अपना काम-धाम छोड़कर शोक में सिर लटकाए चल देता। 'हाय, बड़ा बुरा हुआ। बड़ी नेक औरत चली गई।' जिनके यहाँ उसने काम किया था, उसमें से अनेक लोग रोने लगे। हर धर्म व जाति के लोग उसे जानते जरूर थे। जिनके यहाँ उसने काम नहीं किया था, वह भी उसकी अन्त्येष्टि में शामिल होने के लिए उत्सुक हो उठा। अजीब भावनाओं से वे परिचालित थे। इज्जत, प्यार, दया, करुणा, पीड़ा, शोक, सहानुभूति, प्रशंसा, पश्चात्ताप, किसी का साथ-संग छूटने की उदासी और न मालूम क्या-क्या। जब उसका जनाजा श्मशान घाट के पास पहुँच रहा था, उसी समय रामनिहोर न जाने किधर से आया और उनके शव के पास खड़ा होकर जोर-जोर से बिलखने लगा। श्मशान घाट पर शोकाकुल लोगों की अपार भीड़ इकट्ठी हो गई थी। उसी समय आसमान में काले-काले बादल घिर आए और देखते-ही-देखते तेज बूँदें गिरने लगीं। उस बारिश में भी अधिसंख्य लोग सिर झुकाए देर तक खड़े रहे। सब यही कह रहे थे कि 'बड़ी भाग्यशालिनी थी, जिन्दगी भर पति का इन्तजार किया और जब पति गुजर गए तो वह एक दिन भी जीवित नहीं रही।'

●●●